애리

§ 해리 1 §

2015년 7월 27일 초판 1쇄 인쇄
2015년 7월 30일 초판 1쇄 발행

지은이 § 장소영
발행인 § 곽중열
기획&편집디자인 § 신연제, 이윤아
발행처 § (주)조은세상

등록 § 2002-23호(1998년 01월 20일)
주소 § 경기도 연천군 미산면 청정로 1355
Tel § (02)587-2977
e-mail romance@comics21c.co.kr
블로그 http://goodworld24.blog.me

값 9,000원

ISBN 979-11-5832-193-2 / ISBN 979-11-5832-192-5(set)

장
소
영

장
편
소
설

GOOD WORLD ROMANCE NOVEL

애 리

1

(주)조은세상

C O N T E N T S

집 안의 불이란 불은 모두 끄고 거실 소파에 앉은 은혜는 조그만 소리에도 놀라서 주변을 황급히 돌아보곤 했다. 엘리베이터가 움직이는 기계음이 조용한 밤공기를 흔들 때도 그녀의 신경은 용수철처럼 튕겨져 올라 날을 세웠다.

기다리는 전화가 오지 않고 있었다.

'짐 싸고 떠날 준비해. 내가 전화하면 주차장으로 내려와. 은행에서 찾아온 돈도 빼먹지 말고 가져와. 그게 우리 전 재산이니까. 절대 지체하면 안 돼.'

아침에 출근을 하던 남편이 한 번 더 당부하던 목소리가 떠오른다. 잘나갈 때 재테크를 해야 한다고 사놓았던 건물까지 팔아치우고 현금화했다. 이제 살고 있는 집을 제외하고는 모든 재산이 이 가방 하나에 담겨 있는 것이다. 은혜는 커다란 여행가방 손잡이를 꽉 움켜잡았다.

남편은 몹시 긴장하고 있었다. 대한민국 제일의 프로파일러로 일하면서 수많은 책을 출간하고 수없이 TV 출연을 했던 사람이라 몇 년 전부터는 긴장하는 모습을 보질 못했었다. 그런데 요 근래 그는 흥분해 있었다. 사방으로 신경을 곤두세우며 무언가에 쫓기는 모습이었다.

'내가 해야 돼. 반드시 해야 돼.'

밥을 먹다가도 갑자기 뭔가에 홀린 사람처럼 중얼거리던 남편을 떠올리며 은혜는 입술을 깨물었다. 가만히 시선을 내려 자신의 무릎을 베고 잠든 딸아이를 보았다. 엄마 아빠가 어떤 상태인지도 모르고 천사같이 예쁜 얼굴로 잠든 딸아이를 보자 울컥, 뭔가가 치솟는다.

평범하고 평화로운 가정의 아이들처럼 자라지 못할 것이다. 돌이키기에는 너무 늦었다. 은혜는 눈시울이 붉어졌다. 이 아이의 앞날이 얼마나 고단할지 짐작이 돼서, 너무 가슴이 아파서 목이 멘다.

"미안하다……."

은혜는 딸아이의 얼굴을 쓰다듬었다.

'그들이 우릴 쫓을 거야. 절대 단념할 놈들이 아니야. 그 누구도 믿을 수 없어.'

남편이 숨죽인 얼굴로 말하던 것이 떠오른다. 누구도 믿을 수 없다. 그 사실이 은혜를 두렵게 했다. 그녀는 딸아이를 다시 바라보았다. 울컥, 또다시 치밀어 오르는 감정의 덩어리를 주체하지 못해 고개를 숙여 딸아이의 이마에 입을 맞췄다. 그리고 가라앉은 목소리로 속삭였다.

"엄마가 널 지켜줄게. 꼭 지켜줄게. 약속해."

어쩌면 지키지 못할 약속일지도 모른다. 은혜는 그게 두려웠다. 이 약속을 지키지 못할까 봐. 이 어리고 예쁜 아이를 지켜줄 수 없을까 봐.

따르릉.

집 전화기가 울렸다. 순간, 은혜의 눈이 얼어붙었다.

따르르릉, 따르르릉.

집 안에 울리는 커다란 전화벨 소리에 심장이 미친 듯 뛰기 시작했다. 손이 떨렸다.

"침착해야 돼."

은혜는 딸아이의 머리를 무릎에서 내려놓고 전화기가 있는 곳으로 향했다. 수화기를 가만히 들어 올려 귓가에 가져가는 그녀의 손은 심하게 떨리고 있었다. 수화기에 달린 선을 떨리는 손가락에 감으며 은혜는 입을 열었다.

"여보세요?"

떨리는 목소리가 다른 사람의 입에서 나오는 것처럼 감각이 없었다.

[나야.]

역시 남편이었다.

[준비됐어?]

긴장으로 흥분된 목소리.

"……네."

[지금 출발할 거야. 20분쯤 걸릴 거니까 시간 맞춰서 나와 있어.]

"네."

[애는?]

은혜의 눈길이 소파에 누워있는 아이에게로 향했다.

"자고 있어요."

[깨워야지.]

"네."

[조금 있다가 봅시다. 조심하고.]

은혜는 질끈 눈을 감았다가 떴다.

"……네."

[그럼…….]

"여보."

전화를 끊으려는 남편을 다급하게 불렀다.

[왜?]

은혜는 뭔가를 말하려고 입을 열었다. 하지만 할 말이 떠오르지 않는다.

[왜 그래?]

남편이 재촉했다. 은혜는 고개를 흔들었다.

"아니에요…… 길이 얼었으니까 서둘지 말고 천천히 오라고요."

[알았어. 조금 있다가 봐.]

"네."

은혜는 끊어진 전화기를 내려놓았다. 약 5초쯤 그대로 서 있었다. 그러다 퍼뜩 정신을 차렸다. 시간이 없다! 그녀는 소파로 달려갔다.

"일어나."

아이를 흔들었다. 아이가 칭얼거린다.

"일어나, 어서! 서연아, 어서 일어나."

은혜는 딸을 단호하게 깨웠다. 잠에 취해 비척거리는 아이를 억지로 일으켜 점퍼를 입혔다.

"엄마."

"응?"

잠에서 덜 깬 아이가 묻는다.

"어디 가?"

도망.

은혜는 입 안에서 맴도는 단어 하나를 얼른 삼켰다. 그리고 다른 단어를 내뱉었다.

"숨바꼭질하러."

"숨바꼭질?"

"응. 우린 이제부터 숨바꼭질을 하는 거야."

천진한 아이가 놀이를 한다는 엄마의 말을 믿고 묻는다.

"누가 술래야?"

은혜는 한 손에는 아이의 손을 잡고 다른 손으로는 짐 가방을 든 채 말했다.

"우리 말고 다른 사람들."

"사람들? 술래가 여러 명이야?"

"어."

"그런 게 어딨어?"

"있어."

은혜는 어둠 속에서 거실을 가로질러 주방 쪽으로 걸어갔다.

"엄마, 저쪽이 문인데 어디 가?"

"뒷문으로 가는 거야."

"어디?"

"숨바꼭질이니까 다른 곳으로 가야지. 매일 다니던 길로 가면 금방 들켜. 우린 이제부터 한 번도 다니지 않았던 길로만 다니는 거야. 아무도 모르게. 절대 우릴 찾지 못하게."

은혜는 딸아이가 아닌 자신에게 다짐하듯 말했다. 지금껏 익숙했던 모든 것을 버려야 했다. 완전히 다른 사람으로 살아야 한다. 그래야만 한다!

어둠이 모녀를 삼키고 있었다. 뒷문을 향해 빠르게 움직이는 걸음조차 나중에는 희미해졌다. 암흑은 작고 여린 손을 움켜쥐고 무거운 가방을 든 채 다급하게 걷는 여자를 감싸며 밤 그림자를 길게 늘어트리고 있었다.

1. 추적

황종국은 성난 걸음으로 사무실 안으로 들어섰다. 그러자 여직원이 일어나 말했다.

"원장님, 안에 마태용 차장님이 기다리고 계십니다."

"알아. 전화 연결하지 마."

황종국은 걸음을 멈추지 않고 지시한 후 자신의 방문을 열고 안으로 들어갔다. 그러자 소파에 앉아 있던 마태용이 일어섰다.

"앉아."

황종국은 윗도리를 벗으며 마태영의 맞은편에 앉았다. 마태용도 자리에 앉았다.

"뭐야? 아까 전화로 한 얘기는."

마태용이 살짝 몸을 앞으로 숙이며 조용하게 말하기 시작했다.

"전에 잠깐 지나가는 말로 하신 말씀 기억하십니까?"

"무슨 말?"

"전직 프로파일러가 기밀파일을 훔쳐 사라진 사건 말입니다."

황종국의 얼굴이 얼어붙었다.

"그게 왜?"

그러다가 갑자기 아까 전화로 마태용이 했던 말을 떠올렸다.

'20년 전에 사라진 기밀파일이 현재 국정원에 영향을 미칠 수도 있을까요?'

황종국은 마태용을 심각하게 쳐다보며 물었다.

"그놈이 나타났나?"

마태용에게 그 전직 프로파일러가 누구인지는 말한 적이 없었다. 하지만 대한민국을 비롯한 해외 정보를 모두 수집하고 분석하는 업무를 담당하는 마태용 차장이 놈이 누구인지 알아내는 건 식은 죽 먹기였을 것이다.

마태용이 고개를 저었다.

"윤주철이 연락을 해온 건 아닙니다."

역시, 이미 알고 있었다. 그렇다면 그때의 사건에 대해서도 어렴풋이 알고 있을 것이다. 물론 그때 없어진 파일의 내용이나 그날의 작전에 대해서는 아는 바 없겠지. 그 작전에 관한 자료는 모두 소각되었으니까.

"그럼?"

그래도 황종국은 긴장했다. 파일이 오픈되었을 거라고는 생각하지 않는다. 만약 이미 오픈되었다면 저 위에 계신 양반네들이 난리가 났을 테니까. 그 파일에 연루된 사람들은 현재 대한민국을 좌지우지하는 자리를 하나씩 꿰차고 앉아 있다. 자신을 비롯해서.

"누군가 제보를 해왔습니다."

"제보?"

황종국은 인상을 썼다.

"예. 119에 전화를 걸어 신고를 했답니다. 119에서는 술 취한 남자의 헛소리쯤으로 취급했지만 남자가 한 말 중에 국정원이라는 단어가 들어 있어서 저희 쪽에 보고가 올라왔습니다."

마태용의 설명에 황종국은 곧바로 이해했다. 유선이든 무선이든, 그 통화 내용 중에 국정원의 감시를 받는 단어 하나라도 포함되어 있으면 무조건 보고가 되도록 시스템이 만들어져 있으니 당연한 일이었다. 보고가 들어오는 대부분의 건들은 버릴 것들이지만 때로는 정보로 이용할 가치가 있는 것도 있었다.

"내용은?"

황종국이 묻자 마태용이 조금 더 몸을 숙인다.

"어떤 남자와 술을 마셨는데 그 남자가 자신이 아주 유명한 프로파일러였다면서 한때 국정원에도 불려가 간첩을 조사하는데 참여했고 그 당시 충격적인 사실을 알게 되었으며 그때 그 증거파일을 몰래 빼돌렸다는 말을 했다고 합니다."

마태용의 말이 이어질수록 황종국의 얼굴에서 핏기가 가시고 있었다. 마태용은 황종국의 얼굴을 보며 다시 말을 계속했다.

"전직 프로파일러라고 하는 남자는 자신이 그 파일을 공개하면 대한민국에 전쟁이 발발할 거라고 했답니다."

망할. 황종국의 얼굴에서 혈색이 급속이 변하기 시작했다.

"그 남자는?"

황종국은 급하게 물었다.

"저한테 보고가 올라왔을 때는 시간이 좀 지난 후였습니다. 뒤늦게 신고를 한 남자를 찾아가 물으니 술을 마시고 그대로 헤어졌다고 합니다. 술을 마신 여의도광장에서 이틀 동안 지켰는데 프로파일러라고 하는 그 남자가 나타나진 않았습니다. 그런데."

"그런데?"

마태용의 마지막 말에 황종국은 신경을 곤두세웠다.

"신고를 한 남자 말로는 그 프로파일러라는 남자가 곧 세상이 뒤집힐 거라고 했답니다."

황종국의 눈이 얼어붙었다. 마태용은 다시 말을 이었다.

"그러면서 두 사람이 나눈 대화를 119에 신고하라고까지 했답니다."

사람의 얼굴이 하얗게 변했다가 푸른빛을 띠기까지 한다는 걸 마태용은 지금 이 자리에서 보고 있었다. 황종국의 얼굴은 파리했다.

"아무래도 우리에게 경고를 하는 것 같습니다."

마태용은 마지막으로 자신의 의견을 내놓았다. 황종국은 침묵했다. 마태용은 그런 황종국을 가만히 지켜보다가 입을 열었다.

"놈의 말이 사실입니까?"

"……."

"그 파일이 그렇게 대단한 겁니까? 이미 20년이나 지난 일인데……."

"지나간 역사라고 해서 현시대에 영향을 미치지 않을 거라고 생각하나?"

황종국이 비웃듯 묻자 마태용은 곧바로 수용했다. 멀리 갈 필요도 없다. 가까운 일본을 보더라도 오래전 침략의 과오로 현재까지 구설수에 오르고 있지 않은가. 물론 강대국인 일본은 콧방귀도 안 뀌지만 우리나라는 다르다. 아직 힘이 미약한 나라는 아무리 오래전에 했던 실수라도 일본처럼 무시할 수는 없을 것이다. 약점 하나 잡으면 벌떼같이 달려들 강대국들로 둘러싸여 있으니 뭐든 조심해야 하는 것이다.

혼자만의 생각에 잠겨 있던 황종국이 마태용을 쳐다보았다.

"놈을 찾아야 돼."

심각한 황종국의 어투에 마태용은 눈살을 찌푸렸다.

"높으신 양반들 몇 명이 다치는 것쯤은 일도 아니야. 중요한 때 잖나."

마태용의 미간이 더욱 좁아졌다.

"요즘 남북대화에 이산가족 상봉에 개성공단 문제까지, 논의할 것들이 천지고 분위기도 전에 없이 좋은데 그게 뭐가 됐든 괜히 시끄러운 문제라도 터지면…… 큰일이 나지."

"파일 내용이 궁금하군요."

황종국은 험상궂은 얼굴로 마태용을 보며 나직하게 말했다.

"궁금할 필요 있나? 알아서 좋은 것도 있지만 모르는 게 약일 때도 있지. 확실한 건 뭔지 아나?"

"……."

"고립."

"예?"

"그 당시에도 그게 문제였어. 우리나라만의 문제가 아니라는 거지. 우린 세계에서 고립될 위기에 처해질 거고 미국과 일본이 가장 먼저 등을 돌리겠지. 핵폭탄보다 더 큰 재앙이 닥칠 수도 있는 거야."

그 어느 때보다 살벌한 단어들이 터져 나왔다. 황종국의 얼굴도 이제 누렇게 뜬 것처럼 보였다. 마태용은 황 원장의 말이 절대 과장이라고 생각할 수가 없었다.

"파일을 터지기 전에 윤주철을 찾아야겠군요."

마태용이 결론을 집어내자 황종국이 고개를 끄덕였다.

"국정원은 공식적으로 움직일 수 없어. 나중에 일이 잘못되더라도 우린 상관없는 일이어야지. 마지막까지 발뺌하고 끝까지 우기기라도 해야 하니까."

잠시 고민하던 마태용이 희미한 미소를 머금으며 말했다.

"적합한 인물이 한 명 있습니다."

"누구?"

"어떤 데이터베이스에도 등록되어 있지 않은 최고의 요원입니다."

황종국이 눈을 가늘게 좁히며 물었다.

"고스트를 말하는 건가?"

"베이징타워 폭파협박 저지, 이란 무기밀매 시도 저지, 대통령 미얀마 방문 시 암살시도 저지, 작년 파라곤호텔에서 열둘이나 되는 간첩을 체포한 사건. 이 모두가 한 사람의 작품이었죠."

마태용이 나열하는 사건들을 듣던 황종국의 입꼬리도 살며시 올라가더니 이름 하나를 조용하게 내뱉었다.

"프리랜서."

황종국이 코드네임을 말하자 마태용이 고개를 끄덕였다.

"예, 그 친구라면 아무도 모르게 완벽하게 해낼 겁니다."

"글쎄. 그 친구, 지금은 요원이 아니잖아."

"언제는 국정원 소속이었습니까? 공식적으로 고스트는 어디에도 소속되어 있지 않은 요원입니다. 스스로 국정원을 나갔다고 해도 여전히 독자적인 첩보활동을 하고 있으니 이번 일에는 적임자죠. 일이 잘못돼도 저희는 고리를 끊어버리면 되니까."

고개를 끄덕이던 황종국이 갑자기 몸을 숙이더니 나직하게 속삭였다.

"아무도 그 파일 내용을 알아선 안 돼."

"물론입니다."

"이 일이 성공하면 자네와 내 앞길은 탄탄대로일 걸세. 전력을 다하게."

"알겠습니다."

마태용은 진지하고 결연하게 대답했다.

꽃집 여주인은 키가 크고 잘생긴 남자 손님 앞에서 평소보다 훨씬 더 친절한 미소를 짓고 있었다. 남자가 어느 한 곳을 유심히 보고 있자 묻지도 않았는데 발랄하게 입을 열었다.

"저건 라벤덥니다."

"……"

"침묵이라는 꽃말을 가진 꽃이죠."

"예쁘군요."

여주인은 남자에게 웃음을 흘렸다. 물론 순수한 감탄에서 나오는 웃음이었다.

이렇게 훈훈한 외모를 지닌 남자가 목소리도 참 좋기 힘든데……게다가 저 어깨 좀 보라지. 세상에, 태평양처럼 넓네.

여주인은 자신이 이제 불혹의 나이라는 것이 안타까울 지경이었다. 남편도 있고 자식도 있는데 이게 무슨 추탠가 싶지만 잘난 남자를 보고 감탄하는 것은 세상 모든 여심임을 감안할 때 큰 잘못을 저지르는 것도 아니지 싶었다.

"침묵……."

남자가 묵직한 저음으로 중얼거리는가 싶더니 이내 말한다.

"한 다발 포장해주세요."

"라벤더로만요?"

남자가 고개를 끄덕이자 여주인은 빠르게 걸어가서 꽃을 한 움큼 집어 올렸다.

"이 정도면 딱 예쁘게 한 다발 나올 것 같은데요?"

"좋습니다."

남자의 시원한 대답에 여주인은 신이 나서 포장을 하기 시작했다. 그러다가 또 주책없이 입이 열렸다.

"병문안 가시나 봐요. 누군지 모르지만 꽃 받으시는 분이 참 좋아하시겠어요."

저런 훈남한테 이런 꽃까지 받으면 입이 찢어질 것이다. 만약 여자라면? 아이고, 심장이 벌떡벌떡 뛰겠네.

"글쎄요. 아마 모르실 겁니다."

남자의 대구에 여주인은 포장하던 손을 멈추고 눈을 동그랗게 떴다.

"몰라요? 아니, 왜요?"

남자가 씨익, 미소를 지었다. 여주인은 자신의 심장이 쿵, 하고 떨어지는 것 같았다.

"치매 걸린 환자라서."

치매? 아. 맞다. 깜박했다. 여긴 정신건강요양원 앞이지. 여기서 꽃집을 운영한 지 5년째인데 그걸 깜박하다니. 여주인은 자신이 어이가 없었다.

"다 됐습니다."

여주인은 풍성하고 예쁘게 포장된 꽃다발을 내밀었다. 남자가 꽃다발을 건네받으며 묻는다.

"얼맙니까?"

"삼만 원입니다."

남자가 지폐를 꺼내 내밀었다. 여주인은 뒤돌아서 나가는 남자를 다시 감탄 어린 시선으로 보다가 큰소리로 말했다.

"안녕히 가세요."

하지만 남자는 돌아보지 않고 빠르게 멀어졌다.

마태용은 주차장에 차를 세우고 내린 후 주변을 둘러보았다. 하얀색 건물이 서 있고 정원은 꽤 잘 가꿔져 있었다. 환자복을 입은 사람들이 오가고 의사 가운을 입은 사람도 가끔 눈에 띄었다. 그러다가 커다란 나무를 발견했다. 주변의 나무들보다 훨씬 큰 나무였다. 마태용은 그 나무를 향해 움직이기 시작했다.

나무 근처로 가자 벤치가 여럿 보였다. 사람들이 앉아 있는 곳도 있고 비어 있는 곳도 있었다. 근처를 쓰윽 훑어보던 마태용의 눈에 꽃다발이 들어왔다. 사람은 없는데 빈 벤치에 꽃다발 하나만 달랑 누워있는 것을 보고 그쪽으로 다가갔다.

천천히 꽃다발을 들어 올려 살피던 마태용의 귀에 나직한 저음이 들려온 것은 그때였다.

"꽃말이 침묵이라더군요."

잠시 긴장했던 마태용은 목소리의 주인을 짐작했다. 그래서 뒤돌아보지 않고 꽃을 그대로 응시한 채 대꾸했다.

"그래? 우리와 어울리는 의미가 있는 꽃이군."

마태용은 벤치에 앉았다. 그리고 뒤쪽에 서 있는 남자를 향해 말했다.

"오랜만이야."

남자도 마태용의 옆에 와서 앉았다. 남자의 손에는 따뜻한 커피 한 잔이 들려 있었다. 마태용은 그 커피에 잠시 시선을 두었다가 다시 전방으로 눈길을 돌렸다.

"요즘 어떤가?"

"나른합니다."

마태용의 입가가 살짝 실룩였다.

"이게 활력을 좀 넣어줄 거야."

남자가 손을 내밀었다. 그러자 마태용이 들고 있던 서류봉투를 건네주었다. 봉투를 받은 남자가 그 안의 내용물을 꺼내더니 읽기 시작했다. 그동안 마태용은 주변에서 산책 중인 사람들을 하나씩 관찰하기 시작했다. 그들 중 누구도 이쪽에 신경을 쓰는 사람은 없었다.

"이 정도는 그쪽에서도 충분히 해결할 수 있을 것 같은데요."

내용을 다 읽은 남자가 말하자 마태용은 고개를 저었다.

"몹시 기밀을 요하는 일이야. 회사 내부의 누구도 알 필요도 없고 알아서도 안 되지."

"비립니까?"

몇 마디 나누지도 않았는데 정확히 핵심에 근접하는 프리랜서에게 마태용은 다시 한 번 감탄해야 했다. 하지만 그도 국정원에서 잔뼈가 굵은 사람이었다. 섣불리 이쪽을 드러내지 않는 데는 이력이 난 사람이다.

"나도 몰라. 어쨌든 위에서 긴장하고 신경 바짝 세우는 일이니 나로선 믿을 만한 사람이 필요해."

두 사람은 이미 서로의 검증이 끝난 관계를 유지하고 있었다. 오래전, 함께 했던 몇 번의 작전으로 신뢰가 굳어진 사이다. 프리랜서의 얼굴을 알고 연락할 수 있는 몇 안 되는 사람 중의 하나인 마태용은 남자를 진지하게 쳐다보며 말했다.

"이 꽃말이 침묵이라고 했던가? 자네와 아주 잘 어울리는 꽃이군."

남자가 마태용의 말에 희미한 미소를 머금었다.

"전 천성적으로 꽃은 좋아하지 않습니다."

"그래, 웬만하면 멀리하는 게 좋지. 꽃은…… 너무 약하거든. 우리 같은 사람들한테는 약점이 될 수도 있고."

라벤더의 꽃말을 논하다가 어느새 '여자'를 의미하는 대화로 이어졌다. 남자는 마태용의 말에 동의하듯 반론을 제기하지 않았다. 자리에서 일어선 남자는 마태용을 향해 물었다.

"작업 시간은?"

"되도록 빨리. 물론 오랜 세월이 지났으니 작업 시간이 걸리는 건 어쩔 수 없지만 폭탄이 터지기 전에 막아야 하니 좀 빠르게 움직여줬으면 해."

"알겠습니다."

남자가 돌아섰다. 마태용은 꽃다발을 들어 보이며 남자의 등에 대고 물었다.

"이 꽃은?"

남자가 걸어가며 대꾸한다.

"가지십시오. 선물입니다."

마태용은 피식, 웃었다. 슬쩍 꽃다발을 보던 그의 눈길이 포장지 속에 꽂혀 있는 작은 쪽지를 발견했다. 손을 넣어 쪽지를 꺼내 펴보자 휘갈겨 써진 글씨가 눈에 들어왔다.

'어머니께 드리십시오.'

마태용이 눈살이 찌푸려졌다. 고개를 들었지만 이미 남자는 사라지고 없었다.

"젠장."

욕설이 씹히면서도 헛헛한 웃음이 나왔다. 놈은 이미 알고 있었던 것이다. 이 병원에 입원해 있는 내 진짜 어머니를. 미혼모가 되어 나를 입양 보내고 이제는 치매에 걸린 내 생모에 대해 이미 알고 있는 것이다. 어떻게 알았을까? 하는 의문은 의미가 없다. 상대는 프리랜서니까. 놈에게 불가능한 건 아무것도 없으니까.

마태용의 얼굴에 그림자가 어렸다. 프리랜서가 사라진 그 방향을 보는 눈빛이 깊어지고 어둠이 내려앉았다.

오피스텔 문을 열고 안으로 들어온 그는 현관에서 잠시 서 있었다. 센서등이 꺼지고 주변이 조용해졌다. 천천히 몸을 움직여 벽에 붙은 스위치를 누르자 집 안에 환하게 불이 켜졌다. 남자는 거실로 들어가 들고 있던 서류봉투를 테이블 위에 던졌다.

털썩, 소파에 앉은 그는 봉투 속의 내용물을 꺼내 다시 읽기 시작했다.

사건의 시작은 20년 전으로 거슬러 올라간다. 당시 최고의 프로파일러로 불렸던 윤주철에 대한 정보, 윤주철의 가족관계…… 아내와 딸이 하나 있다. 국정원의 사건 조사에 참여한 윤주철은 뭔지 모를 파일 하나를 빼돌려 사라졌다. 그 후 국정원에서 뒤를 쫓았지만 윤주철과 그의 가족은 찾지 못했다.

사건이 발생한 시점이 마음에 걸렸다. 그 해로 돌아가는 그의 기억은 아픈 추억을 떠올리고 불행했던 과거사를 떠올리고 있다. 하지만 재빨리 털어냈다. 그는 다시 현재 자신에게 맡겨진 사건에 집중하기 시작했다.

20년 전이라고는 하지만 국정원에서 작정하고 덤볐는데도 찾지 못했다면 꽤나 열심히 도망을 다녔다는 뜻이다. 아니, '열심히'라는 단어 가지고는 안 된다. 이 나라에서 최고란 최고는 다 모여 있는 기관에서도 못 찾았다면 아마추어가 아니라는 뜻이다. 미심쩍다. 국정원에서 그 오랜 시간 방치한 사람이 있다는 것이. 놈이 그만큼 프로라는 건가?

그런데 왜 나타났을까? 20년 전 나이가 42세. 그렇다면 지금은 62세. 도망에 지친 건가?

그는 일어나서 주방으로 갔다. 냉장고를 열어 맥주를 하나 꺼낸 그는 다시 소파로 가서 서류를 들어 올렸다.

7년 전 서해안의 작은 마을 해변에서 발견된 여자의 시체. 윤주철의 아내, 김은혜로 밝혀짐. 그럼 딸은? 아버지와 같이 있겠지. 아니, 헤어졌을 확률이 높다. 가족이 함께 도망을 쳤다면 국정원을 그렇게 완벽히 따돌리진 못했을 것이다.

남자는 맥주를 한 모금 마신 후 내려놓고 소파에 비스듬히 누웠다.

그럼 딸의 현재 나이는? 당시 6세였으니 지금은 26세. 다시 생각해도 두 사람이 같이 있을 확률은 낮다. 피 끓는 청춘인 26세의 여자가 도망 다니는 아버지를 벗어나고 싶은 욕구는 당연하다. 정상적인 아버지라면 안전을 위해서라도 딸을 자신에게서 떼어놓았을 것이고. 어쩌면 국내에서 이미 떠난 지 오래일지도 모른다. 그도 아니면 어머니와 같이 죽었거나. 시체가 발견되지 않았을 수도 있는 거니까.

어쨌든 접근해야 할 방법은 정해졌다. 윤주철의 아내, 그리고 딸. 죽었지만 그 여자를 기억하고 있는 누군가를 찾아야 한다. 거기서부터 시작하는 것이 가장 효율적일 것이다. 딸이 살아 있다면 그건 이쪽에 행운인 거지. 딸을 찾기만 한다면 윤주철을 찾을 확률은 높아질 테니까.

남자는 결론을 내리고 눈을 감았다. 손을 움직여 테이블 위의 리모컨을 누르자 집 안의 불이 모두 꺼졌다. 암흑이 덮친 집 안에서는 그 후 4시간 동안 어떤 움직임도 없었다.

"사장님, 이건 모래밭에서 바늘 찾깁니다. 아니, 이 해변에서 시체로 발견됐다고 이 근처 시골 동네를 다 뒤져서 찾으라니 말이 된다고 봅니까? 그것도 7년이나 지난 일인데. 기억하고 있는 사람이 이상하죠."

투덜거리는 남자는 모자를 쓰고 껌을 짝짝, 씹는 것이 영락없는 비행청소년이었다. 하지만 자세히 얼굴을 들여다보면 나이는 먹어 보인다. 못해도 20대 후반으로는 보였다. 입고 다니는 옷이나 하는 짓이 껄렁해서 나이보다는 좀 더 어려 보이게 할 뿐이다.

"말씀하신 대로 여자 부검 보고서랑 유품 리스트를 빼오긴 했는데 이걸로는 너무 정보가 부족합니다. 입고 있던 옷은 시골 아줌마의 전형적인 차림이었고 직전에 먹은 건 라면이었던 것 같고 소지품은 뭐, 별것 없었네요. 왕복 여객선 티켓이네? 음, 이건 구례포와 근처 섬들을 왕복하는 여객선인데…… 근처 CCTV는 뒤질 필요 없다고 하셔서 그만뒀습니다. 근데 CCTV는 왜 뒤지지 말라셨어요? 죽은 여자 행적 알기엔 그게 제일 확실한데."

"이미 뒤졌어."

"예? 누가요?"

남자가 말이 없자 껄렁한 남자는 어깨를 으쓱했다. 애초에 대답을 기대도 하지 않은 표정이다.

"뭐, 누가 뒤졌든 어쨌든 성과가 없었던 모양이네요. 그럼 이제 어쩝니까? 이 섬들을 다 뒤져야 돼요? 시간이 엄청 걸리겠는데요?"

갑자기 남자가 손을 내밀어 껄렁한 남자가 들고 있는 태블릿 PC를 가져갔다. 껄렁한 남자는 발끝을 세워 사장의 어깨 너머로 화면을 훔쳐보며 호기심을 왕성하게 드러냈다.

사장이 리스트를 꼼꼼히 훑어보는가 싶더니 갑자기 화면을 바꿔 지도를 펼쳤다.

"왜요? 뭐, 단서 나왔어요?"

사장은 대구하지 않고 펜으로 지도에 표시를 하기 시작했다. 구례포와 근처 섬을 잇는 선을 그리는 것을 본 껄렁한 남자는 중얼거렸다.

"여객선이 움직이는 루트네요."

사장이 구례포를 기점으로 원을 그린다. 껄렁한 남자는 그것도 쉽게 알아차렸다.

"그 근처를 다 뒤지라고요? 에이, 시간 무지하게 걸린다니까요. 거기 다 뒤지려면 몇 달은 족히 걸릴 걸요?"

"교회."

"예?"

사장의 말에 놀라서 되물었다.

"이 원 안에 있는 마을들. 인구가 적고 산이 많은 마을 중에 교회가 있는 곳을 뒤져."

"왜요? 죽은 여자가 독실한 신자래요?"

사장이 태블릿을 돌려주며 씨익, 웃었다. 껄렁한 남자는 어안이 벙벙한 채 눈만 끔벅거렸다.

"너라면, 누군가에게 끊임없이 쫓기면서 신에게라도 기대고 싶지 않겠어?"

"그야⋯⋯."

"숨어 다니는 사람들은 인구가 적은 마을이 좋지. 자신을 알아볼 사람이 적으면 적을수록 좋으니까. 여차하면 숨어 들어갈 산도 있으면 좋고. 아마 그런 마을 사람 중 누군가와 같이 살았겠지. 그래야 마을 사람들의 의심을 사지 않을 테니까. 아마도 같이 살았던 사람은 남자일 확률이 높고."

꽤 신빙성 있는 추리에 껄렁한 남자는 감탄하며 연신 고개를 끄덕였다. 그러다 물었다.

"왜요? 여자일 수도 있죠."

"우정보다는 사랑이지."

사장의 장난스러운 대꾸에 껄렁한 남자가 손끝을 딱, 튕겼다.

"아하. 사랑에 빠진 남자라면 애 딸린 신비주의 여자라도 얼마든지 숨겨줬을 것이다? 우와, 근데 그게 그렇게 딱딱 추리가 돼요? 진짜 사장님은 돌아온 셜록 홈즈라니까요."

"이틀 안에 찾아."

"예? 아니, 아무리 그래도 그렇지. 그걸 어떻게 이틀 만에……."

사장이 돌아서 움직이기 시작했다. 껄렁한 남자가 황급히 따라가며 물었다.

"그런데 이번엔 무슨 회사 차리는데요? 직원 많아요? 이번에도 안나 아줌마랑 저하고만 직원이에요? 이번엔 예쁘고 참신한 신입 여직원 하나 뽑죠?"

사장은 대꾸가 없었다. 껄렁한 남자는 걸음을 멈추고 사장의 뒤로 주먹을 휘둘렀다. 그러다가 중얼거렸다.

"그래도 또 일이 시작되네. 아싸, 신난다."

요 근래 몸이 근질근질해지던 찰난데 잘됐다, 싶었다. 방금 전까진 불가능할 것 같은 어마어마한 미션을 시키는 사장이 완전 미웠는데 지금은 갑자기 엔도르핀이 마구 돈다. 껄렁한 남자는 태블릿PC 화면에 떠오른 여자의 얼굴을 보았다. 그리고 그 옆에 있는 작은 사진도.

자그마한 사진에는 죽은 여자의 무릎에 앉은 작은 여자아이가 행복한 미소를 짓고 있었다.

"우와, 무슨 애가 이렇게 예뻐? 천사네, 천사."

앙증맞은 핀을 꽂고 희미하게 웃고 있는 여자아이를 보고 한 번 웃어준 껄렁한 남자는 사장과 반대방향으로 걸어서 오토바이가 있는 곳으로 갔다. 그리고 얼마 후 해변을 달리는 오토바이가 시끄러운 소음을 내며 사라졌다.

남자는 자동차를 세우고 전화를 받았다.

[사장님. 찾았습니다!]

다소 흥분한 진호의 목소리에 남자는 물었다.

"어디야?"

[학암포라고 서해안의 작은 어촌마을입니다. 거기에서 조금 안쪽으로 들어간 곳에 작은 교회가 있는데 거기 목사랑 같이 살았답니다. 진짜 우연하게 알아냈다니까요. 이건 진짜 하늘이 운명처럼 저한테 딱 계시를 준 거나 다름없어요. 어떻게 그렇게 기막힌 우연이 있는지. 시외버스터미널에서 제가 죽은 여자 사진을 실수로 흘렸는데 어떤 할머니가 지나가다가 그 사진을 보고는 딱 알아봤다는 거 아닙니까. 자기네 동네 목사님하고 같이 살던 여자라는 겁니다. 저, 진짜 기절초풍하는 줄 알았다니까요. 물론 사장님이 짚어준 대로 순회하다가 얻어걸린 거긴 하지만 진짜 엄청난 우연 아닙니까?]

"그래서?"

[아, 예. 그래서 그 할머니를 따라 버스를 타고 마을로 왔죠. 버스 타고 오면서 할머니한테 듣기론 목사 부인이 병으로 죽고 혼자가 됐는데 어느 날 어떤 여자를 데리고 나타났답니다. 그리고 그 여자랑 같이 살았대요. 그 여자한테 딸이 하나 있었던 것도 기억하고 있더라고요. 몇 년을 그렇게 살았는데 갑자기 없어져서 무슨 일인가 했었답니다. 죽은 줄도 모르는 눈치더라고요. 죽은 여자가 발견된 곳이 이 마을에서 훨씬 떨어진 해변이라 잘 모를 수도 있겠더라고요. 시골 사람들, 세상 돌아가는 이야기에 별 관심 없잖

습니까. 그런데 말이에요. 그 여자, 해변에서 변사체로 발견됐다
고 했잖아요. 근데 그런 기록이 없어요. 하다못해 지방신문에 한
줄이라도 나올 법했을 텐데 전혀 그런 기록이 없어요. 아무래도
누군가 힘 있는 사람들이 움직인 것 같아요. 사건화 안 되게 재빨
리 덮은 거죠.]

"딸은?"

[딸도 사라졌답니다. 여자가 안 보인다 싶었는데 어느 날부터
딸도 안 보여서 마을 사람들은 모녀가 같이 떠났나보다 했대요.]

"그렇다면 동시에 사라진 건 아니라는 얘기군."

[예? 예, 그건 아니랍니다. 엄마가 사라지고 그다음에 딸이 사
라진 모양이더라고요. 동네 사람들은 죽은 여자가 목사하고 금슬
이 좋았는데 왜 떠났을까, 궁금해했었답니다. 목사님은 아직 그
교회에서 살고 있다고 해서 지금 가는 중입니다. 마을 끄트머리에
교회가 있다고 해서 도보로 이동 중입니다. 무지하게 머네요. 사
람도 별로 안 사는 마을이 넓기는 무진장 넓어요.]

"위치 보내."

[왜요? 직접 오시게요? 알겠습니다. 바로 보내겠습니다.]

전화를 끊고 곧바로 주소 하나가 찍혔다. 남자는 주소를 확인하
고 차를 출발시켰다. 자동차가 속력을 높여 도로를 질주하기 시작
했다.

"아, 이거 참 난감합니다."

진호는 이제 막 도착한 사장에게 인상을 썼다.

"교회에 거의 다 도착했는데 갑자기 앰뷸런스가 엄청난 소리를 내면서 오더라고요. 뭔 일인가 싶었는데 사람들이 교회에 몰려 있기에 가서 물어봤죠. 그랬더니 목사가 방금 죽었다는 겁니다. 뇌경색이래요. 멀쩡히 서 있다가 갑자기 푹, 쓰러졌답니다. 앰뷸런스가 도착하기도 전까지 미동도 없었대요. 전 목사가 앰뷸런스에 실리는 것만 봤습니다."

진호는 사장의 눈치를 봤다. 목사가 죽은 게 '내 탓'도 아닌데 괜히 죄송하다.

"이제 어쩝니까?"

"가서 정확한 사인 알아봐."

"누구요? 목사요?"

대꾸가 없다. 진호는 그래도 알아들었다.

"알겠습니다. 지금 바로 가서 알아보겠습니다."

진호는 사장이 교회 안으로 들어가는 것을 보고 뒤돌아서 달리기 시작했다. 다시 마을로 돌아가서 버스를 타고 시내로 나가야 될 일을 생각하니 아득하지만 사장의 지시를 수행하려면 다른 수가 없었다.

남자는 교회 안으로 들어갔다. 낡고 작은 교회였다. 천천히 둘러봐도 10분도 안 걸릴 크기였다. 남자는 교회와 연결된 목사의 개인 사택으로 들어갔다. 사택이라고 해봤자 소박했다. 방 두 개에 화장실 하나인 전형적인 시골집. 남자는 안방으로 보이는 방문을 열고 안으로 들어갔다.

주인이 없는 집은 누구의 발길도 막지 않는다. 남자는 방을 둘러보았다. 수많은 책들이 꽂혀 있고 쌓여 있었다. 그 책들 틈에 액자 하나가 놓여 있었다. 남자는 액자를 들어 사진 속 단란한 가족을 보았다.

김은혜가 아니었다. 그녀의 딸도 없었다. 평범한 시골 여자로 보아하니 죽은 목사의 아내인 것 같았다. 남자는 아무렇게나 꽂혀 있는 앨범도 뒤적거렸다. 앨범의 어디에도 김은혜는 없었다. 다른 방도 뒤져보았지만 어디에서도 김은혜와 그녀의 딸의 사진은 없었다.

"숨겨주고 있었군."

남자의 입에서 작은 중얼거림이 새어나왔다. 박진호가 할머니에게 들은 게 맞다면 목사는 김은혜와 4, 5년을 함께 살았다. 그 시간 동안 흔한 사진 한 장 안 찍었다는 건 흔적을 남기지 않으려는 의도였을 확률이 높다.

남자는 다시 안방으로 들어갔다. 목사는 책을 아주 많이 읽는 사람이었던 것 같았다. 책이 분야별로 아주 많았다. 남자의 눈길이 수많은 책의 제목을 훑었다. 뭔가 단서가 될 만한 것을 찾기 위해 매서운 눈빛이 집요하게 번뜩이고 있었다.

그때였다.

남자의 눈길이 엉뚱하게도 창밖의 드럼통에 멈췄다. 마당 한편에 놓여 있는 드럼통에서는 아직도 불꽃이 피어오르고 있었다.

'마당에서 쓰러져 있는 걸 이웃 사람이 발견한 모양이더라고요.'

진호의 말이 떠오른다. 목사는 마당에서 쓰러졌다. 남자는 방을 나가 마당으로 향했다. 가까이 가자 드럼통과 그 옆에 쓰레기 더미가 쌓여 있었다. 아마도 쓰레기를 태우려고 불을 지핀 모양이었다. 시골에서는 흔한 일이다. 남자의 눈길이 쓰레기 더미로 향했다. 박스들이 아무렇게나 쌓여 있었다. 발로 슬쩍 박스를 밀었다. 그러자 기다렸다는 듯 와르르 쓰러진다. 그리고…….

순간, 남자의 눈이 가늘어졌다. 허리를 숙여 뭔가를 집어 올린 남자의 손에는 책 하나가 들려 있었다. 멀쩡한 새 책이었다. 이런 쓰레기 더미에 있을 이유가 없는.

책의 표지는 검었다. 아무런 무늬도 그림도 없는 그냥 검은색이었다. 검은 바탕에 하얀색 제목과 저자의 이름만이 존재했다. 흔하디흔한 책일 뿐이었다. 그런데 남자는 자신의 동물적 직감이 예리하게 번뜩이는 것을 느끼고 있었다.

목사는 책을 태우려고 했다. 그것도 새 책을. 왜? 저 방 안에 있는 수많은 책과 다른 의미가 있기 때문이겠지. 책이 그냥 책이 아닌 이유, 이곳에 있어서는 안 되는 책, 이곳과는 연관 지어져서는 안 되는 책. 목사는 이 책의 존재를 없애려고 했던 것이다.

남자는 제목을 눈으로 읽었다.

숨바꼭질.

남자는 책을 펼쳤다. 음산하고 어두운 프롤로그로 시작되는 소설이었다. 스르륵, 책장을 넘기던 그의 손이 딱 멈추었다.

'그녀는 숨어야 했다. 자신을 향해 다가오는 익숙한 발자국 소리를 피해 어디로든 도망쳐야 했다. 몸을 낮추고 어디로든 숨어야

했다. 죽음이 한 발, 한 발 다가오는 것 같았다. 들키면 죽는다. 어서 도망쳐!'

내용도 알지 못하는데 단 몇 줄을 읽는 남자의 눈은 날카롭게 빛이 났다. 탁, 책을 덮은 남자의 눈길이 저자의 이름으로 향했다.

해리.

하얗고 단정한 글씨로 쓰여진 '해리' 라는 이름.

남자는 책을 들고 돌아섰다. 교회를 나가는 그의 뒷모습을 궁금해하거나 의심스러워하는 사람은 아무도 없었다.

"중국에서 건너온 귀한 차야. 한 잔 마시겠나?"

마태용은 차 주전자를 조심스럽게 기울이며 차를 따르는 황종국을 보며 고개를 저었다.

"아니, 됐습니다. 전 커피 한 잔 마시고 오는 길입니다."

"커피 같은 것과는 차원이 다른 차야. 어쨌든 그렇다면 나 혼자 마시지."

황 원장이 김이 모락모락 나는 찻잔을 가지고 돌아섰다.

"어때? 뭔가 잡혔다던가?"

마태용은 다시 고개를 저었다.

"특이할 만한 건 없습니다."

"얼굴을 보니 단서를 아주 못 찾은 건 아닌 것 같군. 뭐야?"

황종국은 국정원에서 잔뼈가 굵다 못해 피와 살을 묻은 사람이다. 이제 겨우 뼈마디 좀 묻으려고 하는 마태용은 그의 상대가 못

된다. 마태용은 황 원장을 속이는 건 일찌감치 포기하고 이실직고를 시작했다.

"윤주철의 아내, 김은혜가 죽기 전까지 살았던 곳을 알아냈답니다."

황종국의 눈이 번뜩, 빛을 발한다. 그러다가 허허, 황망한 웃음소리를 냈다.

"쯧쯧, 나는 새도 떨어트린다는 국정원이라는 게 옛말이 됐다는 건 일찌감치 알았지만 이 정도일 줄이야. 그렇게 많은 요원을 풀어도 단서 하나 못 찾았는데 프리랜서는 겨우 며칠 만에 거기까지 알아내? 이게 감탄만 할 일이 아니라 기가 찰 노릇이군."

마태용은 할 말이 없었다. 김은혜가 죽었을 당시에 자신도 일개 요원이었던 터라 뭐라고 항변할 입장도 아니었다. 그렇다고 지금 우리 요원들은 프리랜서보다 훨씬 뛰어나다고도 말할 수 없었다.

내가 아는 한, 프리랜서는 그 어떤 요원들보다 뛰어나니까.

마태용이 가만히 침묵하고 있자 황종국이 손을 내저었다.

"자네더러 뭐라는 건 아니야. 우리 요원들이 좀 분발해야겠다는 반성이지. 요원들 자질이 부족한 건 결국 내 책임 아니겠나. 나 혼자 하는 말이니 신경 쓰지 말게."

예전엔 모르지만 지금은 관리자급에 해당하는 마태용으로서는 신경을 안 쓸 수가 없는 말이었다. 어쨌든 지금은 그게 중요한 것이 아니다.

"어느 시골 목사와 함께 살았던 것 같은데 찾아갔을 때는 한발

늦어서 목사가 죽었답니다. 김은혜가 죽던 해에 그녀의 딸도 행방불명되었다고 하고…… 목사에게 친딸이 하나 있어서 그쪽으로 알아봤더니 7년 전까지는 소식을 주고받았던 것 같은데 그 후로는 일체의 연락도 없었다고 합니다."

"거짓말일 수도 있지."

"그럴 것 같아서 그 여자에 대해 조사해봤더니 편지나 이메일, 전화 통화, 그 어디에도 김은혜의 딸로 추정되는 흔적은 없었다고 합니다. 마지막으로 연락했던 7년 전 소재지로 찾아가봤지만 거기에서도 흔적을 찾을 수는 없었다고 하고요."

황종국이 인상을 썼다.

"그게 끝인가?"

마태용은 못마땅한 표정을 짓는 황종국을 보며 속으로 쓴 미소를 삼켰다. 프리랜서가 더 많은 정보를 알아내면 요원들이 못하다고 타박이고 기대에 못 미치면 그것에 대해 또 불만이고…… 아무래도 이번 일은 잘해도 본전이지 싶었다.

"보고는 거기가 끝입니다."

"보고는 끝이라…… 그럼 뭔가가 더 있다는 말이군."

"프리랜서라는 코드명이 그냥 생긴 건 아니니까요. 철저히 독자적으로 작전을 펼치는 요원이라 이쪽에 백 퍼센트 보고할 의무도 없고……."

"우리 쪽에서 놈을 컨트롤해야지. 이쪽이 끌려가선 안 되지."

"어찌 됐든 결과는 저희에게 들어오게 되어 있습니다. 원장님도 결과물만 만족스럽다면 괜찮으실 테고요."

마태용의 말에 황종국이 어쩔 수 없다는 듯 고개를 끄덕였다.

"그래서? 보고는 그 정도라 치고 자네가 느낀 점은?"

"뭔가를 더 알아낸 것 같기는 합니다. 제가 프리랜서를 조금 안다는 가정 하에 짐작되는 부분입니다. 시간이 필요할 뿐입니다."

"시간?"

"예."

"우리에게 가장 부족한 것이 시간이야."

"꼭 그렇지만도 않은 것 같습니다. 윤주철이라고 주장하던 그 놈이 파일을 다 까발리겠다고 협박한 후로 잠잠한 걸 보면 이쪽을 떠보려는 의향이었을 확률이 높습니다. 만약 진짜 다 불어버리겠다고 작정했다면 저희한테 경고를 보내지도 않고 언론에 이미 흘렸겠죠."

"그건 나도 짐작하는 일이고."

"우리가 잠잠하면 놈도 조급해질 수 있습니다. 급한 놈은 실수를 하게 마련이니 어쩌면 시간은 우리 편일 수도 있지 않겠습니까. 게다가 파일이 놈의 손에 없을 수도 있다는 생각도 듭니다."

황종국은 침묵했다. 마태용은 뭔가 꺼림칙함을 느꼈다.

"제게 말씀해주지 않은 게 있습니까?"

"……."

분명히 뭔가 있다.

"숨기는 게 있으면 시간은 더 지체될 겁니다."

마태용이 말하자 황종국이 진지한 표정으로 입을 뗀다.

"그런 거, 없네."

아니다. 분명히 있다. 하지만 마태용은 더 이상 캐묻지 않았다. 물어봐야 안 나올 대답은 나오지 않으니까. 상황이 더 긴박해지면 결국 말하겠지.

"20년이라는 세월은 깁니다. 그 사이에 무슨 일이 있었는지는 아무도 모르는 일입니다."

황종국이 고개를 끄덕이더니 잠시 생각에 잠겼다. 그러다가 찻잔을 내려놓고 말한다.

"어쨌든 윤주철을 찾아야 돼. 파일이 있든 없든, 놈은 알고 있을 테니 그 입은 반드시 막아야지. 후환을 남겨둔 결과가 결국은 우리를 협박하잖아. 이번엔 확실히 해야지."

마태용은 다시 한 번 그 파일의 내용이 궁금해졌다. 하지만 알고 싶다고 알아지는 건 아니다. 그리고 파일의 내용을 알게 되는 것이 더 위험할 것 같았다. 술 취한 노숙자의 증언 한 마디에 이렇게 죽자고 덤비는 걸 보면 보통의 내용은 아닐 테니까. 차라리 모르는 게 이로울 때도 있다.

"기다려 보시죠. 지금으로서는 그 방법밖에 없습니다."

마태용의 말에 황종국도 고개를 끄덕였다.

"들어오세요."

박 사장은 집 안으로 먼저 들어가며 뒤에 따라오는 여자를 향해 말했다. 뚱한 표정의 여자가 집 안으로 들어서며 사방을 둘러본다.

"벽지 바르고 장판 깔면 깨끗할 겁니다. 아래층 상가는 비어 있으니 뭐, 마음대로 쓰셔도 되고. 엊그제 옆집에 살던 사람도 나갔으니 이제 이 건물은 완전히 비었죠. 아가씨가 들어오면 혼자서 건물 전체를 다 쓰는 겁니다."

부동산업을 하는 박 사장은 여자의 눈치를 보았다. 검은색 뿔테 안경 너머로 진한 눈 화장이 먼저 눈에 들어왔다. 도대체 세련미라고는 찾아볼래야 찾아볼 수가 없었다.

요즘 저렇게 진한 화장을 하는 아가씨가 어딨누? 게다가 저 머리 꼬라지 좀 보라지. 나이도 어려 보이는데 아줌마처럼 뽀글이 파마다. 요즘은 아줌마들도 저런 파마는 안 한다.

박 사장은 자신이 제일 싫어하는 진분홍색 립스틱을 진하게 칠한 여자를 보며 슬쩍 몸서리를 쳤다.

옷은 또 저게 뭔가? 덩치보다 훨씬 큰 포대자루 같은 점퍼를 걸친 것도 모자라 주름치마라니…… 아이고, 오래전에 돌아가신 우리 할머니가 즐겨 입던 치마잖아.

"좀 볼게요."

목소리도 영, 어색했다. 걸걸하고 묵직한 것이 여성스러움이라고는 눈 씻고 찾아볼 수도 없었다. 박 사장은 집 안 곳곳을 꼼꼼하게 살펴보는 여자를 보며 고개를 설레설레 저었다.

뭐 하는 아가씰까? 이런 재개발 직전의 동네에는 왜 들어오려는 걸까? 아, 물론 돈이 없어서겠지. 뻔하다. 그래도 고작 6개월 정도밖에 살 수 없는 이런 집을 얻겠다고 저렇게 열심히 살피는 게 정상은 아니지 싶었다. 6개월 후면 이 동네는 철거된다. 싹 무너트리고 새 아파트가 들어설 예정이었다. 박 사장도 다음 달엔 동네를 잠시 떠나 있을 예정이었다. 다들 떠나는 이곳에 저 아가씨는 살겠다고 들어오는 것이다.

"좋네요."

여자가 다가오며 말했다. 박 사장은 어색하게 웃으며 다시 한 번 주의를 주었다.

"6개월밖에 못 사는데 진짜 괜찮겠어요? 여기, 6개월 후면 철거되는 집이에요."

"네, 괜찮아요. 어차피 저도 몇 개월만 지낼 곳을 찾는 거예요."

"아니, 왜요?"

"살던 집이 수리 중이거든요."

"그래요? 아이고, 엄청나게 크게 수리를 하는 모양이네. 몇 개월씩이나 걸리는 걸 보면."

"거의 새로 짓는다고 봐야죠."

박 사장은 그제야 이해를 했다. 뭐, 그렇다면야 홀가분하고 기꺼운 마음으로 계약을 성사시켜도 좋을 것 같았다.

"월세는 6개월치 선불이고 집은 막 써도 됩니다. 어차피 철거될 거니까. 계약서는 따로 필요 없죠. 어차피 선불 받으니까."

"네. 계좌번호 주세요."

박 사장은 시원시원하게 대답하는 여자가 마음에 들었다.

"여기, 집주인 주민증이랑 계좌번호."

여자가 박 사장이 내민 서류들을 건네받고 고개를 끄덕였다.

"동네가 좀 어수선할 거요. 그래도 위험하고 그런 곳은 아니니까 크게 걱정할 필요는 없어요. 좋은 사람들만 사는 동네라 양아치도 없어. 철거된다고 빈집이 많긴 하지만 경찰서가 근처라 순찰도 자주 돌거든. 철거된다고는 하지만 괜히 불량배들 아지트가 돼서 불이라도 나면 큰일이니까."

"좋네요."

"좋아요. 뒤쪽으로 산도 있어서 공기도 좋지. 고칠 것도 없이 그냥 편하게 살아요."

"네."

"같이 내려갈래요?"

"아뇨, 전 좀 더 둘러볼게요. 그래도 되죠?"

"마음대로 하구랴. 그럼 나 먼저 갑니다."

박 사장은 집을 나서며 좋아하는 노래를 흥얼거렸다. 철거한다고 이사하라는 공지가 난 후로 첫 거래였다. 요 근래에는 가게에 나와 시간이나 때우는 수준이었는데 이게 웬 횡잰가 싶었다.

"수수료도 두둑이 챙겨주고. 그 아가씨, 외모는 영 아닌데 심성은 참 착하네."

내리막길을 걸어 내려가는 박 사장의 발걸음이 무척이나 가벼웠다.

서연은 혼자가 되자 한숨을 길게 내쉬고 일부러 걸걸하게 냈던 목청을 기침으로 원상복귀 시켰다.

"흠, 흠."

목이 좀 진정이 되자 고개를 쳐들어 보았다. 천장을 올려다보고 지저분한 벽지와 바닥을 다시 한 번 훑어본 그녀는 주방으로 향했다. 오래되고 낡은 싱크대가 그런대로 멀쩡하게 보였다. 30평은 되어 보이는 집은 가구가 없어서 휑하고 을씨년스럽기까지 하다. 숨을 내쉴 때마다 더운 김이 나와 공기 중으로 흩어졌다.

'보일러는 틀어도 돼요. 아직 안 끊었으니까. 옥상에 가스통 있으니까 비어 있으면 여기 이 번호로 전화해서 배달시키면 되고. 안 그래도 주인이 수도니 전기니 다 끊으려고 했었는데 아가씨가 들어오면 보류한다고 했어요. 사는 데 전혀 지장 없을 겁니다.'

부동산 아저씨가 말한 대로였다. 싱크대에 매립되어 있는 가스레인지를 켜니 푸른 불꽃이 올라온다. 물도 잘 나왔다. 서연은 넓은 집 안을 휘익 둘러보았다. 가구를 채워 넣고 음식을 만들고 온기를 넣으면 아늑하게 될 것이다. 그렇다고 진짜 집처럼 꾸밀 생각은 없다.

"매트, 테이블, 의자."

서연의 입에서는 꼭 필요한 몇 가지의 가구들만 나열되었다. 옷가방과 노트북, 짐도 그게 전부였다. 6개월 후엔 다시 이동해야 했다. 옮기게 될 때는 짐만 될 가구는 많이 필요 없다. 어차피 남겨두고 갈 거니까. 떠날 땐 옷가방과 노트북만 있으면 된다. 그다음에도 6개월에서 1년. 한곳에 오래 정착하는 건 위험하다. 적에게 단서를 주는 계기를 만들어줄 것이다. 계속해서 움직이고 끊임없이 경계해야 했다. 그러니 꾸미고 아늑한 공간을 만드는 건 쓸데없는 짓이다. 언제나 떠날 것을 대비하고 미련을 두지 말아야 한다.

서연의 건조한 눈이 창밖을 응시했다.

나는 도망자다. 평생을 쫓기며 살아왔다. 낯선 공간, 낯선 공기, 낯선 사람들. 이제는 이것들도 익숙하다. 일생이 되어버린 도망 생활, 이제는 원망도 없다. 다만 붙잡히고 싶지 않을 뿐이다. 원해서 사는 삶이 아니지만 살아야 한다.

'서연아, 견뎌내야 해. 언젠간 때가 올 거야. 우리도 평범한 사람처럼 정착해서 살게 될 날이 반드시 올 거야. 그러니까 견뎌. 그날이 올 때까지 꼭 이겨내야 돼.'

엄마가 돌아가시기 전에 했던 말이다. 그때는 그게 유언이 될 줄 몰랐다.

창밖을 바라보는 눈빛이 흔들렸다.

그런 날이 올까? 엄마, 정말 나한테도 그런 날이 오긴 할까?

너무 멀게만 느껴진다. 어쩌면 이대로 도망만 다니다가 생이 끝날지도 모른다는 두려움도 든다. 엄마처럼…… 불쌍한 엄마는 쫓기다 죽었다. 시신을 수습할 수도 없었다. 따뜻한 곳에 묻어줄 수도 없었다. 그저 신원미상이라는 네임카드가 붙여진 채로 홀로 외롭게 누워 있다가 화장되었다. 화장된 가루라도 회수해 묻어준 것만으로도 천행이었다.

서연의 눈이 밤하늘을 올려다보았다. 눈이 올 것 같다. 이상하게 올해 겨울은 유난히 춥고 시리게 느껴진다.

〈3개월 후.〉

"이야, 이거 진짜 물건이네."

조용했던 사무실에 여자의 목소리가 쩌렁, 울렸다. 맞은편 책상 앞에 앉아 스타크래프트에 집중하며 열심히 전투를 하고 있던 껄렁이가 고개를 들지도 않고 묻는다.

"또 뭐가요?"

"뭐긴 뭐겠냐?"

"해리?"

"그래, 해리. 얘, 진짜 대단하네."

"왜요? 뭐, 단서라도 잡혔어요?"

"단서가 없는 게 대단하다는 거지. 야, 박진호."

"왜요?"

"너, 알지? 내가 맘먹고 파서 못 알아내는 거 없다는 거."

"알죠."

껄렁이, 박진호는 야구모자를 삐뚜름하게 쓴 채 화면에서 무기고가 파괴되는 걸 보며 회심의 미소를 짓고 있었다. 입은 껌을 씹느라 쉴 새 없이 움직이고 손은 마우스를 이리저리 휘두르느라 빨랐다.

"근데 얘는 진짜 모르겠단 말이야. 도대체가 단서가 없어."

모니터를 심각하게 들여다보며 중얼거리는 여자는 세련된 웨이브 머리에 가죽 재킷을 입고 있었다. 그녀가 입에 물고 있는 볼펜 끝에는 영어로 멋들어진 이름 하나가 새겨져 있었다.

'anna'

진호가 껌으로 풍선을 커다랗게 불더니 입술을 오므려 쪽 빨아당겨 입 안에서 터트렸다. 마우스를 툭 던지는 폼이 전쟁에서 이기고 돌아오는 개선장군 못지않다.

"제가 그랬잖아요. 도망으로만 따지면 프로 중의 프로라고. 이사할 때 그렇게 흔적 안 남기고 사라질 수 있는 것만 봐도 딱 답이 나오잖아요. 짐은 싹 다 버리거나 재활용센터에 넘기고 갔다는 거 알아내고 제가 혀를 내둘렀잖아요. 이삿짐 옮기려면 이삿짐센터나 용달차라도 불러야 하는데 그럼 다음 행선지를 한 사람이라도 더 알게 될까 봐 그러는 거잖아요. 그뿐인가? 그 여자 사는 동안엔 전기도 없고 가스도 없어요. 대체 밤엔 어떻게 하고 사는지 모르겠어요."

"전기 없으면 못 사나? 옛날엔 등유나 촛불 가지고도 잘만 살았어."

"요즘 세상에 그렇게 사는 사람이 어딨어요? 그럼 가스는요? 최소한 밥은 해먹고 살아야 할 것 아니에요."

"버너 있잖아. 가스통도 있고. 도시가스만 가스냐?"

"하긴. 그러네요. 참, 문명의 혜택 안 누리고 살자고 마음먹으면 못 할 것도 없지 싶어요."

"전기도 썼을 거야. 다른 사람 명의로 등록됐으면 아무도 모르는 거지."

"그렇긴 하네요. 캬, 진짜 끝내주는 여자네. 진짜 만나보고 싶다."

"근데 여자가 맞긴 맞아?"

안나의 질문에 껄렁이가 눈을 크게 떴다.

"사장님이 여자라잖아요."

"그러니까 진짜 맞냐고."

"맞겠죠. 맞다고 하니까 그런가 보다 하는 거죠."

"나이가 20대라며?"

"예, 중반쯤이라고 하던데요?"

"그런 여자가 가능해?"

"뭐가요?"

"20대 중반의 아가씨가 그렇게 철저한 은둔생활이 가능하냐고. 전기나 가스 없이는 살 수 있어도 그 젊은 혈기를 감추면서 살기는 힘들지 않나? 예쁘게 화장도 하고 싶을 거고 놀고도 싶을 테고 연애도 하고 싶을 거고…… 그 나이에 하고 싶은 게 오죽 많을 거야? 그런데 그 여자가 살던 근처 사람들 누구도 그 여자를 기억 못 한다며?"

"그렇대요. 그 목사 딸 말로는 1년도 안 돼서 계속 이사를 했었다잖아요. 그래서……."

"그래도 그렇지. 목사 집에서 나갔을 때 나이가 열아홉 살쯤 된 거잖아. 열아홉 살짜리가 혼자서 그렇게 철저하게 은둔하며 살았다는 거, 난 이해가 안 되는데."

"제 말이요. 그러니까 괴짜라니까요. 분명히 성격이 아주 요상한 여자일 거예요. 얼굴이 아주 못생겼고 몸은 비대하고 목소리는 걸걸. 분명히 심각한 대인기피증 환자일 거예요."

"그런가?"

"그렇다니까요. 이 출판사 전 주인도 해리 작가는 단 한 번도 못 봤다잖아요. 이메일로만 연락을 주고받았다고 하고……."

껄렁이는 고개를 설레설레 저었다. 사장이 이 출판사를 인수하고 자신들을 직원으로 채용한 이후로 가장 먼저 한 일이 그거였다. IP를 추적해 해리의 주소를 찾아내는 일. 하지만 실패했다. 해리는 모든 이메일을 각기 다른 장소에서 보내왔고 그 장소들은 모두 PC방이었다. PC방에 남아 있는 CCTV 자료들도 모두 분석했지만 찾을 수 없었다. 여섯 살 때 사진 하나뿐인데 20년이 지난 후의 얼굴을 예상하는 건 거의 불가능에 가까웠다. 날씬한지, 뚱뚱한지, 키는 얼마나 되는지, 어느 정도는 알아야 하는데 그것도 모른다. 게다가 철저했다. 자신을 드러낼 수 있는 어떤 단서도 들키지 않으려고 철저히 계산하면서 살고 있는 듯했다.

"낚시, 실패하면 어쩐다니?"

안나가 묻는다. 껄렁이는 고개를 저었다.

"모르죠. 어쨌든 사장님이 분명히 연락 올 거라고 하니까 우린 그냥 기다리는 거죠."

"미끼 물 때까지?"

"그렇죠. 미끼 물고 입질 올 때까지."

탁. 집 안으로 들어선 서연은 자신이 설치해둔 안전장치들을 모두 점검하기 시작했다. 눈에 보일 듯 말 듯 가늘게 쳐둔 실이 그대로 있는지, 넘어져도 소리가 나지 않는 스펀지 인형이 그 자리에 있는지, 집 안으로 들어가는 이중문 안쪽의 솜방망이가 나갔던 그 모양 그대로 유지하고 있는지. 끝으로 사람이 들어올 때나 창문이 열렸을 때 함께 들어올 바람이 모이도록 만들어 놓은 장치 쪽으로 가서 코를 들이밀고 냄새를 맡는 것까지 모두 마친 후에야 비로소 긴장을 풀었다.

이 모든 것은 너무 아날로그하다. 각종 방범 시스템이 최첨단을 달리고 있는 요즘 같은 세상에선 정말 웃기지도 않는 코미디라고 생각할 사람들이 많을 것이다. 하지만 그 어떤 첨단 시스템보다 이런 것들이 때로는 효과적이다. 그 시스템들이 아무리 어마어마한 기술력을 자랑한다고 해도 선 하나 끊어버리면 무용지물 되는 거고 해킹으로 오작동 일으키면 만사 허탕이 되는 것이다. 하지만 이런 아날로그적이고 구시대 유물 같은 방식은 그럴 일이 없다. 이중, 삼중으로 장치를 설치해두면 제아무리 귀신같은 놈이 침입해도 단박에 알 수 있다. 그럼에도 불구하고 서연은 집 안으로 들어간 후에도 다시 한 번 확인을 하는 걸 잊지 않았다.

누군가 숨어 있을 수 있는 공간은 없다. 가구가 거의 없는 공간은 사방이 트여 있어 숨을 수 있는 공간이 없다. 기껏해야 천장에 붙어 있는 게 다겠지. 하지만 이렇게 올려다보고 확인하면 된다.

서연은 천장을 보고 아무도 없는 것을 확인한 뒤 곧바로 쓰고 있던 가발을 벗었다. 시원하다. 짧은 커트머리를 손가락으로 휙휙, 헝클어트려 바람을 넣어주었다. 가발은 바닥에 가만히 내려놓고 곧바로 세면대가 있는 곳으로 향했다. 여기엔 화장실이 따로 없다. 공간 맨 끝 쪽에 유리 칸막이가 쳐진 샤워실과 좌변기가 놓여 있다. 그리고 그 옆엔 세면대가 있었다. 누가 볼 사람도 없으니 칸막이는 필요 없다. 괜히 보이지 않는 공간만 생기는 것뿐이다.

서연은 세면대 앞에 섰다. 벽에 걸려 있는 깨진 거울 속에서 화장기 진한 여자의 얼굴이 보였다. 씨익, 웃어 보았다. 광대 같다. 녹색과 푸른색이 섞인 눈 화장에 빨간 립스틱. 영락없는 피에로다. 문득 서연의 눈길이 아침에 보던 잡지로 향했다. 매트리스 아래쪽에 아무렇게나 펼쳐져 있는 잡지 속, 멋진 모델이 활짝 웃고 있었다. 하얀색 티셔츠에 무스탕을 걸치고 아래에는 몸매가 드러나는 스키니진을 입은 모델은 내추럴한 화장으로 청순한 미소를 보이고 있었다.

예쁘다.

서연의 눈은 잡지 속 모델을 부러운 듯 바라보고 있었다. 아주 잠깐이었지만 그녀의 눈에는 숨길 수 없는 욕망이 드러나 있었다.

스물여섯의 아름다움. 마음껏 꾸미고 멋지게 뽐내면서 세상을 즐기고 싶은 욕망. 그건 숨길래야 숨길 수가 없는 본능이었다. 하지만 억누를 수는 있었다. 그것이 생존과 관련된 거라면 그럴 수밖에 없다. 살려면 다른 선택이 없으니까.

서연의 눈길은 단호하게 잡지에서 멀어졌다. 다시 거울 속 현실로 돌아온 그녀는 선반 위에 올려져 있는 커다란 통 속의 물비누를 짜내어 얼굴을 문지르기 시작했다. 하얀 거품이 얼굴 전체를 뒤덮고 한동안 점유하다가 그녀가 물을 끼얹자 차츰 뽀얀 살결을 드러내기 시작했다. 꼼꼼하게 세수를 하고 다시 고개를 들었을 때 거울 속 여자는 변해있었다.

하얀 피부는 매끄러웠다. 따로 그리지 않아도 숱이 많아 저절로

까만색 아치 모양을 유지해주는 눈썹과 짙은 쌍꺼풀 덕에 별도의 아이라인조차 필요 없는 큰 눈. 속눈썹은 짙었고 콧날은 오뚝했다. 입술은 약간 큰 편에 속했지만 그리 보기 싫지는 않다. 계란형 얼굴은 작아서 귀엽게 보이기까지 하다. 조금 전의 화장기 진하고 천박해 보이던 여자는 온데간데없었다.

서연은 잠시 거울 속, 자신의 얼굴을 보다가 돌아섰다. 덩치가 커 보이려고 껴입은 옷들을 벗어버리고 가장 기본적인 티셔츠와 편안한 트레이닝바지로 갈아입었다. 일주일치 먹을 음식들을 아이스박스와 보관용 박스에 차곡차곡 정리하고 간식용으로 사온 비스킷을 들고 노트북 앞에 앉았다.

컴퓨터가 켜지고 비밀번호를 묻는 질문에 답을 해주니 윈도우 화면이 나타났다. 서연은 가장 먼저 해킹방지 프로그램을 실행시켰다. 다음엔 인터넷에 접속하고 곧바로 IP추적방지 프로그램을 가동시켰다. 아무리 뛰어난 해커라도 1분 안에 이 프로그램을 뚫고 들어올 수는 없을 것이다.

서연은 서둘러 로그인을 하고 메일을 확인하기 시작했다. 쓸데없는 스팸메일이 거의 전부고 그 사이에 익숙한 이름 하나가 보였다. 마우스를 움직여 클릭하고 내용은 보지도 않은 채 곧바로 스캔해 복사한 다음 문서로 저장했다. 겨우 30초가 지났을 뿐인 걸 확인하고 곧장 로그아웃을 하고 인터넷에서 빠져나왔다.

세상에서 가장 무서운 것이 인터넷이다. 이건 조심하지 않으면 적에게 노출되기 가장 좋은 시스템이다. 해킹방지 프로그램이나 IP추적방지 프로그램을 알기 전에는 매번 최대한 먼 거리에 있는 PC

방으로 가서 메일을 확인했어야 했다. 얼마나 번거로웠던지…… 나갈 때마다 변장을 해야 하는 그녀로서는 이렇게 앉아서 메일을 확인할 수 있는 것만으로도 감사할 일이다.

한결 느긋해진 서연은 문서로 저장한 메일을 읽기 위해 파일을 열었다. 그리고 파일의 내용을 읽어 내려가는 동안 그녀의 표정은 험악하게 일그러지기 시작했다.

"읽었다!"

안나가 소리치자 껄렁이는 고개를 홱 쳐들었다.

"읽었어요?"

진호가 놀라서 묻자 안나가 고개를 크게 끄덕인다.

"읽었어. IP추적 시도했는데 그건 실패했고. 접속한 지 35초 만에 로그아웃했네."

"거봐요, 추적에 관해서는 일가견이 있는 여자라니까."

"내 말이. 확실히 경계심이 대단한 여자야."

"그래서요? 답장 왔어요?"

"뭔 소리야? 이제 읽었다니까. 보스한테 보고나 해."

"뭘 보고해요? 해리가 메일 읽었다고?"

"그래야지."

안나가 당연한 거 아니냐는 표정을 짓자 껄렁이가 콧방귀를 뀐다.

"아이고, 그냥 메일을 읽은 걸로 보고를 해요? 뭐, IP추적 성공한 것도 아니고 답장이 온 것도 아니고 하다못해 쌍욕이라도 반응이 온 것도 아닌데?"

"얘야."

"왜요?"

"보스가 뭐랬니? 아주 작은 변화라도 생기면 보고하랬지? 지금이 그 보고할 때란다."

"진짜요?"

박진호가 반신반의하는 표정으로 되물었다.

"그래. 나중에 욕먹지 말고 해라."

안나가 어린애 타이르듯 대꾸해준다.

"아 씨. 별것도 아닌 걸로 보고했다고 욕먹으면 아줌마 탓이에요. 점심에 탕수육 쏴요."

"콜."

껄렁이, 박진호가 전화기를 들었다.

서연은 손톱을 물어뜯으며 집 안을 오락가락했다. 그 어지러운 행동들에서 불안과 두려움, 분노와 짜증이 동시에 묻어난다. 쉴 새 없이 여기저기를 걷던 그녀가 우뚝, 걸음을 멈추고 노트북을 노려보았다.

"미쳤어."

화가 묻어나는 중얼거림이 새어나왔다. 이건 말이 안 된다. 어떻게 이럴 수가 있지?

서연은 노트북으로 다가가 다시 다운 받은 메일을 읽었다.

'계약조항에 따른.'

'을이 홍보하는데 갑의 적극적인 협조.'

'계약조항을 어겨 을에게 손해를 입혀서는 안 된다.'

연결된 문장이 아닌 자극적인 멘트들만 눈에 쏙쏙 들어와 박힌다. 서연은 밑으로 눈길을 내렸다.

'친애하는 해리 작가님, 위 계약조항에 의거해 저희 블랙홀 출판사는 이번 원고의 출판 기한이 한 달 정도 남았음을 알려드리며 더불어 홍보를 위한 팬 사인회 이벤트를 추진하고자 합니다. 이에, 작가님의 적극적인 협조를 부탁드립니다.'

"미쳤어. 돌았어."

서연은 마우스를 집어던지며 욕설을 퍼부었다. 팬 사인회라니? 절대 불가능하다! 그녀는 자신의 머리를 헤집으며 쥐어뜯었다.

"그때 거래를 끊었어야 했는데!"

몇 달 전, 출판사 사장이 바뀌었다며 계약서를 다시 써달라고 요구하고 이런저런 내용들이 메일로 전달되었을 때 신중했어야 했다. 당시에 이사다 뭐다, 신경 쓸 일이 많아서 대충 훑고 재계약을 했던 것이 화근이 될 줄은 꿈에도 몰랐다.

한순간 방심해서 새로 작성된 계약서 내용을 꼼꼼히 훑어보지 못한 내 책임이다. 조사 하나 바뀌고 단어 몇 군데가 바뀌었을 뿐인데 어감이 확 달라졌다. 홍보에 적극적인 협조라니…… 이런 건 전의 계약서에는 없던 내용이다. 홍보가 어쩌고저쩌고하는 문장이 있긴 했지만 내게 이런 요구를 할 권한을 주는 문장 따윈 없었다.

서연은 다시 손톱을 깨물기 시작했다. 그러다 화들짝 놀라 손을 입에서 뺐다. 어릴 때부터 불안하면 손톱을 물어뜯었었다.

'서연아, 안 돼. 이런 건 널 노출시키는 거야. 작은 습관조차 버려야 돼. 널 알아볼 수 있는 어떤 빌미도 줘선 안 돼.'

엄마가 귀에 못이 박히도록 하던 말이었다. 그래서 고쳤다. 무서워서, 누군가 나를 알아볼까 봐 무서워서 습관도 버렸다. 그런데 그 습관이 하필이면 지금 다시 나온 것이다.

서연은 불안한 눈빛으로 노트북 화면을 뚫어지게 응시했다. 이대로 침묵하면 출판사에서는 팬 사인회를 진행할 것이다. 원고 기한이 얼마 남지 않았다는 건 차후 문제다. 그건 서로 협의해서 미룰 수도 있으니까. 그런데 팬 사인회는 문제가 다르다. 그건 절대 불가한 일이다.

'작가님께서 다소 불편하실 수도 있지만 저희 출판사 재정이 어려운 관계로 이번 팬 사인회는 반드시 추진해야 할 이벤트입니다. 부디 넓은 아량으로 협조를 부탁드립니다.'

말은 부탁인데 느낌은 강제성이 농후했다. 계약조항을 운운하면서 부탁한다니…… 이건 누가 봐도 명백한 협박이었다.

정말, 시쳇말로 빡친다는 표현이 딱 필요한 순간이었다.

서연은 결연한 표정으로 화장대 앞으로 가서 앉았다. 아까 벗어 놓았던 가발을 뒤집어쓰고 화장을 하기 시작했다. 벗어 놓았던 옷을 그대로 다시 꺼내어 껴입고 목도리로 코 아래쪽까지 꽁꽁 감싼 후 집을 나섰다.

3. 낚시의 기본 조건, 인내

'거봐, 내 말이 맞지? 탕수육은 네가 사라.'

무언의 눈빛으로 쏘아대는 안나의 뻐기는 표정을 보며 진호는 뚱한 표정으로 저 안쪽 사장실을 쳐다보았다. 훤히 보이는 창 너머로 데스크 앞에 앉아 있는 사장이 보였다. 정말로 안나 말대로 '보고'를 해야 하는 게 맞았다. 겨우 메일 하나 확인한 것이 전부인데도 그 보고를 하자마자 그동안 그림자도 안 보이던 사장이 나타난 것이다. 출판사를 인수하고 있던 직원들까지 싹 내보낸 뒤 사무실에는 달랑 안나와 진호만 남겨둔 후로 사장은 코빼기도 보인 적이 없었다. 그동안 계약 기간이 남은 작가들을 정리하고 각종 서류작업들과 법적인 일들을 정리하느라 바쁜 건 안나와 껄렁이, 진호뿐이었다.

진호는 몸을 팍 숙여서 건너편에 앉아 있는 안나에게 속삭였다.

"사장님이 직접 만날 생각일까요?"

"모르지. 그 속을 내가 어찌 아누."

"그래도 아줌마가 나보다는 사장님이랑 친하잖아요."

"내가?"

아줌마가 웬 외계인 전철 타는 소리냐는 표정을 짓는다.

"그럼 제가 친합니까?"

"늘상 붙어 다니는 건 너잖아."

"저야 그냥 심부름이죠. 대장이 진짜 중요한 지시는 아줌마한 테 내리잖아요."

"글쎄, 난 모르겠는데."

"말해봐요."

"뭘?"

"아줌마는 사장님 진짜 이름 알죠?"

안나가 피식, 웃는다.

"내가?"

"알잖아요. 몰라요?"

"몰라. 넌 알아?"

"모르니까 묻잖아요. 알면 묻겠어요?"

"너도 모르는 걸 내가 어찌 아니? 그리고 이름은 알아서 뭐하 게? 너나 나나, 보스하고 일하는 조건 몰라? 아무것도 알려고 하 지 말고 알지도 말아라."

"알죠. 근데 간혹 궁금은 하더라고요."

"그냥 궁금만 해라. 괜히 알아봐야 좋을 것 없어."

"왜요?"

"알면 알수록 궁금해질 테니까."

"하긴 그럴 수도 있겠네요. 또 알아봐야 내가 뭘 하겠어요? 그냥 이렇게 심부름이나 하는 게 속 편하지."

"내 말이 바로 그 말이야."

다시 몸을 펴던 껄렁이가 갑자기 툭, 물었다.

"아직 답장 없어요?"

안나가 인상을 팍, 구긴다.

"있으면 내가 지금 입 닫고 있겠니? 당장에⋯⋯."

그때였다. 전화벨이 울렸다. 커다란 공간에 울리는 전화벨 소리는 가히 파괴적이었다. 그럴 수밖에 없었다. 지금 울리는 전화기는 출판사를 인수한 후 새로 개통한 전화기였다. 번호도 새것이라 기존에 출판사와 관련 있던 사람들은 모르는 번호다. 단 한 사람, 해리만 빼고. 해리에게 보낸 메일에만 오픈된 전화번호로 전화벨이 울리고 있는 것이다.

모든 것이 일시 정지되었다. 놀란 껄렁이의 눈길이 사장실로 향한 건 약 5초가 흐른 후였다. 사장이 방을 나와 안나에게 신호를 주었다. 안나가 전화기의 스피커폰을 작동시키고 명랑한 어조로 말한다.

"네, 재미와 감동을 추구하는 블랙홀 출판삽니다."

잠시 침묵이 흘렀다. 안나가 다시 쾌활한 어조로 묻는다.

"여보세요?"

[⋯⋯저기⋯⋯.]

"네, 말씀하세요."

[전…… 해리라고 합니다.]

뒷말은 너무 작았다. 하지만 한 사무실에 있는 세 사람의 귀에는 똑똑히 들렸다. 껄렁이의 눈동자가 화등잔만 하게 커졌다. 희열이 번뜩이는 눈빛으로 사장을 보았지만 역시 사장의 표정은 그대로다.

속으로는 엄청 기쁘면서 내색을 안 하는 거다. 역시 싸장님은 내가 존경하는 포커페이스야.

껄렁이는 속으로 생각하다가 다시 전화 통화에 신경을 곤두세웠다.

"어머! 해리 작가님! 안녕하세요. 너무 반가워요."

[……네. 제가 해립니다.]

"아, 예. 안녕하세요. 안 그래도 연락 기다리고 있었습니다. 메일로 답장이 올 거라고 생각했는데 이렇게 전화를 주시니 너무 반갑고 감사하네요. 제가 작가님 왕팬이거든요. 초기 작품, 검은손부터 전부 다 읽었습니다."

[감사합니다.]

목소리가 기어들어간다. 귀를 기울이고 자세히 듣지 않으면 못 듣고 흘릴 것 같았다. 안나와 껄렁이는 물론이고 좀처럼 표정 변화가 없는 사장도 몸을 숙이고 인상을 쓸 정도였다.

세 사람이 전화기에 머리를 맞대고 있는 폼이 가관이었지만 분위기는 전에 없이 심각하고 진지했다.

[저기…… 메일을 확인했어요.]

"네. 저희가 메일을 보냈죠."

[근데 문제가 있어요.]

"문제요? 어떤 문제요?"

[그러니까…….]

갑자기 사장이 안나에게 손짓을 한다. 전화를 끊으라고 하는 제스처다. 껄렁이는 이게 무슨 씻나락 까먹는 소리냐는 표정을 지었다. 어떻게 걸려온 전환데, 얼마나 기다려온 연락인데 끊으라니? 말이 돼?

안나도 잠시 혼란스러운 표정을 짓더니 이내 사장의 의도를 알아차리고 전화기에 대고 말한다.

"만나시죠, 작가님."

[네?]

상대가 당황했다. 껄렁이도 놀랐다.

아, 이거였구나. 사장은 이 여자랑 만나려고 하는구나. 그렇지, 만나야지. 그래야 작전 진도가 나가지.

참, 멍청한 생각을 하는 자신에게 껄렁이는 웃음이 나왔다.

"문제가 있으면 만나서 의논하는 게 어떨까요? 작가님 시간을 맞추겠습니다."

[아뇨!]

상대의 반응이 격하다. 잠시 숨을 고른 상대가 다시 기어들어가는 목소리로 말했다.

[그럴 수가 없어요.]

"뭐가요? 만나는 거요?"

[전부…… 그러니까 만날 수도 없고 팬 사인회도 못해요.]

62

"어…… 그건 좀 곤란한데요. 저희가 메일에도 썼다시피 출판사 사정이 안 좋아서……."

안나가 통화를 이어가고 있는 동안 사장은 전화 추적장치를 살폈다. 껄렁이의 눈길도 그곳으로 향했다. 추적시스템이 작동해 사정권을 좁히고 있었다. 강북이다. 조금만 더 시간을 끌면 정확한 위치가 나타날 것이다. 그때였다.

[다시 전화할게요.]

생뚱맞고 다급하게 이어진 말 뒤로 갑자기 전화가 뚝 끊어져버렸다. 안나와 껄렁이는 황당한 얼굴로 사장을 보았다. 사장이 희미한 미소를 머금고 중얼거린다.

"추적을 피할 줄 아는군."

"그러게요. 딱 4분 30초 만에 끊었네요."

안나가 대꾸하자 껄렁이가 툭, 끼어들며 물었다.

"이제 어쩝니까?"

사장이 대답한다.

"기다려야지. 다시 연락이 올 때까지."

서연은 지하철을 탔다. 강북에서 강남으로 넘어갈 때까지 신중히 기다린 후 사당동에서 내렸다. 지하계단을 올라가 길거리를 걷던 그녀는 한적한 골목길에 세워져 있는 공중전화부스를 발견하고 그 안으로 들어갔다.

준비해온 동전을 넣고 아까 한 번 눌렀던 번호를 꾹꾹, 눌렀다. 신호가 간다. 그리고 한 시간 전쯤에 들었던 여자의 활기찬 목소리가 들려왔다.

[네, 재미와 감동을 추구하는 블랙홀 출판삽니다.]

자동으로 나오는 멘트처럼 아까와 똑같은 어조의 목소리였다.

"해리예요."

[아, 네. 해리 작가님.]

서글서글한 목소리가 친근하다. 하지만 서연은 경계심을 풀지 않았다.

"용건만 말할게요."

처음보다 용기가 난다. 자신의 목소리로 누군가와 통화를 하는 건 너무나 생소했기에 아까는 겁이 났었다. 한 번도 본 적 없는 사람과 이렇게 대화를 나누는 것 자체가 그녀에게는 큰 용기가 필요한 일이었다. 그래서 처음엔 목소리가 작았지만 지금은 그나마 본래의 톤이 어느 정도 나와주는 것 같았다.

[네, 편하게 말씀하세요.]

"아까 말씀드렸던 것처럼 전 만나는 것도 안 되고 팬 사인회는 더더욱 곤란한 일이라서……."

[작가님.]

부드러운 여자의 목소리가 말을 끊었다. 서연은 인상을 썼다.

[이렇게 전화로는 문제가 해결될 것 같지 않은데요. 작가님의 입장도 메일로 해명이 안 되니까 이렇게 전화를 걸으신 것 같고요. 저희도 이렇게 얼굴도 마주 보지 않은 채 계속 같은 말만 되풀이하는 건 한계가 있고요. 어떻게 생각하세요?]

같은 생각이다. 지극히 옳은 말이다. 하지만.

"개인적인 사정이 있어요."

[개인적인 사정이요?]

"공황장애가 있어요."

[아.]

상대가 침묵한다. 서연은 진심으로, 간절하고 절박하게 말을 잇기 시작했다.

"공공장소에 나갈 수가 없어요. 밖으로 나가는 것도 힘들어요. 매번 그런 건 아니지만 언제, 어디서 어떤 형태로 증상이 나타날지 몰라서…… 익숙한 장소 위주로 짧은 외출만 겨우 가능해요. 그래서 만나는 것도 안 되고, 팬 사인회는 더더욱 할 수 없어요."

[어, 그래요. 이해가 되네요.]

다행이다. 정말 다행이다.

서연은 상대가 이해했다는 사실에 너무나 기뻤다. 문제가 이렇게 쉽게 해결될 줄 몰랐는데 의외로 쉬워서 앞에 있으면 큰절이라도 올리고 싶었다.

"감사합니다. 이렇게 이해를 해주시니……."

[이해는 되는데 저희도 어쩔 수 없는 상황이라 죄송하네요. 정 뭐하시면 저희가 자택으로 방문을 드려도 되고요. 어쨌든 작가님의 사정에 최대한 맞추도록 하겠습니다.]

뭐?

서연은 눈을 동그랗게 떴다. 멍하게 있다가 얼른 시간을 확인했다. 5분이 다 되어간다. 이제 전화를 끊어야 했다.

[편하신 시간을 정해서 만날 방법과 날짜, 시간을 알려주세요.

메일로 알려주셔도 좋고요.]

상대가 친절하게 마지막 인사 멘트까지 해준다. 서연은 울상이
되었다.

[그럼 빠른 연락 기다리겠습니다.]

이쪽에서 전화를 끊지도 않았는데 저쪽에서 먼저 끊어버렸다.
서연은 한동안 멍하게 전화기만 쳐다보았다. 천천히 수화기를 걸
고 돌아서던 그녀는 주먹을 꽉 움켜쥐었다.

"말도 안 돼."

입술을 비집고 좌절어린 목소리가 새어나온다. 그리고.

"빌어먹을. 이건 말도 안 돼!"

욕설이 튀어나와 인적 없는 골목길을 공허하게 울렸다.

"올 거라고 생각하세요?"

안나가 물었다. 진호는 사장이 무슨 말을 할지 궁금해 쳐다보
았다.

"작가질 계속 하고 싶으면 오겠죠."

우문현답이다. 처음부터 그렇게 되라고 각본을 짜고 실행을 옮
긴 일이니 당연히 결과가 나와야 했다. 안나도 알면서 물은 것이
다. 결국은 해리가 나타날 거라는 걸. 그런데 이상했다. 진호는 전
화기를 통해 들려온 아가씨의 여린 목소리에서 두려움을 느꼈다.
정말로 사람들을 대하는 것이 무서워하는 것 같은 느낌이었다. 그
건 안나도 마찬가지인 것 같았다. 그러니 저런 엉뚱한 질문을 한
거지.

사장이 방으로 들어가 버렸다. 진호는 안나를 돌아보았다.

"공황장애, 그거 무지하게 무서운 병이라는데…… 그거 발작증
상이 일어나면 목숨이 위태로울 수도 있대요. 진짤까요?"

"아니."

안나가 자신 있게 대답한다.

"그죠? 하긴, 말이 안 되죠. 아까 보니까 공중전화부스를 이용
해서 전화를 하는 것 같던데 진짜 공황장애라면 밖으로 나오지도
못하죠."

"꼭 그렇지만도 않아."

"예?"

"공황장애라고 증상이 다 같은 것도 아니고 사람들이 많은 곳
에 못 가는 것도 아니야. 내가 아는 사람 중에도 공황장애가 있었
던 사람이 있는데 때로는 커피숍 같은 곳에 가도 아무렇지도 않더
라고. 그러다가 어떤 날에는 집 밖으로도 못 나올 때도 있고."

"괜찮았다가 아니다가, 하는 거란 말이에요?"

"공황장애나 대인기피증이나 이런 병들은 전부 어떤 외상에 의
한 트라우마 때문에 생길 확률이 높거든. 그러니까 트라우마를 자
극하는 어떤 사물이나 분위기에 따라 발작이 일어나는 경우가 많
다는 거지."

진호는 고개를 끄덕였다. 그러다가 다시 안나를 쳐다보았다.

"그럼 진짜일 수도 있겠네요?"

안나가 어깨를 으쓱한다.

"몰라. 그런데 너라면 어떨 것 같니?"

"뭐가요?"

안나가 화면을 껄렁이 쪽으로 돌렸다. 화면에는 죽은 김은혜와 그녀의 어린 딸의 사진이 띄워져 있었다.

"이 아이는 여섯 살에 도망자 생활을 시작했어. 그리고 열아홉에 엄마를 잃었고 그 후로 혼자서 도망생활을 이어왔을 확률이 높아. 물론 아버지인 윤주철이 함께 했을 확률도 있지만 어쨌든 유년시절과 청년기, 그리고 아가씨가 된 지금까지 누군가에게 끊임없이 쫓기면서 살고 있는 여자야. 너 같으면 어떨 것 같냐고."

미치지. 여섯 살 때부터 20년을 쫓기는 생활을 해왔다면 미치지 않은 것만으로도 기적이 아닌가? 공황장애가 대수겠는가? 더한 정신병을 얻고 자살하지 않은 것만으로도 대단하지 싶다. 그런데 해리라는 이 여자는 스스로 살아냈다. 비록 은둔생활로 점철된 삶이지만 당당히 작가로서 이름을 알리고 스스로의 능력으로 돈을 벌고 나름대로 세상에 적응을 하고 살고 있는 것이다.

희한하다. 일면식도 없고 알지도 못하는 상대에 대해 동정심과 보호본능을 미리 느끼다니. 게다가 은근히 존경심까지 인다.

"에이, 찜찜해."

안나가 중얼거리더니 의자에서 일어나 사무실을 나가버렸다. 진호는 화면 속의 사진을 다시 보았다.

이번 일…… 아무래도 쉬울 것 같지가 않다. 아니, 쉽기는커녕 지금까지 해왔던 어떤 작전보다 어렵고 힘들 것 같은 불길함이 강하게 밀려든다.

서연은 도로 건너편 건물을 뚫어지게 노려보고 있었다. 30분째 그 자리에 서서 아무런 움직임도 없이 건물이 무너지길 바라는 표정으로 끈질기게 노려보고 있었다. 하지만 건물은 건재했다. 아무리 노려봐도 절대 무너질 리가 없다는 것도 안다.

"빌어먹을."

아흔여섯 번째 욕설이 새어나왔다. 손이 저절로 입으로 간다. 입술에 손가락이 느껴지자 화들짝 놀라 재빨리 손을 내렸다.

잘하는 짓일까? 이래도 되는 건가? 진짜 위험하지 않은 걸까?

며칠 동안 내내 수천 번, 수만 번 되뇌었던 질문을 또다시 곱씹었다.

잘하는 짓은 아니지. 이러지 않을 방법이 있다면 절대 안 이러지. 위험? 젠장, 이렇게 길거리에 서 있는 것부터가 위험한 짓이잖아.

서연은 스스로에게 반복적으로 했던 대답을 또다시 했다. 답은 나와 있었다. 저 끔찍하게 싫은 건물 안으로 들어가야 한다. 홀을 지나서 엘리베이터를 타고 7층에 있는 블랙홀 출판사로 들어가 당당하게 인사를 해야 한다.

'안녕하세요, 해리 작갑니다. 사장님과 미팅 약속이 있어서 왔는데요.'

집에서 수백 번 연습했다. 그러니까 자연스럽게, 연습한 대로만 하면 된다.

젠장, 말이 쉽지. 그게 말처럼 되냐고!

서연은 한숨을 푹, 내쉬었다. 웬만하면 낯선 사람과 세 마디 이상의 대화를 나눠본 적이 없다. 엄마 외에는 목사님과 그분의 딸인 인주 언니가 긴 대화를 해본 유일한 사람들이었다. 서연은 말이 없는 아이였다.

'아무 말도 하지 마. 낯선 사람과는 눈도 마주치지 마. 넌 말 못하는 아이야. 엄마가 그렇다고 말해뒀어. 그러니까 넌 말을 하면 안 돼. 알았지?'

말 못하는 아이…… 엄마가 돌아가시기 전까지 그녀가 지켜온 비밀이었다. 목사님과 인주 언니만 아는 비밀. 목사님과 같이 살면서 교회와 집 안에서만 말을 했다. 그 외에는 침묵, 말을 못하는 아이였던 서연은 누군가와 눈을 맞추고 대화를 하는 것이 세상에서 가장 무섭고 힘든 일이 되어버렸다.

글은 쉬웠다. 팬들과 메일을 주고받는 것이 그녀가 할 수 있는 최소한의 소통이었다. 얼굴을 보이지 않아도, '나'를 드러내지 않아도 되는 글의 세상은 서연이 이 세상을 살아가고 있는 사람 중 한 사람이라는 유일한 증거였다. 그렇게만 살고 싶었다. 들키지 않고 숨어 살면서 글로서 세상과 소통하며 사는 것. 그렇게 해리로 살면서 나름대로 지켜온 평화를 깨트리고 싶지 않았다. 그런데…….

서연은 건물을 또다시 노려보았다. 갑자기 화가 난다. 맹렬한 분노가 타오른다.

내가 어떻게 만들어온 평환데, 내가 얼마나 간절하게 지켜온 평환데…… 저기 있는 저 사람들이 그걸 무너트리려고 해! 내가 소통할 수 있는 유일한 세상인, 나의 팬들에게 실망을 줄 순 없어.

절대 그렇게는 못해!

'해리 작가님, 이게 마지막 메일이 될 것 같습니다. 수없이 많은 메일을 보내고 다시 연락이 오길 기다렸지만 더 이상의 기다림은 힘이 들 것 같습니다. 내일까지 사무실에 오시지 않으면 이벤트를 진행해도 좋다는 의사로 받아들이고 팬 사인회를 진행하도록 하겠습니다. 해리 작가님을 사랑하는 팬들을 실망시키지 않도록 신중한 판단을 부탁드립니다.'

어제 온 메일은 마치, 마지막으로 경고를 하는 것 같았다. 네가 안 나오면 팬 사인회를 진행할 거고 팬 사인회에 안 나타나면 해리라는 작가 생명은 이제 끝나는 거라고 협박이라도 하는 것 같았다.

안 올 수가 없었다. 저 발칙하고 못된 블랙홀 출판사 사람들이 무서워서가 아니다. 나를 믿고, 내 작품을 좋아해주는 팬들을 기만할 수가 없어서다. 팬들은 내가 사인회를 한다고 하면 달려올 것이고 내가 나타나지 않으면 실망할 것이다. 그렇게 만들 수는 없었다!

서연은 마지막으로 길게 심호흡을 했다. 그리고 잔뜩 웅크리고 있던 몸을 펴고 많은 사람들이 오고가는 길가로 발을 내딛기 시작했다. 한 걸음, 두 걸음, 느리던 걸음이 점점 빨라지고 있었다.

"안 오는 걸까요?"

껄렁이 진호가 5시 30분이 다 되어가는 시간을 확인하며 물었다. 맞은편에 앉아 커피를 마시던 안나가 대꾸한다.

"난 온다는 데 만원 건다."

"짠순이, 아줌마가 웬일이래요? 돈을 다 걸고?"

"그만큼 자신이 있다는 거지. 보스도 봐. 하루 종일 나가지도 않고 저러고 있잖아."

껄렁이의 시선이 사장실로 향했다. 의자에 기대 눈을 감고 있는 사장의 모습이 보였다. 다리는 책상 위에 턱하니 걸치고 의자는 한껏 뒤로 젖힌 채 눈을 감고 있는 폼이 영락없는 한량이다.

"꼭 와야지. 네가 생애 처음으로 그렇게 말쑥한 차림을 하고 있는데 안 오면 섭하지."

안나의 놀리는 말투에 껄렁이는 입술을 삐죽거렸다. 아닌 게 아니라, 오늘 진호의 옷차림은 파격적이었다. 단 한 번도 힙합 패션을 등한시한 적이 없는 껄렁이는 오늘 와이셔츠에 기지바지까지 갖춰 입었다.

'출판사 직원처럼 입어.'라는 사장의 지시가 없었다면 절대 이런 옷은 입지 않았을 것이다. 진짜 싫었지만 작전을 위해선 어쩔 수가 없었다. 껄렁이는 한숨을 푹, 내쉬었다.

내가 이렇게 옷까지 갖춰 입었는데 진짜 안 나타나는 거 아냐? 아 씨, 오려거든 빨리 올 것이지. 뭐 하느라…….

똑똑.

작은 노크소리가 울렸다. 껄렁이는 저도 모르게 벌떡 일어섰다. 안나가 빠르게 속삭인다.

"앉아. 자연스럽게 해."

껄렁이는 또다시 재빠르게 앉았다. 사장실 쪽을 보니 창 쪽 블라인드가 반쯤 내려가고 있었다. 햐, 빠르네. 빨라.

"네, 들어오세요."

안나가 큰소리로 대답을 한다. 조심스럽게 문이 열릴 걸 기대하며 껄렁이는 잔뜩 긴장했다. 그때였다.

벌컥, 문이 열리더니 여자가 나타났다. 마치 전쟁터에 나타난 아테네 여신처럼 당당한 포스였다. 껄렁이의 눈이 휘둥그레졌다. 안나의 입도 쩍 벌어졌다. 사장? 사장은 모르겠다. 안 보인다. 어쨌든 반전도 이런 반전이 없다. 완전히 기절초풍하기 직전의 상황이 발생했다.

여자는 펑크족 같은 머리스타일을 하고 화장이 짙었으며 치마도 짧았다. 껌을 질겅질겅 씹는 것이 학창시절, 면도칼 좀 씹은 여자 같았다.

"안녕하세요."

여자가 성큼, 성큼 안으로 들어오더니 껄렁이의 앞에 섰다. 진호는 침을 꿀꺽 삼키며 멍청하게 눈만 껌뻑거렸다. 그러자 안나가 일어서며 친절하게 묻는다.

"혹시 해리 작가님?"

역시 안나가 노련하다. 껄렁이는 여자를 보며 대답을 기다렸다. 빨간 립스틱을 바른 입술이 움직인다.

"네, 제가 해립니다."

헐! 스타킹도 그물이다!

"그러니까 제 입장도 생각해보시라는 거죠."

서연은 보란 듯이 다리를 꼬았다. 짧은 치맛단이 너무 많이 올라간다. 하지만 치맛단을 내리는 건 너무 약해 보일 것 같았다. 그냥 두기로 했다. 껌을 짝짝, 씹으며 맞은편에 앉아 있는 남자를 쳐다보았다. 좀…… 긴장이 된다. 겉으로는 웃고 있지만 왠지 범상치 않은 기운이 느껴진달까? 어쨌든 눈빛이 날카롭게 보인다.

　이 사무실에는 현재 맞은편에 앉아 있는 사장과 멋진 패션 감각을 자랑하는 나이 든 여자 한 명과 이상하게 옷차림이 어정쩡하게 보이는 젊은 남자가 한 명 더 있었다. 자신을 유안나라고 소개한 여자는 대충 어림잡아 봐도 마흔을 훌쩍 넘어 보인다. 또, 스스로를 박진호라고 소개한 젊은 남자는 어딘지 말투가 껄렁하게 느껴진다. 그다음엔…….

　"저희 출판사 입장도 생각해달라고 말하고 싶군요."

　부드럽게 말하는 이 남자. 사장이라고 했다. 차……동준? 그래, 그랬다. 이 남자, 생각보다 젊다. 출판사를 인수한 지 얼마 안 됐다고 했을 때, 당연히 나이가 지긋한 사람일 거라고 생각했었다. 그런데 기껏해야 30대 중반? 아니, 그보다 젊어 보인다. 세상 사람들의 잣대로 잰다면 아주 잘생긴 편에 속하고 또 멋진 남자로 통할 것이다. 그런데 서연에게는 그런 평범한 기준이 없었다. 이 세상에는 위험한 사람과 그렇지 않은 사람, 이 두 가지의 부류만 존재한다.

　그렇다면 지금 나를 쳐다보고 있는 사장이라는 저 작자는 어느 쪽이지?

　위험하다.

서연은 그렇게 결론을 내렸다. 어떤 위험한 낌새도 느낄 수 없지만 이상하게 느낌이 그랬다. 사장이 자신을 볼 때마다 신경이 곤두서고 몸속 세포가 일제히 긴장하는 것 같은 느낌이 든다. 그러니까 직접적인 해를 끼칠 사람이 아니라도 어쨌든 두 번 다시 만나고 싶지 않은 사람은 맞다.

"전……."

"해리 작가님."

서연은 단호하게 입을 열었다. 하지만 사장이 치고 들어왔다.

"먼저 말씀하시죠."

서연이 선심이라도 쓰듯 말하자 차동준이 말한다.

"서로의 입장이 아주 다르지만 각자가 또 나름의 이유가 있으니 서로 합의점을 찾는 게 좋을 듯합니다."

"합의점? 그런 게 있을까요?"

반신반의하며 물었다. 차동준이 희미하게 미소를 짓는다. 서연은 갑자기 심장이 툭, 떨어지는 느낌을 받았다. 뭐야? 이건 뭐지?

"메일로 수차례 전달을 했듯이 출판사 사정이 매우 좋지 않습니다. 이번에 나올 작가님의 작품을 비롯해 기존 작품들의 재고들까지 모두 판매량을 늘리게 되면 출판사로서는 그나마 숨통이 트일 것 같아서 이벤트를 준비하려 했는데 작가님 사정도 매우 힘들다고 하니 서로가 한발씩 물러나는 걸로 제안을 드리죠."

제안…… 한발씩 물러나? 무섭다. 또 어떤 걸로 나를 무섭게 할지.

하지만 서연은 턱을 치켜들고 말했다.

"말씀해 보세요."

"연재."

뭐?

서연은 눈을 휘둥그레 떴다. 차동준이 다시 입을 연다.

"지금 마무리 중인 작품을 저희 출판사 사이트에 연재를 하는 걸로 합의를 하죠."

"무슨 말도 안 되는 소리를…… 지금 쓰고 있는 원고는 이제 겨우 반을 넘었어요. 아직 써야 할 게 얼마나 많은데……."

"되도록 서둘러 주면 최대한 저희가 도울 수 있도록 하겠습니다."

말도 안 된다. 글 쓰는데 지들이 도울 일이 뭐가 있어? 이건 서로가 한발씩 물러나는 게 아니라 나한테 더 큰 희생을 하라는 거다.

"이것 보세요. 사장님. 이건 너무 일방적인 제안이죠. 아직 완성되지 않은 글을 연재를 하라고요? 전 글을 진행하면서 앞부분을 고쳐가며 일해요. 연재를 하게 되면 고칠 수가 없잖아요."

"그렇죠."

하! 어이가 없다. '그렇죠'라니……. 이게 대체 무슨 뜻인가? 자기랑은 상관없다, 이 말이야?

"좋아요. 할게요."

서연은 희미한 비웃음을 머금은 채 곧바로 말을 이었다.

"두 달만 주세요. 그 안에 어느 정도 마무리한 후에 연재를……."

"한 달."

"뭐라고요?"

"최대한 드려봐야 한 달밖에 드릴 수가 없군요."

"무슨 억지를 그렇게……."

"아니면 사인회를 하시든지. 둘 중 하나를 택해야 합니다."

이, 이…… 망할 인간! 이 못된 인간! 이 파렴치한……. 아는 욕들이 마구 쏟아져 나와 입 안을 맴돌았다. 하지만 그중 어떤 것도 입 밖으로 낼 수가 없었다. 대신 서연은 눈빛으로 그 욕들을 쏘아보냈다. 차동준은 그녀의 거친 눈빛을 그대로 받으며 앉아 있다. 아주, 여유가 넘친다.

손이 올라가는 걸 깨닫고 서연은 움찔, 힘을 주었다. 하마터면 이 사람들 앞에서 손톱을 물어뜯을 뻔했다. 혹시 진짜 그런 불상사가 일어날까 봐 두 손을 꼭 잡았다. 그리고 머리를 마구 굴리기 시작했다.

어쩌지? 어쩌면 좋지? 사인회는 절대 있을 수 없다. 하지만 출판사에서 반드시 그걸 요구하면? 결국 팬을 잃을 각오를 하고 불참하는 방법이 있다. 그러면 출판사에서는 손해배상청구를 할 확률이 높다. 그러다가 법정에 서야 할 불상사가 생기면? 안 돼. 그건 절대 안 돼. 그럼 연재를 하는 방법만 남는다. 한 달 안에 원고 앞부분을 손댈 필요 없이 쓸 수가 있나? 밤낮으로 글에만 매달리면 가능할지도 모르겠다. 그래, 지금으로선 이 방법뿐이야. 어쩔 수 없어. 하는 데까진 해보는 수밖에.

서연은 결심한 표정으로 차동준을 보았다.

"연재, 하죠."

차동준이 웃는다. 저 면상에 주먹을 날리고 싶다.

"유 실장."

"네, 사장님."

옆에 있던 여자가 다가오더니 종이 한 장을 내민다. 그걸 받아든 사장이 다시 서연에게 내밀었다.

"사인하시죠."

서연은 멍한 표정으로 종이를 받아들었다.

연재 계약서? 하! 이미 다 생각해 뒀구나. 그런데 또 문제가 생겼다. 서연은 계약서 맨 아래쪽에 있는 주소란을 보았다. 거기엔 전화번호와 주소를 적게 되어 있었다. 무시했다. 서연은 계약서 내용을 꼼꼼히 확인했다. 연재 시작 기한은 다음 달 중순으로 되어 있었다. 다른 조건은 나쁘지 않다. 아니, 썩 괜찮았다. 선금으로 주는 돈도 많았다. 출판사 형편이 안 좋다고 하면서 이런 건 아끼지 않는 모양이다.

서연은 여자가 가져다준 볼펜으로 이름 옆에 사인을 했다. 그리고 볼펜을 내려놓는데 사장이 말한다.

"거기 빈칸 다 채워야죠."

서연은 고개를 들었다. 주소와 전화번호를 적으라는 건데 그렇게는 못한다.

"사인했잖아요. 지금껏 이렇게 계약해 왔었는데요."

사장이 또 웃는다. 따뜻해 보이는 미손데 이상하게 위험하게 느

78

꺼진다. 마치, 사냥꾼이 눈앞에 있는 사냥감이 도망가지 못하도록 안심시키려고 연막을 피우는 것 같았다.

"전에는 그랬을지 모르지만 전 솔직히 작가님을 못 믿겠습니다. 작가님도 절 못 믿으니까 신상에 대해선 전혀 알려주지 않는 것 같은데 저희로서는 그 점이 꽤 곤란합니다."

"뭐가 곤란해요?"

이러면 안 되는데 서연은 자신을 너무 노출시키고 있었다. 처음 저 문을 열고 들어올 때는 화려하고 약간은 경박한 여자 콘셉트였는데 대화가 길어질수록 어수룩한 본래의 모습이 드러나고 있었다. 그럴 수밖에 없었다. 낯선 사람과 10분 이상 대화를 나누는 건 정말로 처음 있는 일이니까. 아무리 집에서 연습을 수없이 했다지만 이렇게 예상 밖의 상황들이 튀어나오면 계획했던 행동들보다는 본능적인 본성과 습관이 나오는 게 너무나 당연한 일이었다.

글과 현실은 전혀 달랐다. 글 속에서는 마음대로 대화를 하고 신랄하고 자신감 넘치는 인물도 마음껏 표현했지만 현실에서의 그녀는 그저 사람들과 어울린 경험이 전혀 없는 은둔녀에 불과했다.

"전에는 긴박하게 연락할 일이 없었지만 이젠 생길 테니까요. 메일로 소통하는 건 너무 답답하던데. 안 그렇습니까?"

안 그렇다! 서연은 남자의 면상에 대고 톡, 쏘아주고 싶었다. 하지만 그게 또 사실이기도 했다. 솔직히, 사장의 말에도 일리가 있다. 연재라는 게 늦어져도 안 되고 정기적인 시간을 요하는 작업

이기도 한데 그런 걸 챙기려면 출판사와 작가의 빠르고 정확한 소통이 필요했다.

그래도 주소를 알려줄 순 없었다.

"전화가 없어요."

차동준 사장이 눈살을 찌푸린다.

"휴대폰은?"

"없어요."

"집전화도?"

"네, 없어요."

어디선가 낮은 휘파람소리가 들려온다. 껄렁한 느낌의 젊은 남자가 낸 소리 같았다.

"그럼 주소는?"

사장이 묻는다. 서연은 남자의 눈을 마주보며 고개를 저었다.

"몰라요."

차동준이 피식, 웃는다.

"이것 보세요, 해리 작가……."

"진짜 몰라요. 이사한 지 얼마 안 돼서……."

진심이다. 주소 같은 거, 알고 싶지도 않고 알려고 한 적도 없다. 겨우 6개월 남짓 살다가 떠날 곳의 주소는 알아서 뭐하겠는가? 그냥 건물의 위치를 알고 몇 층, 몇 번째 집, 이 정도만 알아도 충분했는데.

사장이 몸을 젖혀 소파에 기대더니 팔짱을 낀다. 서연의 눈길이 저절로 남자의 팔로 향했다. 운동을 많이 하는지, 그 작은 움직임

하나에도 가슴이 팽팽하게 당겨지고 팔의 근육이 불거진다. 괜스레 볼에 열기가 느껴져서 서연은 재빨리 눈을 깔았다.

침묵이 내려앉았다. 갑자기 옆에 서 있던 여자가 다가와 사장에게 귓속말을 한다. 서연은 지은 죄도 없이 죄인이 된 것 같았다. 당당하려고 고개를 들었는데 마침 이쪽을 보고 있던 껄렁한 남자와 눈이 마주쳤다.

저 사람이 이름이 뭐더라? 아, 맞다. 박진호. 어라? 근데 왜 웃어? 저 웃음의 의미는 뭐지?

서연은 인상을 썼다. 그러자 박진호가 냉큼 미소를 지운다.

뭐야?

"좋아요."

갑자기 들려온 목소리에 서연은 고개를 돌려 사장을 보았다. 사장도 미소를 짓고 있다. 근데 조금 전 박진호와는 느낌이 완전히 다르다. 정말 사람을 긴장시키는 인간이다.

"주소는 차차 알면 되고 전화는 꼭 필요할 것 같은데 없다고 하니까 하나 장만하죠."

"네?"

서연은 곧장 의미를 알아듣지 못하고 되물었다. 옆에 있던 여직원이 나선다.

"연재가 끝날 때까지 저희 쪽에서 휴대폰을 제공할게요. 그에 관련한 비용은 저희 회사에서 부담을 하고요."

전화가 없는 게 비용 때문이라고 생각하는 모양이다. 그깟 게 얼마나 든다고. 전화를 안 쓰는 건 연락할 사람이 없고 연락해서도 안 되기 때문이다. 아니, 그보다 더 중요한 건 요즘 나오는 휴대전화의 위치추적장치 때문이다. 스마트폰이라는 이름을 갖다 붙여놓고 개인의 신상을 마구 드러내는 그 괴물 같은 전화기를 절대 사용할 이유가 없어서였다. 그런데 거절할 명분이 없다. 사실을 말하면 대체 왜 이러는지 이상하게 생각할 것이다. 지금도 충분히 이상할 텐데 거기에 더한 의심까지 얹어줄 수는 없다.

서연은 고개를 끄덕였다.

"알았어요. 대신 전화기는 제가 고를게요."

여직원이 사장을 쳐다본다. 사장이 고개를 끄덕여 수긍하자 여직원이 말했다.

"그럼, 지금 나가실까요?"

듣던 중 반가운 소리였다. 아까부터 이곳을 나가서 얼른 집으로 가고 싶어 몸살이 날 지경이었다. 숨도 겨우 쉬고 있을 만큼 긴장하고 있었다.

서연은 냉큼 일어섰다. 그리고 이제야 자신이 계획했던 콘셉트가 떠올랐다. 다시 껌을 질겅질겅 씹으며 사장을 향해 까딱, 고개를 숙였다.

"그럼, 안녕히 계세요."

사장도 일어났다. 그런데 이 남자가 갑자기 손을 불쑥 내민다. 서연이 '뭐지?' 하는 표정으로 쳐다보자 남자가 말했다.

"만나서 반가웠습니다. 앞으로 잘 부탁드린다는 의미로 악수나 하시죠."

악수…… 서연은 무슨 생뚱맞은 물건을 쳐다보는 눈빛으로 남자의 손을 보았다. 그래, 드라마에서 보면 이렇게들 하잖아. 이상할 것 없어. 서연은 손을 내밀어 그 손을 잡았다. 그때였다. 따스하고 커다란 손이 그녀의 작은 손을 완벽하게 감쌌다. 찌르르, 전기에 감전이라도 되듯 서연은 멍해졌다. 손일뿐인데 마치 몸 전체가 따스하고 안전한 품에 안긴 것처럼 느껴진다. 정신이 아득해졌다. 그러다가 갑자기 누군가 뒤통수를 때린 것처럼 퍼뜩 정신을 차렸다. 상대가 무안해질 정도로 재빨리 손을 뺀 서연은 당황해서 말까지 더듬었다.

"어, 아, 그러니까 네, 저도 반가웠어요. 그럼."

붉어진 볼을 들키지 않으려고 재빨리 문을 향해 걷기 시작했다. 여직원이 '같이 가요.' 하면서 따라온다. 서연은 뒤도 돌아보지 않고 그대로 문을 열고 밖으로 뛰쳐나갔다.

사무실에는 정적이 흘렀다. 두 여자가 허둥지둥 뛰어나간 후 사무실에 남은 건 차동준과 박진호, 두 사람뿐이었다. 진호는 사장을 쳐다보았다.

"보셨어요?"

"……."

"해리 작가, 여기 들어올 때부터 계속 손을 떨던 거……."

대꾸가 없다. 진호도 대답을 기대했던 건 아니라는 듯 말을 잇는다.

"진짜 이상한 여잔데…… 이상하게 안쓰러워요."

사장이 진호를 돌아보았다.

"냉정할 수 없으면 빠져."

"……."

"미끼를 불쌍하게 여기면 낚시를 할 수가 없으니까."

말을 끝내고 돌아서는 사장의 뒷모습을 보며 진호는 자신의 머리를 콩, 쥐어박았다.

젠장, 이게 무슨 프로답지 못한 짓이야. 미끼에게 동정심을 느끼다니!

"이게 요즘 가장 잘 나가는 최신 휴대폰입니다."

매장 직원이 색감이 예쁜 스마트폰을 꺼내 보여준다. 서연은 고개를 저었다.

"이런 거 말고요."

서연은 좀 더 아날로그적인 휴대폰이 필요했다. 그러니까 구체적으로 말하면……

"옛날 폰은 없어요?"

위치추적 같은 거 안 되고 인터넷도 안 되고 그냥 단순히 전화와 문자만 되는 거. 한 마디로 옛날 옛적 휴대폰.

"옛날 폰이라면……?"

직원이 어색하게 미소 지으며 묻자 서연은 곧바로 대답했다.

"전화와 문자만 되는 거요."

"아, 그거요. 2G폰!"

직원이 이제 알겠다는 듯한 대답을 하더니 이내 고개를 저었다.

"저희 매장엔 없는데요. 그런 건 중고매장에 가보시면 되는데."

"중고매장? 그게 어디 있는 건데요?"

서연이 묻자 직원이 하하, 웃었다.

"중고매장이야 많죠. 용산에도 있고 청계천에도 있고. 근처에
는……."

"저건 뭐예요?"

직원이 건성건성 아무렇게나 말하고 있는데 갑자기 따라온 여
직원이 끼어들었다. 이름이 뭐랬더라? 아! 유안나.

"뭐요?"

직원이 유안나가 가리킨 쪽으로 눈길을 돌리더니 이내 활짝 웃
는다.

"아, 저거요. 저건 제 아들 주려고 산 겁니다. 아들 녀석이 스마
트폰에 빠져서 영 공부를 안 해서요. 이참에 게임도 안 되고 카톡
도 안 되는 전화기로 바꿔버리려고요."

"저거, 파시죠."

유안나가 말하자 직원이 어안이 벙벙한 표정을 짓는다.

"사신 가격에 1.5배로 쳐드리죠. 저희가 지금 급하게 필요해서
요. 중고매장 찾아다니면서 살 시간이 없거든요."

유안나가 서연을 보며 눈을 찡긋해 보였다. 서연은 저도 모르게
고개를 끄덕이며 그 말에 동조했다. 직원이 '이거, 참' 하며 난감
해하더니 이내 휴대폰을 가지고 왔다.

"박스도 없는데 괜찮겠어요?"

"중곤데 없으면 어때요."

"배터리는 하나 더 있으니까 괜찮고 그럼 지금 바로 개통해드
릴까요?"

"당연하죠."

"그럼 서류 작성부터 하시죠."

직원이 뭔가 빼곡히 많이 써져 있는 종이를 내밀었고 유안나는 그 빈칸들을 마구 채워 넣고 있었다. 서연은 거기에서 한 발 뒤로 물러나 있었다. 이게 잘하는 짓인지 아직 확신이 안 서서 오만가지 걱정을 다 하고 있는데 어느새 서류 작성을 끝내고 개통까지 끝낸 유안나가 휴대폰을 내밀며 말했다.

"자요."

서연은 자신의 눈앞에 있는 작은 기계를 보았다. 빨간색이었다. 요즘 나오는 기계에 비하면 정말로 투박하고 단순한 생김이다. 손을 내밀어 휴대폰을 손에 쥐었다. 심장이 뛴다.

처음이었다. 태어나서 처음으로 내 휴대폰이 생긴 것이다.

서연은 심장 안쪽에서부터 솟아나는 야릇한 기쁨을 감추려고 애썼지만 그게 말처럼 쉽지만은 않았다.

"이왕 하는 거, 최신폰으로 하시지. 어차피 회사에서 비용 대는 건데."

"아뇨, 전 이거면 됐어요."

서연은 서둘러 덧붙였다.

"제가 기계치라 좋은 거 줘도 쓸 줄도 몰라요. 쓸 일도 없고."

"하긴. 지금껏 전화 없이 사셨다니 두말하면 잔소리네요."

"네, 불편한 거 몰랐어요."

사람들을 피하느라 바빴기에 전화기가 필요하다고 느낀 적은 없었다. 그런데 이렇게 '내 물건'이 생기니 신기하고 은근히 소유

욕도 생긴다. 이런 게 '물욕'이라는 건가보다. 지금껏 살면서 '내 것'에 대한 애착 같은 거 없었는데…….

"이제 가시죠."

"네. 가야죠."

서연은 자리에서 일어섰다. 그런데.

"혹시 돼지껍데기 좋아하세요?"

"네?"

놀라서 되물었다.

"안 먹어봤어요?"

여자가 묻는다. 서연은 인상을 썼다.

"왜요?"

"지금 그거 먹으러 갈 거거든요."

"누가요?"

"작가님하고 저요. 사장님이랑 저희 직원이 기다리고 있어요."

"밥…… 먹자고요?"

"네, 회식이요. 계약도 성사됐으니까 기념으로 회식하는 거죠."

서연은 흠칫, 놀라서 뒤로 한 발 물러섰다. 그리고 열정적으로 손을 내저었다.

"아뇨, 전 됐어요. 배, 안 고파요."

그런데 이 여자 좀 봐라.

"아유, 회식을 누가 배고파서 하나? 서로 잘해보자는 의미로 하는 거죠. 친목도모. 몰라요?"

모른다. 그딴 거 해본 적 없다. 회식? 하! 그런 건 내 인생에 없었다. 누구랑 같이 밥을 먹어본 것도 아주 오래전 일이다. 그것도 낯선 사람과는 그런 적이 전혀 없었다.

"전……."

갑자기 여자가 서연의 팔짱을 낀다.

"그만 빼고 가시죠. 앞으로 볼 일도 많을 텐데 그때마다 어색하면 서로 불편하잖아요. 동의 없이 팬 사인회 하자고 했던 것 때문에 화나셨으면 오늘 풀어버립시다."

"아니, 난……."

서연은 여자의 팔을 풀어내려고 했다. 하지만 여자는 팔을 더 꽉 잡는다.

"이대로 가시면 아직도 저희한테 화난 거라고 생각할 겁니다."

"이것 보세요. 전……."

"가서 먹어보고 나서 말해요. 진짜 둘이 먹다가 하나가 죽어도 모를 맛이라니까. 돼지껍데기가 싫으면 돼지갈비도 있어요. 양념 맛이 아주 그냥 죽여줘요."

정색을 해도 안 되고 사정을 해도 안 된다. 막무가내였다. 서연은 여자에게 붙잡힌 채 어쩔 수 없이 그 회식자리라는 곳으로 끌려갈 수밖에 없었다.

26년 인생 처음으로 휴대폰이 생기고 회식이라는 것에 참석하는 날이었다.

4. 껍질 밖으로

나는 채식주의자다.

서연은 눈앞에서 지글거리며 구워지고 있는 돼지껍데기를 보며 생각했다. 물론 채식주의자가 되고 싶어 된 건 아니다. 그 누구에게도 살고 있는 곳을 알리고 싶지 않아서 배달 음식을 손에 꼽을 정도로 시켜본 게 다고 집 안에 고기냄새를 피워서 이웃들에게 노출되고 싶지도 않았고 음식점에 혼자 가서 먹는 건 상상도 할 수 없었기에 자연스럽게 채식주의자가 되어버렸다. 나름 괜찮았다. 요가와 체조로 다듬은 몸매 유지에도 좋고 변비도 없고. 단백질은 채소에도 있으니까 아쉬울 것도 없었다. 고기도 먹어본 놈이 더 잘 먹는다는 옛말이 있다. 안 먹는 버릇 들이면 별로 먹고 싶은 생각도 없다. 그러니까…… 없었다. 지금 이 순간까지는.

"자, 먹어봐요."

그녀를 여기까지 끌고 온 여직원이 서연의 앞 접시에 고기 한 점을 내려주었다. 군침 돌게 잘 익은 돼지껍데기였다. 고기도 잘 안 먹어봤는데 고기 껍데긴들 먹어봤겠는가. 어쩐지 겁이 났다.

"아뇨, 전 됐어요."

"아유, 먹어봐요. 한 번 먹어보고 말하라니까."

세련된 옷차림의 여자의 말투는 아줌마 같았다. 그것도 나이 지긋하게 먹고 동네에서 편안하게 볼 수 있는 아줌마. 게다가 끈질기기까지 하다. 여기로 끌고 올 때부터 막무가내라는 건 익히 알고 있었다. 계속 사양해봐야 괜한 관심만 더 받을 것 같았다. 차라리 한 점 먹고 말자.

서연은 젓가락으로 껍데기를 들어 입 안에 넣었다. 질경질경, 아까 씹던 껌은 뱉어버린 지 오래고 그 대신에 들어온 껍데기를 껌처럼 씹었다. 껌과는 확연히 달랐다. 씹을 때마다 배어 있는 양념 맛이 나고 고소하기까지 하다.

"어때요? 맛있죠?"

거짓말을 할까, 잠시 망설였다. 하지만 그냥 솔직히 말해도 괜찮을 것 같았다.

"맛있네요."

적극적으로 말하는 건 아닐 것 같아서 심드렁하게 대꾸했다. 그러자 여자가 냉큼 한 조각을 더 집어 가져왔다.

"많이 먹어요."

서연은 더 이상 사양하지 않았다. 접시에 올려진 껍데기를 하나 더 입 안에 쏙 넣고 씹었다. 그 후로는 여직원이 가져올 때까지 기다리지 않았다. 젓가락이 마구 움직이기 시작했다. 숯불 위 석쇠에서 구워지고 있는 껍데기를 하나씩 가져와 입에 넣고 우물거렸다. 다른 반찬은 손도 대지 않았다. 씹어서 삼키면 또 집어왔다. 한 번 맛들인 고기 맛은 그녀를 감동시켰다.

정말 맛있었다!

껄렁이는 말 그대로 폭풍흡입을 하고 있는 해리를 보며 입을 쩍 벌렸다. 고개를 돌려 보니 안나도 멍하게 그 모습을 지켜본다. 다시 고개를 돌려 이번에는 사장을 보았다. 사장의 얼굴 표정을 알 수 없었다. 그런데 눈길이 해리에게 못 박혀 있는 건 똑같았다. 드러내지 않아서 그렇지, 사장도 놀라고 있는 것이다.

"여기, 껍데기 2인분 더 요."

안나가 손을 번쩍 들고 소리쳤다. 그리고 덧붙인다.

"갈비도 2인분 주세요."

쏜살같이 달려온 직원이 껍데기와 갈비를 보충했다. 안나가 열심히 굽는 동안 해리는 또 열심히 먹는다. 정말 말 한 마디 안 하고 눈길 한 번 안 돌리고 계속해서 고기를 먹고 있었다. 그렇다고 허겁지겁 먹는 것도 아니었다. 천천히 한 점을 씹어 삼키면 또 한 점을 입 안에 넣고 꼭꼭 씹는다. 표정도 압권이었다. 맛있어 죽겠다거나 식탐 가득한 표정도 아니었다. 그냥 무표정이었다. 언뜻 보면 고기 맛을 느끼기보다는 그냥 기계적으로 먹는 것처럼 보였다. 하지만 옆에 앉아서 자세히 보면 확실히 고기 맛을 느끼면서 먹고 있다.

이러다가는 고기 맛 한 번 못 보고 일어설 것 같아서 껄렁이는 젓가락을 가만히 석쇠로 가져갔다. 순간, 안나의 젓가락이 휙 날아오더니 껄렁이의 젓가락을 쳐서 밀어낸다. 진호는 놀라서 안나를 쳐다보았다.

'아서라.'

안나가 눈빛으로 말한다. 껄렁이도 눈빛으로 화답했다.

'왜요?'

'넌 나중에 먹어.'

'배고파요.'

안나가 옆에 놓여 있던 샐러드를 밀어준다. 진호는 인상을 쓰며 다시 눈빛으로 말했다.

'고기 먹고 싶다고요.'

'해리 작가 젓가락 놓을 때까진 손도 대지 마라.'

뭐냐? 이 얼토당토않은 상황은?

진호는 아기 새를 보살피는 듯, 행동을 취하는 안나를 보며 입을 헤, 벌렸다.

그리고 진호는 해리가 껍데기 3인분에 갈비 3인분을 먹어 치울 때까지 고기 한 점 먹지 못했다.

"전 버스 타고 갈게요."

해리가 결연하게 말한다. 진호는 고기를 제대로 먹지 못한 억울함에 뚱한 표정으로 물었다.

"괜찮겠어요? 그 공황장애라는 거……."

"특정한 상황에서만 나타나요."

"예?"

"발작이요."

껠렁이가 놀라서 아무런 말도 못하자 해리가 다시 말을 잇는다.

"어떤 상황만 피하면 돼요."

"상황이라면……."

"그런 게 있어요."

잠깐 고개를 내밀었다가 다시 껍질 속으로 쏙 들어가버리는 겁 많은 달팽이 같았다.

"먼저 가겠습니다."

그 누구도 토를 달지 못했다.

"그래요."

사장이 말하자 해리는 고개를 꾸벅 숙여 인사를 하고 걸어가기 시작했다. 그 모습을 가만히 지켜보던 안나가 중얼거렸다.

"내 생전, 누가 먹는 걸 보는 것만으로도 배가 부르기는 처음이다."

"전 아니거든요? 배고파 죽겠거든요."

껠렁이가 납작한 배를 문지르며 엄살을 피웠다. 하지만 진호도 스스로 느끼고 있었다. 해리가 먹는 걸 지켜보는 것만으로도 꽤 나쁘지 않았다는 걸. 그게 어떤 심리냐, 하면…… 착하고 예쁜 여동생이 있는데 그동안 고생만 한 게 안쓰러워서 데려다 고기 사 먹이는 오빠 같은…… 뭐, 그런 마음이었다.

사장은 어떨까?

껠렁이는 사장을 쳐다보았다. 하지만 뭘 볼 기회가 없었다. 사장은 벌써 차가 서 있는 곳으로 움직이고 있었다. 놀란 진호는 후다닥 뛰어가 운전석에 올라타는 사장에게 물었다.

"어디 가세요?"

"퇴근."

"예?"

운전석에 올라타서 문을 확 닫아버리고는 그냥 가버린다.

"뭐냐?"

진호는 황당해서 중얼거렸다.

"뭐긴? 일 끝났으니까 당연히 퇴근하는 거지. 옛다, 너도 가지고 있어라."

안나가 쪽지 하나를 쑥, 내밀었다.

"이게 뭔데요?"

"해리 전화번호."

"아."

"어쨌든 너도 저장해놔. 혹시 아니? 너도 전화 걸 일이 있을지."

"내가 따로 전화할 일이 있겠어요? 저렇게 경계심이 쩌는데."

"다 그만한 사정이 있으니까 그렇지."

안나가 혼잣말처럼 중얼거렸다. 그만한 사정…… 그래, 그건 동감이다.

"근데요. 사장님 이름, 진짤까요?"

진호는 문득 물었다.

"차동준이라는 거?"

안나가 도로 묻는다.

"예."

"모르지. 그동안 하도 이름이 많아서. 어떤 게 진짜인지, 진짜 이름이 있기는 한지 우리가 어떻게 알겠어?"

"그렇죠? 쿡쿡."

안나가 터덜터덜 걷기 시작했다.

"알아서 득 될 것도 없고 해될 것도 없고. 그냥 모르면 모르는 대로⋯⋯."

"아줌마."

옆에서 걷던 진호가 불쑥 불렀다.

"왜?"

"쫌 생긴 대로 삽시다."

"누구? 나?"

"예."

"내가 뭘?"

"생긴 건 진짜 잘나가는 커리어우먼처럼 해가지고 말본새는 시장통 아줌마잖아요."

"그게 어때서? 내 컨셉이야."

"아이고, 별 거지같은 컨셉이 다 있네요."

"남이사."

"밥이나 먹으러 갑시다."

"먹었잖아."

"못 먹었거든요? 고기 사줘요."

"웃기네. 난 야채로 배 채웠어. 너나 드셔."

달빛이 두 사람의 뒤를 다정하게 따라가고 있었다.

동준은 천천히 차를 세웠다. 어두운 골목길에는 그 흔한 가로등 하나 없었다. 주변의 집들 중에서도 불이 켜진 집은 손에 꼽을 정도였다. 그나마 위치추적기가 가리키는 곳 주변에는 이미 무너진 집까지 있었다. 그녀의 손에 휴대폰을 쥐어준 건 참 잘한 일이다. 안나가 몰래 위치추적기를 설치해준 덕분에 한 가지 문제는 해결된 셈이니까.

피식, 웃음이 난다. 그 여자는 스마트폰만이 위치추적앱 설치가 가능하다고 생각하는 것 같았다. 오래된 전화기라도 얼마든지 추적기 설치가 가능할 정도로 IT기술이 발전했다는 건 모르는 것이다.

허술한 면이 많은 여자다. 사람들과 접촉을 거의 안 하고 세상과 등지고 살았기에 지금껏 숨어살 수 있었던 것뿐이다. 순진하니 속이기가 쉽고, 모르는 것이 많으니 잘만 접근하면 이용하기도 쉬운 상대다.

여기서 더 차를 몰고 가면 여자가 눈치를 챌 것이다. 동준은 차를 주차시키고 걷기 시작했다. 휴대폰에 심어놓은 앱이 가리키는 방향은 오르막길이었다. 짧은 골목 하나를 지나자 이번엔 긴 계단이 나타났다. 최대한 벽 쪽으로 붙어서 계단을 올라갔다. 훨씬 더 가까워졌다.

동준은 걸음을 멈추고 고개를 들었다. 위치추적 프로그램이 가리키는 건물이 보였다. 1층은 상가였다. 불이 꺼져 있다. 2층에서 불빛이 나온다. 두꺼운 커튼을 쳐놔서 그런지 희미했다. 빠르고 조용하게 건물 옆쪽으로 갔다. 비어 있는 옆집으로 향하는 그의 몸놀림은 가벼웠고 예사롭지 않았다. 단숨에 외벽을 타고 옥상까지 올라간 동준은 커튼 틈이 많이 벌어져 있는 공간을 찾았다.

여자가 보였다. 이제 막 집에 들어온 것 같았다. 외투를 벗고…… 가발도 벗는다. 동준은 주머니에서 소형 단망경을 꺼냈다. 여자의 뒷모습이 보다 자세하게 보였다. 짧은 머리다. 여자가 돌아선다. 가발을 벗었지만 분장에 가까웠던 화장은 그대로였다. 여자가 창가로 오는 것이 보였다.

젠장, 커튼으로 살짝 벌어져 있던 틈까지 메워버렸다.

동준은 망원경을 내렸다.

이제 집은 알았다. 계획의 첫 번째 단계는 성공한 것이다. 물론 그다음 단계도 무난할 거라고 예상된다. 이번 작전은 아주 간단하고 쉬울 거라고 짐작했었다. 오랫동안 은둔생활을 해왔고 도망자로 살아왔으니 다가가는 게 굉장히 어려울 거라고 생각했었는데 오늘 만난 해리는 산전수전, 공중전까지 다 겪고 이겨낸 프로가 아니었다.

순수, 순진…… 우습게도 그녀는 '정글소년 모글리'를 떠오르게 했다. 정글 속에서 살다가 문명사회로 나온 늑대 소년. 윤서연은 문명세상과 동떨어진 세상에서 온 모글리와 비슷했다. 두려움 때문에 주변을 경계하며 그 어느 것, 어떤 사람과도 접촉해보지 않은 여자임에 틀림없었다. 경험이 없는 여자는 쉽게 속는다. 친절과 따뜻함에 쉽게 넘어가고 위선과 진실을 판별할 능력이 현저히 떨어질 것이다. 오늘만 해도 몇 가지 거짓말과 당위성으로 무장해 거의 협박에 가까운 강제성을 부여했더니 쉽게 따라오지 않았던가.

신뢰와 믿음. 그녀의 가까이에 있기 위한 것을 얻는 데는 오랜 시간이 걸리지 않을 것이다. 그런데 문제가 있었다. 그녀의 순수함과 때 묻지 않은 순진함에 팀원들이 들썩이고 있다.

리마증후군. 인질범이 인질에게 동화되어 동정심을 갖게 되는 현상이 일어날 조짐이 보인다. 인간의 양심은 목적을 바꿀 수도 있고 해야 할 의무마저 퇴색시킬 수 있다. 저 여자는 미끼다. 보호 대상이 아니었다. 그런 면에서 아주 위험했다. 팀원들의 도움이 절대적으로 필요한 순간들을 최소한으로 줄이고 2단계를 빠르게 진행시켜야 한다.

'특정한 상황에서만 나타나요.'

'발작이요.'

그 말이 진실인지도 알아봐야 한다. 진짜라면 어떤 상황에서 어떻게 발작이 일어나는지…… 할 일이 아주 많았다.

동준은 왔던 것처럼 빠르게 건물 아래로 내려갔다. 왔던 길을 되돌아가는 길은 훨씬 더 빠르고 정확했다.

서연은 화장을 지웠다. 샤워를 하고 머리를 말린 후 잠옷 대용으로 입는 트레이닝복을 입고 이불 속으로 들어갔다. 난방을 켜지 않아 추웠다. 겨울이 다 가고 있는데 아직도 추위가 맹위를 떨치는 것 같았다.

눈을 감고 오늘 하루에 일어났던 일들을 되짚어 보았다. 온통 실수투성이다. 대체 어쩌자고 그런 짓들을 했는지……. 평소엔 절대 하지 않을 실수들을 남발하면서 스스로 위험을 초래했다.

반성해야 돼. 이러다간 들킬 수도 있어.

그런데 이상하다. 자꾸만 다른 생각들이 머릿속을 헤집는다. 서연은 눈을 뜨고 바닥에 던져놨던 휴대폰을 보았다. 질끈 눈을 감고 외면하려 했지만 어느새 또다시 눈을 뜨고 휴대폰을 보게 된다. 천천히 이불 밖으로 손을 내밀어 전화기를 집어왔다.

달칵, 폴더를 열고 입력된 전화번호를 살펴보았다.

'회사 전화번호랑 내 전화번호 입력해줄게요. 아, 그리고 우리 사장님 번호도. 혹시 글 쓰면서 도움이 필요하면 언제든 연락해요. 24시간 풀 대기할 테니까. 고민 상담도 환영할게요. 나, 혼자 사는 여자라 시간이 철철 넘치거든.'

그 여자, 참 오지랖이 넓기도 하다.

'혹시 목욕하는 거 좋아해요? 난 엄청 좋아하는데. 내가 잘 가는 사우나가 있는데 언제 한 번 같이 가요.'

사교성은 또 어떻고. 자기가 날 언제 봤다고 목욕을 같이 가재? 웃긴다, 진짜.

문득, 서연은 자신의 입꼬리가 올라가 있다는 걸 알고 재빨리 인상을 썼다.

미쳤나보다. 그 사람들은 나한테 안 좋은 사람들인데 왜 자꾸 생각하면서 웃는 거지? 그러지 말아야지. 연재가 끝나면 다시 볼 사람들도 아닌데. 이번 계약만 끝내면 다시는 재계약하지 않을 거니까. 정신 똑바로 차려야 돼. 나같이 대인관계에 취약한 사람은 쉽게 속을 수 있어. 저들에게 휘둘려선 안 돼.

서연은 눈을 감았다. 손에는 여전히 생애 처음 가져본 휴대폰이 쥐어져 있었다. 그리고 그녀의 의식이 조금씩 무의식의 세계로 잠식될 즈음 얼굴 하나가 떠올랐다. 부드러운 표정이었지만 왠지 위험스럽게 느껴졌던 남자의 얼굴이었다. 분명히 미소 짓고 있는 얼굴이었는데 눈빛만은 날카롭게 보였던 그 남자…… 차동준, 블랙홀 출판사의 사장.

젠장, 그 남잔 위험해. 되도록 부딪치지 말고 아주 빠르게, 되도록 멀리 도망가야 돼!

이건 어쩔 수 없다. 인터넷으로 자료조사를 하는 건 한계가 있다. 다른 방법이 없으니 이럴 수밖에 없는 것이다.

서연은 모자를 깊게 눌러쓴 채 북촌 골목길을 누볐다. 될 수 있으면 많은 사진을 찍으려고 노력했다. 분위기 있는 카페, 예스러움이 물씬 묻어나는 기와집, 독특한 건축물, 아름다운 풍경들, 그 모든 것을 오늘 하루 만에 다 사진에 담아야 했다. 또다시 이렇게 나올 일은 없을 테니까.

약 세 시간이 흘렀다. 처음엔 빨랐던 걸음도 점점 느려진다. 배도 고팠다. 하지만 식당에 들어갈 생각은 하지도 않았다. 경복궁에서 시작해 삼청동을 거쳐 북촌마을까지, 이제 인사동으로 가는 길인데 다리는 아프고 발은 콕콕, 쑤시는 것 같았다. 거기다 허기까지. 주변에 늘어져 있는 먹을 것들로만 눈이 간다. 어디선가 고기 굽는 냄새도 났다. 갑자기 입 안에 군침이 마구 고인다. 고기 맛을 모를 때는 그냥 넘어갈 수 있었는데 얼마 전 맛있게 먹었던 기억이 활짝 열려 먹고 싶은 열망을 마구 부추겼다. 고깃집 앞에서 잠시 서 있었다. 눈을 감고 냄새를 흠씬 들이켰다가 흠칫 놀라 주변을 돌아보았다.

세상에, 지금 나 뭐하는 거야!

허둥지둥 가게 앞을 지나쳐서 큰길 쪽으로 걷기 시작했다. 보는 사람도 없는데 괜히 불안해져서 고개를 푹 숙이고 걸었다. 땅만 보고 걸었다. 그래서 건널목인지도 모르고 무작정 걸었다. 빨간불인지도 모르고 도로로 발을 내딛었다.

"어?"

누군가 뭐라고 중얼거리는 것 같았다. 하지만 서연은 늘 그렇듯이 무시했다. 그때였다.

빠앙! 거칠고 사나운 경적소리가 울림과 동시에 누군가 휙, 팔을 잡고 당긴다. 서연은 놀랄 사이도 없이 비틀거리며 누군가의 품으로 쓰러졌다.

"야! 이 미친년아! 정신 차려!"

누군가 소리를 지른다. 본능적으로 소리가 들려오는 곳으로 고개를 돌려 쳐다보았다. 차 안에서 운전사가 욕설을 하고 있었다. 그러다가 이쪽을 보더니 흠칫, 입을 다물고 차를 몰고 지나간다. 물론 나를 보고 욕을 멈춘 것 같지는 않았다.

처음엔 무슨 일인지 알아차리지 못했다. 그러다가 깨달았다. 자신이 어떤 남자의 품에 갇혀 있다는 걸.

화들짝 놀란 서연은 상대의 가슴을 세차게 밀었다. 상대가 순순히 물러섰다. 그녀는 고개를 들고 상대를 확인할 생각이 없었다. 그러기는커녕 도리어 모자를 더 깊이 눌러쓰고 중얼거렸다.

"감사합니다."

서둘러 돌아서는 그녀의 귀에 낯설지 않은 목소리가 뛰어들었다.

"글은 잘 돼갑니까?"

흠칫, 놀라서 고개를 홱 돌렸다. 상대의 얼굴을 확인한 순간 그녀의 눈이 커다랗게 떠졌다.

그 남자다. 차동준, 블랙홀의 사장!

눈앞의 상황을 믿을 수가 없어서 입을 딱 벌리고 서 있는 그녀를 보며 그가 웃으며 묻는다.

"여긴 무슨 일?"

내가 묻고 싶은 말이다.

"어…… 저기, 그러니까……."

당황해서 할 말도 제대로 나오지 않는다. 그가 그녀의 손에 쥐어져 있는 사진기를 보고 물었다.

"현장조사?"

"그냥 뭐…… 네. 그럼 안녕히……."

대충 대답하고 서둘러 돌아서는 그녀의 팔을 그가 다시 붙잡았다. 서연은 화들짝 놀라서 팔을 홱 잡아 뺐다. 그러자 그가 무안한 듯 웃는다.

"미안."

그런데 진짜 사과하는 것 같지는 않았다.

"이제 어디로 갑니까?"

지금 나한테 행선지를 묻는 거야? 황당하다. 난 절대 내가 갈 곳을 알려주지 않아. 그 누구한테도!

"가는 데까지 태워줄 테니 타요."

그가 길가 어느 곳을 손으로 가리켰다. 서연은 저도 모르게 그 쪽으로 시선을 돌렸다. 차가 있었다. 크고 검은색의 번쩍거리는 차. 서연은 그 위압감을 주는 물건에서 눈을 떼고 현재 가장 의지하고 있는 땅바닥을 응시한 채 중얼거렸다.

"아뇨, 괜찮아요."

"그럼 차 한 잔 할까요?"

이 사람, 웃긴다. 자기랑 나랑 언제 봤다고 차를 마시재?

"아니요."

서연은 당연히 고개를 저었다.

"그럼 밥은?"

이 사람이 진짜…… 꼬르륵, 어머! 이게 무슨 소리지?

서연은 당황했다. 뱃속에서 나는 이 소리가 너무 민망했다. 다행히 길가의 소란함 덕에 남자가 들었을 것 같지는 않았다.

"밥은 먹었어요?"

다정하게 묻는 남자의 목소리에 서연은 무의식적으로 고개를 저었다. 그러다가 퍼뜩 놀라서 큰소리로 대답했다.

"아뇨, 네."

뭐야? 지금 뭐라는 거야?

서연은 심호흡을 했다. 사람들이 마구 지나다니는 곳에서 엄밀히 말해 잘 알지도 못하는 사람과 마주 서 있는 이 상황이 너무나 힘들었다.

"됐고요. 그럼 전 이만."

어서 이 자리를 피하고 싶은 마음이 굴뚝같았다. 서연은 서둘러 길을 걷기 시작했다. 그런데 이 남자, 왜 자꾸 따라오는 거지?

"대답이 잘못된 것 같은데? 밥 먹었냐고 물었는데 아니오와 네가 동시에 나오고 됐다고? 그건 먹었다는 뜻인지, 아니라는 뜻인지?"

"……."

서연은 대꾸하지 않았다. 버스정류장이 저쪽에 보인다. 조금만 더 걸으면 되는 거다.

"안 먹었다는 거죠? 지금 시간이 4시가 넘었는데 점심을 안 먹었다는 건가? 설마 아침, 점심 둘 다?"

서연의 머릿속에는 두 가지의 생각만 존재했다. 하나는 빨리 집에 가고 싶다는 것, 또 하나는 이 남자가 지금 자기 차에서 점점 멀어지고 있다는 것.

"배, 안 고파요?"

"……."

"글이 어느 정도 진행되고 있는지에 대해 얘기도 좀 할 겸 같이 밥 먹읍시다. 나도 아직 점심도 못 먹은 처지라."

"……."

"아까 만난 사람이 영 별로라 기분도 다운돼서 배라도 채워야 겠는데 혼자 먹긴 뭐해서 말입니다."

도저히 안 되겠다. 서연은 걸음을 멈추고 그를 쳐다보았다.

"드디어 날 보는군."

남자의 미소를 보는 순간 서연의 눈빛이 흔들렸다. 콧잔등으로 흘러내린 검은 뿔테 안경을 쓰윽 밀어올린 그녀는 싸움이라도 거는 것처럼 차갑게 말했다.

"차는 저기 있잖아요."

그가 인상을 쓴다. 무슨 말인지 못 알아들은 눈치다.

"차요. 자동차. 사장님 차가 저기 있다고요. 사람 많이 다니는 길가에."

그제야 그가 고개를 끄덕인다.

"알아요."

아는 데 왜 여기 있어?

"저긴 불법주차 구역이에요."

그가 눈길을 돌려 멀리 보이는 자신의 차를 슬쩍 보더니 다시 그녀에게 시선을 돌렸다. 그리고 아무렇지도 않게 말한다.

"그것도 알고."

이 남자, 뭐지? 대체 뭐하자는 거야?

"딱지 붙을 텐데요?"

"어쩔 수 없지."

"뭐가요?"

서연은 진짜 궁금해서 멍하게 물었다. 자기 차가 저기 있으니 그냥 가면 되는 거잖아. 근데 왜 어쩔 수 없지?

"난 지금 해리 작가와 밥을 먹을 작정인데 당사자가 여기에 있으니 내 차가 저기에 있어도 어쩔 수 없다는 말입니다."

지금 이 사람, 뭐라는 거야? 무슨 말인지 못 알아듣겠다. 아니, 알아듣긴 했는데 이해할 수가 없다.

"저기요, 난……."

"오늘 나하고 밥 먹으면서 얘기를 할래요? 아니면 내일 출판사로 나올래요?"

"무슨 얘기요?"

블랙홀 사람들 진짜 이상하다. 선택을 하라고는 하는데 그 조항이 너무 편협하다. 분명히 선택인데 강요처럼 들리게 하는 재주가 있다.

"연재와 관련된 얘기. 우리가 나눌 얘기가 일에 대한 것 말고 또 있습니까?"

없다. 그래, 당연히 없지. 근데 왜 이상한 생각이 드는 거지? 뭔가 더 있을 것 같은 이상한 기분은 왜 드는 거지? 그래, 처음부터 이랬어. 겉으로 보이는 것 말고도 뭔가 더 있을 것 같은 그런 기분이 드는 남자야.

그러니까 이 남자는 위험해!

할 수 없이 밥을 먹기로 했다. 이유는 이 남자를 떼어낼 방법이 이것뿐이기 때문이었다. 길거리에서 다른 사람들의 이상하다는 눈초리를 받으며 서 있는 것보다는 차라리 밥 한 끼 먹고 빨리 헤어지는 것이 나을 것 같았다.

서연은 모자챙 아래로 주변을 살폈다. 근데 뭘 살피고 자시고 할 필요도 없었다. 차동준은 모르고 한 짓이겠지만 직원에게 룸으로 안내를 부탁했고 서연은 두 팔 벌려 환영하고 싶은 심정이었다. 가짜 머리카락이 얼굴 주변으로 폭포수처럼 흘러내렸다. 하루 종일 걸어 다닌 덕에 화장도 번져서 엉망일 것 같았다. 정말이지, 빨리 은신처로 돌아가서 쉬고 싶은 마음뿐이다.

두 사람은 사람들이 많은 홀과는 동떨어진 룸으로 안내되었다.

"회, 좋아해요?"

회…… 그런 건 먹어본 적이 없다. 사는 곳엔 TV도 없어서 잘 볼 수도 없었다. 아주 오래전에 인터넷 동영상으로 여행 관련 프로그램을 본 적은 있었다. 자료조사를 위해 챙겨 보는 프로그램 중 하나였다.

"모르겠어요."

서연은 애매하게 대답했다. 그러자 차동준이 고개를 끄덕인다. 이상한 대답이라고 생각할 만도 한데 전혀 그렇게 느끼지 않는 표정이다.

"나도 잘 모르겠던데."

"네?"

"회 맛."

"아."

"입 안에 넣어서 씹으면 물컹물컹한 것이 기분이 나쁜 것 같으면서도 자꾸 씹으면 고소하거든. 시원하고 부드러운 감촉도 느껴지고 삼키면 목 안을 타고 내려가는 느낌도 좋고."

"그거, 좋아하는 거잖아요."

서연이 뚱한 표정으로 말하자 남자가 훗, 하고 웃었다.

"그런가?"

바본가? 자기가 좋아하는지, 아닌지도 모르게.

둘만 있으려니 어색했다. 이제 겨우 두 번째 보는 사람과 무슨 얘기를 해야 할지도 모른다. 그냥 보는 것만으로도 긴장되는 사람이다. 더불어 대인관계에 있어서 거의 갓난아이 수준인 그녀에게는 이 순간순간이 너무 버거웠다. 글 속에서처럼 자신만만하게 대화하고 내 의도대로 상대를 리드하고 싶은 마음은 굴뚝인데 현실에선 그냥 어리숙한 아이같이 느껴져서 갑갑하다. 이럴 때일수록 정신을 바싹 차려야 하는데 그게 또 쉽지가 않다. 그러다가 갑자기 똑똑, 노크소리가 들렸을 때 '만세'라도 외치고 싶은 심정이었다.

문이 열리고 넘칠 만큼 많은 그릇을 올린 쟁반을 든 직원이 들어왔다. 빠르게 테이블이 채워져 갔다. 숙련된 손놀림으로 정갈하게 상을 차린 직원이 물러가자 다시 둘만 남았다. 그런데 이번에는 별로 어색하지가 않다. 이게 음식의 힘인가 보다.

"자, 먹읍시다."

차동준이 말하더니 먼저 젓가락을 들고 회를 한 점 집었다. 그걸 검은색 간장으로 보이는 것에 찍어 먹는다. 또 한 점을 가져다가 이번엔 초고추장에 찍어 먹는다. 소스가 뭐 이렇게 많은가? 대체 뭘 어떻게 해먹는 건지 몰라서 머릿속에 기억되어 있는 장면들을 모조리 헤집어보고 있던 참이었다. 그런데 친절하게도 차동준이 눈앞에서 시범을 보여주고 있으니 문제가 바로 해결되어 버렸다.

서연은 젓가락을 들고 차동준이 했던 것처럼 회를 한 점 집었다. 그걸 들고 간장소스에 찍은 후 입 안으로 넣었다. 그의 말처럼 처음엔 시원했다. 씹을수록 부드럽고 쫄깃한 식감이 느껴진다.

맛있다.

서연의 머릿속에 떠오른 첫 번째 감상이었다. 돼지껍데기와 갈비를 먹었을 때도 이런 느낌이었다. 하지만 살짝 다르기도 했다. 뭐랄까? 씹는 감이 다르다고 할까? 고기는 씹는 맛이 더 있었다. 회는 상큼하다.

그녀는 다시 젓가락질을 하기 시작했다. 머리로는 고깃집에서 했던 실수는 다시 반복하지 말자고 다짐했지만 새로 맛보는 음식 앞에서 그 다짐이 자꾸만 무너진다. 무시했지만 사실은 배가 아주 고팠던 것이다.

"잘 먹네."

서연은 고개를 들고 그를 보았다.

"해리 작가도 회를 좋아하나 보군요."

당했다. 서연은 그가 웃자 자신이 했던 말을 되돌려 받았다는 걸 깨달았다.

'그거, 좋아하는 거잖아요.'

방금 전에 '넌 네가 좋아하는 것도 모르니?' 하는 말투로 비꼬았던 그녀였다. 그런데 이렇게 대놓고 맛있다는 티를 내며 먹고 있으면서 좋아하는지 모르겠다고 했으니…… 하지만 그는 모르는 게 있다. 그녀가 단 한 번도 회라는 걸 먹어보지 않았다는 거.

서연은 어색하게 웃으며 대꾸했다.

"그러네요. 저도 회를 좋아하네요."

고기도 좋아하고요.

뒤에 말은 혼자서 속으로만 했다. 그리고 걱정도 했다. 자꾸 이러면 안 되는데, 이런 맛에 길들여지면 안 되는데, 그러면 지금보다 더 힘들어지는데…….

두 사람은 부지런히 젓가락질을 했다. 아니, 차동준은 처음 몇 번은 열심히 먹는 것 같더니 차츰 속도가 늦어졌다. 반면, 서연은 점점 속도가 빨라졌다. 회도 먹고 반찬도 열심히 먹었다. 배도 고팠지만 무엇보다 처음 먹어보는 맛의 향연에 젓가락질을 멈출 수가 없었다.

회 접시가 비워지고 마침내 서연이 젓가락을 내려놓았을 때 그가 묻는다.

"치맥 좋아해요?"

그녀는 '치맥'이 뭔지 알고 있었다. 치킨과 맥주. 치킨은 먹어본 적이 있다. 궁금해서, 도대체 어떤 맛인지 궁금해서 전화로 주문을 해놓고 직접 가서 얼른 찾아 들고 집으로 가서 먹었었다. 맛있었다. 그런데 맥주는…… 거의 먹어본 적 없다. 경험상 입에 살짝 대고 그 맛을 느낀 적은 있다. 그런데 그 기억도 가물가물하다.

서연은 이번에는 말려들지 않겠다는 결심을 하며 도로 물었다.

"왜요?"

"혹시 그것도 잘 모르나 해서."

그가 웃으며 대꾸했다. 서연은 인상을 썼다.

"알아요."

"그래서?"

"좋아는 하지만 댁하고 먹을 생각은 없어요."

"저런. 유감이군."

유감이라니, 난 절대 유감이 아니다.

"그래도 같이 먹게 될 겁니다."

웃긴다. 뭐라고 한 마디 쏘아주려는데 그가 일어서며 말했다.

"이제 갑시다."

앞장서서 룸을 나가는 그의 뒷모습을 보며 서연은 문득 깨달 았다.

글에 대한 얘기를 안 했다. 연재와 관련해서 할 얘기가 있다고 해놓고는…….

룸을 나가는 서연의 눈이 의심으로 어두워지기 시작했다.

식당을 나온 그들은 길을 따라 걸었다. 서연은 반걸음 정도 앞 서 걸어가는 그의 뒤통수를 노려보았다.

저 남자, 뭐지? 왜 자꾸 나한테 다가오는 거지? 오늘 만남이 정 말로 단순한 우연인가? 내가 여기 온다는 건 아무도 모른다. 만약 저 남자가 날 따라온 거라면? 그러니까 집에서부터…… 아니지, 저 남잔 내가 사는 곳을 모르잖아. 그렇다면……!

서연은 우뚝, 걸음을 멈췄다.

설마, 나한테 위치추적기가 있나?

그녀는 가방을 뒤져 휴대폰을 꺼냈다. 생긴 건 투박한 2G가 맞는데 이 안에 어떤 프로그램이 깔려 있어서 위치추적이 되는 거라면? 의심이 의심의 꼬리를 물고 이어졌다. 아직 저 남자가 자신을 따라왔다는 확신도 없는데 자꾸만 의심이 된다.

의심의 눈초리를 거두지 못한 채 서연은 남자를 쳐다보았다. 그녀가 걸음을 멈춘 걸 알고 남자가 뒤돌아본다. 슬쩍 올라간 눈썹을 보니 지금 상황에 대해 묻는 것 같았다. 서연은 할 수 없이 다시 걷기 시작했다. 이 시점에서 직접 물어볼 수도 없는 것 아닌가. 생각은 집에 가서 해야 한다. 급한 건, 어서 저 남자를 떼어내고……!

깊은 생각에 잠겨 걷고 있던 그녀는 오토바이 한 대가 맹렬한 속도로 달려오는 걸 너무 늦게 알아차렸다. 코앞까지 다가온 오토바이를 피할 생각도 못하고 놀라서 멍하게 서 있던 그때였다. 누군가 자신의 어깨를 낚아채듯 안는가 싶더니 눈 깜작할 새에 옆으로 비켜선다. 오토바이가 간발의 차이로 그녀의 옷깃을 스치며 지나가 멈췄다.

"젠장!"

그녀를 안고 있는 남자가 욕설을 뱉었다. 서연은 멍하게 고개를 들어 차동준을 올려다보았다.

"망할 자식!"

차동준은 몇 발 앞에서 오토바이를 세우고 사과를 하는 남자를 향해 험악한 표정을 짓고 있었다. 그 표정을 보는 순간 서연은 심장이 찌르르, 반응하는 것을 느꼈다.

뭐지? 이 느낌은.

"괜찮아요?"

그가 묻는다. 걱정이 가득한 눈빛이다. 따뜻했다. 누군가의 걱정 어린 눈빛을 받아본 적이 너무 오래전 일이라서 그런지도 모른다. 그 느낌이 너무 그리워서 이런 기분이 드는지도 모른다. 원인이 뭐가 됐든 그녀는 심장에 전율과 같은 뜨거운 기운이 퍼지는 걸 느꼈다.

"다쳤어?"

서연은 고개를 저었다. 멍한 의식 저편에서 생뚱맞은 의문이 하나 떠올랐다.

이 사람, 나한테 왜 반말하지?

또 기분이 이상해진다. 왠지, 너무 친근하잖아.

"태워준다니까."

그가 말했다. 서연은 고개를 저었다.

"괜찮아요. 버스 탈게요."

"고집은."

그가 희미하게 고개를 젓는가 싶더니 갑자기 생각난 듯 말한다.

"아, 우리 일 얘기를 못 했군."

이 사람, 그걸 이제 깨달은 건가? 아니면 처음부터 일 얘기 따윈 할 의도가 없었던 건가? 과도한 친절은 내게 위험한 의심을 줄 뿐이다.

"……."

"조만간 또 봅시다. 그때 오늘 못한 얘기도 하고."

"……."

대꾸하지 않았다.

"그럼, 조심해서 가요."

그가 차에 올라탔다. 서연은 자동차가 멀어지는 것을 묵묵히 지켜보았다.

이상하다. 마음이 놓여야 하는데 어째서 이렇게 허전해지는 거지?

동준은 아파트로 들어오자마자 윗도리를 벗어 소파에 던졌다. 그 순간에 전화벨이 울렸다. 액정에는 '2번'이라는 문자가 찍혀 있었다. 진호였다.

"말해."

블루투스 이어폰을 낀 채 동준은 주방으로 갔다.

[지금 집에 귀가했습니다.]

"미행은?"

[없는데요? 수상한 인기척도 전혀 못 느끼겠고요.]

"알았어."

[근데요.]

냉장고에서 물을 꺼내던 동준은 동작을 멈췄다. 진호가 말을 잇는다.

[여자가 배를 움켜쥐고 걷던데…… 복통이 있는 것 같아요.]

동준은 미간을 찌푸렸다. 꺼내던 물을 도로 집어넣고 냉장고 문을 탁, 소리가 나게 닫고 물었다.

"복통?"

순간, 그녀와 함께 먹은 회가 떠올랐다. 다른 반찬들도 먹었다. 그중 어떤 것에 알레르기 반응을 일으킨 거라면?

동준은 턱에 힘을 주었다. 단순하고 미미한 반응을 일으키는 알레르기도 있지만 어떤 알레르기는 사람의 생명까지 위협한다.

'모르겠어요.'

회를 좋아하느냐는 그의 질문에 그녀는 모호하게 답했었다. 그건 돼지껍데기를 처음 먹었던 것처럼 회도 먹어보지 못했다는 의미다. 평범하게 산 사람들과는 다르게 생각해야 하는 여자다. 누구나 쉽게 접할 수 있는 음식들도 그녀에게는 특별할 수 있다. 사람이 없는 정글에서 어느 날 갑자기 튀어나온 여자라고 생각하면 이상할 것도 없다. 그러니까 그 여자를 대할 땐 '보통, 평범, 당연한' 등의 표현은 전혀 적용되지 않는 것이다.

동준은 천장을 노려보았다. 두 가지, 상반된 마음이 갈등을 일으키기 시작했다.

여자는 극복할 것이다. 혼자 살아온 세월이 얼만데 그 정도 응급상황쯤이야 충분히 이겨낼 것이다. 아니, 여자는 극복하지 못할지도 모른다. 혼자만의 은둔생활로 안전에 관한 원칙을 지켜왔던 그녀가 그를 만나 모험에 도전한 격이 아닌가. 새로운 음식을 맛보기 시작했다. 자신이 어떤 음식에 알레르기가 있는지 알 리가 없다. 그렇다면 응급상황에 대처하는 방법도 모를 확률도 높다.

[대장, 어떻게 할까요?]

진호가 진지한 목소리로 묻는다. 동준은 생각을 해야 했다. 그런데 답이 떠오르지 않는다. 여자의 집으로 가는 건 말도 안 되는 일이고 전화를 거는 것도 위험했다. 오늘, 우연을 가장한 만남도 위험을 감수한 행동이었는데 시기적절하게 전화까지 한다면 그녀는 분명 의심할 것이다. 지금 시점에서 의심은 작전의 실패로 이어진다.

[사장님?]

진호의 목소리가 어서 답을 달라고 재촉하고 있었다.

빌어먹을!

동준은 사나운 눈길을 창밖으로 던지며 지시했다.

"안나한테 전화하라고 해. 원고 독촉 전화를 하는 방식으로."

거친 말투가 이 상황을 결코 마음에 들어 하지 않는다는 것을 대변해주고 있었다.

[예, 알겠습니다.]

진호가 명령을 반긴다. 동준이 무시하고 내버려두라고 할까 봐 걱정했던 모양이다. 동준은 험악한 눈으로 저물어가는 태양빛을 노려보았다.

뭔가가 잘못되어 가고 있다. 팀원들뿐만 아니라 나, 자신도!

서연은 배를 움켜쥐며 뒹굴었다. 이리 누웠다가 저리 누웠다가…… 하지만 아무리 몸을 비틀어도 복통은 사라지지 않는다. 이미 진통제를 한 알 먹었지만 그마저도 듣지 않고 있었다. 뭐지? 너무 많이 먹어서 체하기라도 한 건가? 아니, 그거랑은 좀 다르다. 아니야. 모르겠다. 살아오는 동안 많이 먹은 기억이 별로 없어서 체했을 때 느껴지는 고통도 다 잊어버렸다. 언제나 채소 위주의 소식을 즐겨왔던 터라 오랫동안 과식이라는 걸 해본 적이 없다. 최근에 들어서 두 번을 제외하고는.

그 황당했던 회식, 그리고 오늘의 우연한 만남.

역시 안 하던 짓을 하면 탈이 나는 법인가 보다. 스스로를 노출시키는 거라 위험하다고 생각은 했는데 이런 식의 복병이 있을 줄이야.

서연은 식은땀을 손바닥으로 닦아냈다. 입술이 타들어가는 것 같았다. 어디선가 전화벨이 울렸다. 고통스러운 눈길로 바닥을 더듬거리며 훑었다. 저기서 불빛이 반짝거린다. 다시 기어서 움직였다. 휴대폰을 보자 거기에 '유안나'라는 이름 석 자가 있었다. 누구더라? 아, 출판사.

전화가 끊어지고 문자가 왔다.

'작가님, 연재에 변동이 생겨 급하게 연락을 해야 할 것 같습니다. 전화 부탁드려요.'

언제 봤다고 하트까지 뿅뿅 날린다.

"으……."

다시 밀려드는 고통에 서연은 신음을 흘렸다. 그리고.

"욱."

욕지기가 밀려올라왔다. 아픈 배를 움켜쥐고 변기를 향해 돌진했다. 가까스로 늦지 않게 도착해 변기 위에 머리를 처박고 쏟아냈다.

"우욱, 욱!"

내장까지 밀려올라오는 기분이었다. 더 이상 쏟아낼 것조차 없다고 생각하는데 노란 위액 같은 것까지 나온다. 서연은 새된 숨을 뱉어내며 바닥에 쓰러졌다. 아득한 정신 너머로 아직도 전화벨이 울리고 있다는 걸 깨달았지만 그녀는 전화를 받으러 갈 힘조차 없었다.

"안 받는데요?"

유안나가 말한다. 동준은 움직임이 없는 화면을 노려보고 있었다. 그녀의 위치는 두 시간째 그대로였다. 집 안, 여기선 보이지 않지만 그녀가 집 안에 홀로 있다는 건 안다. 해리의 집을 알게 된 후로 한 블록 떨어진 곳에 작전 본부를 마련했다. 현재 동준은 안나와 같이 모니터 화면을 보며 기다리고 있었다. 윤서연이 전화를 받기를.

진호에게서 연락이 왔다.

[아무런 인기척이 없습니다. 커튼이 두껍게 쳐져 있어서 안의 상황도 안 보이고요.]

진호의 목소리에서 조급함이 느껴진다. 팀원들이 조금씩 동요하고 있는 것이다. 단 한 번 봤을 뿐인 윤서연에게 어떤 동정심을 느끼고 있다는 의미이기도 하다. 그녀가 살아온 삶 자체에 이미 인간적인 안쓰러움을 느끼기 시작했는데 직접 만난 윤서연은 생각보다 훨씬 더 순수했기에 팀원들이 당연히 동요하는 것이다.

이런 건 좋지 않다. 아주 안 좋은 상황이다. 그런데 팀원들이 동요하는 지금 상황보다 더 안 좋은 건, 유일한 미끼가 이대로 없어질 수도 있다는 것이다. 윤주철을 잡을 수 있는 윤서연이 잘못되면 작전은 처음으로 돌아갈 뿐만 아니라 답이 없어진다.

윤서연이 나쁜 여자였으면 좋았을 걸, 반사회적이고 퇴폐적인 여자였으면 차라리 일이 편했을 것을…….

동준의 머릿속으로 잠깐, 아쉬운 생각들이 떠올랐다가 빠르게 소멸되었다.

[들어가 볼까요?]

진호가 나선다.

"기다려."

동준은 단호하게 말했다. 옆에 있던 유안나가 쳐다보는 것이 느껴졌다. 그러나 동준은 그들의 동요에도 흔들리지 않았다.

[사장님…….]

"연락이 올 때까지 기다려."

그는 차가웠다. 지금 이 자리에서 윤서연이 죽는다고 해도 어쩔 수가 없다고 판단했다. 미끼를 잃게 되겠지만 의심을 사는 것보다는 낫다.

팀원들이 조용해졌다. 진호도 더 이상 다그치지 않았다. 동준은 그들의 보스였다. 지금껏 그의 지시에 따라서 모든 작전이 이루어졌다. 이들은 그 어떤 기관에도 소속되지 않은, 오직 동준의 팀원들이었다. 따라서 동준의 명령이 곧 법이다.

그렇다고 해도…… 팀원들은 속으로 전쟁을 치르고 있을 것이다. 인간의 양심과 팀원으로서의 의무 사이에서 치열한 갈등을 하고 있을 것이다.

동준은 입 안 깊은 곳의 이를 가만히 사리물었다. 저절로 턱에 힘이 들어간다. 시간이 흐르고 있었다. 10분, 30분, 1시간…… 짧을 수도 있고 길 수도 있는 시간이 초조하게 흐르고 있었다.

서연은 눈앞이 흐려지는 것 같았다. 119를 부를 수도, 다른 누군가를 부를 수도 없었다. 은신처를 그 누구에게도 노출시킬 수 없었다. 병원은 특히 안 된다. 방법은 두 가지뿐이다. 첫 번째는 이렇게 견디다가 죽는 거. 물론 개죽음이 될 것이다. 안 죽으면 천행인 거고. 두 번째는…… 서연의 시선이 휴대폰으로 향했다. 어차피 죽을 거라면…… 지극히 위험한 짓이긴 하다.

서연은 힘없이 사방을 둘러보았다. 빙글빙글 도는 것 같았다. 온전한 사람이 사는 집이라고 볼 수 없는 공간이었다. 매트리스와 이불, 작은 테이블 하나, 작은 냉장고 하나, 그리고 노트북, 한편에는 옷이 들어 있는 박스들이 쌓여 있다. 누가 봐도 평범한 사람이 사는 집으로는 보이지 않는다.

이상하게 생각하겠지. 대체 뭐하는 여자인지, 의심하겠지. 정신 이상자라고 생각할지도 모른다. 그래도 서연은 선택을 해야 했다. 자꾸만 멀어져가는 의식을 이대로 놓아버리면 선택의 기회마저도 없을 것 같았다.

서연은 얕고 빠른 호흡을 뱉어내며 전화기를 들어 올렸다. 그리고 저장되어 있는 번호를 눌렀다. 신호가 간다. 그리고.

[해리 작가?]

서연은 침을 삼키고 힘없이 말했다.

"여기……."

고통이 또다시 밀려왔다.

[해리…….]

"도……와주세요."

침묵. 그리고 곧바로 목소리가 들려온다.

[어딥니까?]

서연은 희미해지는 의식을 간신히 붙잡으며 주소를 말하기 시작했다. 하지만 끝까지 제대로 말했는지는 알 수 없었다. 손에서 휴대폰이 빠져나간다는 것을 느끼는 것과 동시에 그녀는 의식을 잃었다.

동준은 빠르게 집 안을 훑어보다가 바닥에 쓰러져 있는 여자를 발견했다. 재빨리 여자를 안은 그는 그대로 밖으로 뛰어나왔다. 차에서 대기하고 있던 진호가 뒷좌석 문을 열었다. 동준은 여자를 먼저 태우고 그 옆에 앉아 차의 움직임에 몸이 움직이지 못하도록 안았다. 운전석에 올라탄 진호가 묻는 듯한 시선을 던지자 동준이 지시했다.

"응급실로."

진호가 기다렸다는 듯이 곧바로 차를 출발시켰다. 동준은 여자를 보았다. 핏기가 없는 혈색이 보인다. 짙은 화장으로 가려져 있지만 그 아래의 피부가 생기가 없다는 건 알 수 있었다. 축 늘어진 몸은 죽은 것이 아닌지 의심스럽게 만들었다. 동준은 여자의 목에 가만히 손을 대었다. 희미하게 맥이 느껴진다. 죽지는 않았다. 아직은.

동준의 시선이 여자의 얼굴로 향했다.

왜지? 왜 내게 도움을 요청한 거지?

여자가 유안나나 진호가 아닌 자신에게 전화를 걸어 도움을 요청했을 때 동준은 의문을 품었다. 그런데 그 의문이라는 것이 우습다. 의문에는 감정이 있을 수 없는 건데 그는 감정이 담긴 의문을 느꼈다. 뭔가 아주 팽팽하게 당겨져 있던 끈이 툭, 하고 끊어지면서 동시에 맹렬하게 타오르는 보호본능. 대기하고 있던 곳에서 달려 나와 윤서연의 집으로 가는 동안 느꼈던 불안함은 절대 반갑지 않은 감정들이었다.

동준의 시선이 다시 서연을 향했다. 힘없이 늘어진 여자의 몸과 창백한 얼굴을 보면서 떠오른 건 하나였다.

이 여잔 위험하다! 그 어떤 흉악무도한 놈들보다 더 위험한 존재다. 이 여자에겐 그 어떤 무기보다 더 강력한 것이 있었다. 사람의 본성을 흔들고 양심을 찌르는 무기. 조심해야 한다. 조심하지 않으면 이 여자에게 도리어 당하게 될 것이다!

"알레르기는 아니고요. 제가 볼 땐 위가 놀란 것 같습니다."

의사의 말에 동준은 인상을 썼다. 피곤한 얼굴의 의사였다. 자다가 뛰쳐나왔는지 머리칼은 헝클어져 있었고 옷도 온통 구김투성이다. 동준이 더 자세한 설명을 요구하는 듯 쳐다보자 의사가 약간 귀찮다는 듯 입을 연다.

"그러니까 보통 체한 거라고 표현을 하기도 하죠. 증상이 비슷하니까. 이 아가씨의 경우에는 과민성위장염에 가깝습니다. 평소 소식을 하면서 자극적인 음식을 전혀 접하지 않다가 갑자기 섭취하거나 평소엔 안 먹던 음식을 다량으로 섭취하거나 스트레스를 많이 받을 경우에 위가 놀라는 거죠."

의사의 말에 동준은 공감했다. 같이 밥을 먹으면서 느꼈던 윤서연의 반응들을 떠올려 보면 의사의 말이 모두 해당한다.

"당분간 위를 자극하는 음식은 자제하고 안정을 취하면 하루 이틀 안에 회복할 겁니다."

의사가 돌아서서 걸어간다. 동준은 누워있는 여자를 보았다. 차 안에서 가발은 벗겼지만 화장은 아직 짙다. 두꺼운 화장이 얼룩덜룩했다. 뺨 위로 여러 줄의 무늬가 보였다.

울었나? 그래, 아팠을 테니 울었겠지. 어쩌면 혼자서 두려웠을 수도…….

"사장님."

진호가 다가와 조용히 속삭인다. 동준은 고개를 돌렸다.

"우선 급한 대로 외국인이라서 의료보험증도 없고 주민번호도 없다고 둘러대긴 했는데 약간 의심하는 눈칩니다."

동준은 여자의 손목에 연결된 수액을 보았다. 거의 다 비워져가고 있었다. 다시 서연의 얼굴을 보았다. 혈색이 돌아오고 있었다. 안정시키고 자극적인 음식만 피하면 된다고 했다. 굳이 병원에 더 머물러 있을 필요는 없다.

"비용 지불하고 차, 대기시켜."

"예? 아, 예. 알겠습니다."

진호가 즉시 돌아서 빠르게 응급실을 나간다. 동준은 몸을 돌려 응급실 한편에 놓여 있는 소독 솜을 가지고 돌아왔다. 몸을 숙여 서연의 손목에 꽂혀 있는 주삿바늘을 빼내고 솜으로 지그시 눌렀다. 슬쩍 얼굴을 살피니 세상모르고 잠든 얼굴이다. 기진맥진해서 쓰러졌으니 당분간 깰 것 같지도 않았다.

동준은 자신이 입고 있던 코트를 벗어 서연의 몸을 감싸고 안아 올렸다. 다른 환자를 보던 간호사가 달려왔다.

"뭐 하시는 거예요?"

"집으로 가겠습니다."

"예? 하지만…… 잠시만요. 선생님 불러올게요."

간호사가 달려간다. 하지만 동준은 의사를 기다릴 생각이 없었다. 여자를 안은 채 그대로 응급실을 나와 기다리고 있던 차에 탔다.

"어디로 갈까요? 해리 집으로?"

진호의 물음에 동준은 잠시 침묵하다 이내 말했다.

"아니. 내 오피스텔로."

백미러 속의 진호 표정이 흠칫 놀라는 것이 보였다. 그러나 진호는 더 이상 토를 달지 않았다. 차가 달리기 시작했다. 동준은 자신의 품에서 새근거리며 자는 여자를 내려다보았다.

얼룩덜룩한 화장으로 전혀 예쁠 것이 없는 여자에게 어째서 자꾸만 눈길이 가는지 알 수 없었다. 자신의 행동과 감정을 전혀 이해할 수 없는데도 불구하고 동준은 자꾸만 예상과는 엇나가는 이 상황들이 아주 마음에 들지 않았다.

서연은 서서히 잠에서 깨어났다. 잠에서 깨어나는 그 짧은 시간 동안 그녀는 어제의 일을 파노라마처럼 떠올렸다. 원해서가 아니라 저절로 생각이 나버렸다.

'해리 작가.'

잠결에 그가 부르는 소리를 들었었다. 아주 미세하게 흔들리는 것이 차 안이라고 짐작했었다.

'내 오피스텔로 갑니다.'

그가 말했을 때 안 된다고 하려고 했었다. 그건 말도 안 되는 일이라고 반기를 들려고 했었다. 그런데, 그렇다고 집에 데려다 달라고 할 수도 없었다. 손가락 하나도 제대로 움직일 수 없을 만큼 기운이 빠져 있는 상태라 자신의 의지를 관철시킬 자신도 없었다.

'당분간 안정을 취해야 한다니까 내 오피스텔이 나을 겁니다.'

그리고 이어지는 속삭임.

'아무 일 없을 테니까 안심해.'

그 속삭임은 꿈이었던 것 같다. 정말로 들은 말 같지는 않다. 아마도 안전해지고 싶은 마음에서 만들어낸 상상이었을 것이다. 오죽 불안했으면 위험하다고 생각하는 남자에게라도 기대고 싶었을까. 사람에게 의지하고 기대는 것 자체가 스스로 위험을 자처하는 것임을 누구보다 잘 아는 내가 말이다.

서연은 잠에서 완전히 깨어나 눈을 떴다. 햇살이 은은했다. 밖의 햇볕은 강렬한 것 같은데 방 안에 쳐진 얇은 커튼 덕분에 은은하고 따스하게 느껴졌다.

팔꿈치를 세우고 의지해 천천히 몸을 일으킨 그녀는 방 안을 살펴보았다. 옷장 하나에 침대와 데스크가 하나씩 있는 평범한 방이었다. 그런데 서연은 이 평범한 방에서도 따스한 안락감을 느꼈다. 그녀에게 평범함이란 낯선 감정에 속한다. 원해서도 안 되고 미련을 가져서도 안 되는, 그렇게 배척해야 할 감정이었다.

늘 그랬던 것처럼 이 방에 있는 자신의 존재를 외면했다. 서연은 침대에서 내려서서 걸어보았다. 그럭저럭 견딜 만하다. 복통은 없어졌고 메슥거림도 없었다. 단지 기운이 좀 없을 뿐이었다.

이 방 안에는 문이 두 개 있었다. 밖으로 향해있는 것이 분명해 보이는 문과 그 용도가 의심스러운 문 하나. 서연은 천천히 의문스러운 문 쪽으로 움직였다. 천천히 손을 뻗어 문을 열어 보았다. 열린 문 안쪽이 보였다. 지금 이 순간에 가장 필요한 공간이었다. 서연은 안도의 미소를 지으며 욕실 안으로 들어갔다.

간단하게 볼 일을 보고 일어난 그녀는 좁지만 깨끗한 욕실을 둘러보다가 문득 거울로 시선이 움직였다. 순간, 그녀는 신음소리가 나오는 것을 막으려고 손으로 입을 막았다. 거울 속의 괴물이 오만가지 인상을 쓰고 있었다.

세상에. 정말로 엉망이었다. 화장은 번져서 여기저기 얼룩이 져있었다. 마스카라가 흘러내려 검은 길을 만들고 아파서 우는 바람에 생긴 투명한 길도 보인다. 짙은 갈색으로 칠했던 눈두덩이는 맞아서 멍이 든 것처럼 번져 있었다. 그뿐인가, 빨갛게 칠했던 립스틱은 손으로 닦다가 문질렀는지 삐죽하게 튀어나가 본래 입술에 바르는 화장품이라는 용도를 벗어나 있었다. 광대 화장도 이 꼴보다는 훨씬 점잖을 것이다.

정말이지 못 봐줄 정도였다. 이렇게 나가면 사람들의 관심을 멀리하기는커녕 도리어 눈총을 따갑게 받을 것 같았다. 서연은 서둘러 비누를 칠해 얼굴의 화장을 닦기 시작했다. 몇 번이고 비누칠을 해서 말끔해질 때까지 세수를 했다. 마침내 화장이 다 지워지고 원래의 뽀얀 피부가 드러났다. 세수를 하고 나니 샤워도 하고 싶어졌지만 참기로 했다. 여긴 '내 공간'이 아니니까…… 맙소사!

서연은 갑자기 화들짝 놀라 자신의 입을 틀어막았다.

밖에 그 사람이 있을 텐데!

자신의 진짜 얼굴을 드러내고 누군가를 만난 적은 없었다. 혹시라도 누군가 알아볼까 봐 무서워서 단 한 번도 화장을 하지 않고 나간 적이 없었다. 가까운 슈퍼에 나갈 때도 화장을 했었다. 거의 변장에 가까운 화장이라 그녀의 본래 얼굴은 모두 가린 채였었다.

이제 어쩌지? 아무리 눈을 씻고 찾아봐도 얼굴을 가릴 만한 도구는 없다. 하다못해 파우더나 눈썹 그리는 펜슬, 립스틱조차도 없다. 쓰러져서 자신을 어떻게 병원으로 데려갔는지도 모르겠는데 어떻게 그런 것들을 챙겨오겠는가.

서연은 욕실, 거울 앞에서 깊은 고민에 빠졌다. 밖에 그 사람이 없다면 몰래 빠져나가면 된다. 하지만 어떻게? 외투조차 없는데 얼굴은 어떻게 가리지? 그리고 밖에 그 사람이 있으면? 그 사람 몰래 나가는 건 불가능하잖아. 그렇다면 방법은…….

그녀의 눈길이 밖으로 통하는 문으로 향했다. 지금은 닫혀 있지만 저 밖으로 나가는 순간 남자의 눈앞에 서게 될 것이다. 맨얼굴로. 한 번도, 목사님과 인주 언니를 제외한 그 누구에게도 보인 적이 없는 태어난 그대로의 얼굴로.

동준은 가스레인지의 불을 껐다. 보글거리며 끓는 죽을 대접에 담고 미리 꺼내놓았던 김치 약간에 간장과 숟가락, 젓가락까지 놓으니 제법 그럴싸해 보인다. 잠시 고민을 했다. 쟁반을 가지고 들어갈까, 아니면 깨서 나오기를 기다릴까, 그런데 고민은 곧바로 해결이 되었다.

그는 인기척이 나는 방문 쪽으로 시선을 돌렸다. 천천히 문이 열리고 있었다. 주방에서 나오며 미소를 짓던 그는 방문 안쪽에서 주춤거리며 나타나는 윤서연을 보는 순간, 그 자리에서 굳어버렸다.

그의 눈이 얼어붙었다. 지으려던 미소는 어색하게 굳었고 걸음도 그 자리에 못 박혀버렸다.

전혀 다른 여자였다. 그가 보기엔 그랬다. 가발을 벗은 건 이미 봤다. 가면과 같은 짙은 화장 뒤의 모습이 어떨지 궁금하긴 했었다. 완전히 다른 얼굴일 거라고 짐작도 했었다. 그런데 막상 확인한 그녀의 진짜 얼굴은……

냉철한 이성과 사막처럼 건조한 감정의 소유자라고 자부해온 그의 심장이 흠칫 멈추는가 싶더니 이내 짜릿한 전율을 일으키기 시작했다!

그녀가 선택할 수 있는 유일한 방법이었다. 어차피 사는 곳을 노출했다. 집 안에 들어와 무엇을 봤는지, 뭘 의심하는지 알 길이 없다. 죽을지도 모른다는 기로에 서서 선택했던 사람이었다. 만약, 해를 끼칠 사람이라면 이미 피하기엔 너무 늦었다. 다른 누구도 아닌 이 남자를 선택해 도움을 요청했던 건 죽기 아니면 살기라는 심정이었다. 그리고 지금은 이대로 밖으로 나가 많은 사람들에게 얼굴을 노출하든지 아니면 이 사람한테만 노출을 하든지, 둘 중 하나를 선택해야 했다. 그녀는 후자를 택했다.

이젠 이 남자가 적이 아니기를 바랄 수밖에 없다.

"고마워요."

서연은 머뭇거리며 중얼거렸다. 남자의 눈길이 뚫어질 듯 이쪽을 응시하고 있는 느낌이 든다.

그래, 놀랐을 것이다. 어제의 나와 지금의 나는 전혀 다른 사람 같을 테니까.

"화장을…… 지웠어요."

궁상스러운 변명을 했다. 말 안 하면 누가 모를까 봐…… 그런데 어쩔 수 없다. 평범하고 세련된 대화법을 모르니까. 늘 혼잣말이 익숙했기에 지금도 마음속 말이 그대로 나와버렸다.

"그러니까……."

뒤늦게 자신이 필요 없는 말을 했다는 걸 깨달은 그녀는 어색하게 다시 입을 열었다. 하지만 딱히 무슨 말을 해야 할지 몰랐다. 짧은 침묵이 흘렀다.

"배고플 것 같은데."

드디어 침묵을 깨고 그가 말했다. 서연은 반가웠다. 어디에 둘지 몰라 바닥을 헤매던 시선을 들어 희미하게 웃었다.

"네, 조금."

그가 미간을 찌푸린다. 뭐지? 뭔가 잘못한 건가?

서연의 미소가 다시 지워졌다. 하지만 남자는 다시 미소를 지어 보이고 주방을 향해 돌아서며 말했다.

"당분간 위에 자극을 주는 음식은 안 좋을 것 같아서 흰죽을 끓였는데 괜찮을지 모르겠군."

주춤거리며 그를 뒤따라간 그녀는 테이블 위에 놓인 죽 그릇을 보았다. 쌀죽인 것 같았다. 간장까지 내어놓고 그가 말했다.

"앉아서 먹어요."

서연은 식탁 앞에 앉아 숟가락을 들었다. 죽을 한 숟가락 퍼서 입 안으로 밀어 넣었다. 구수한 것이 좋았다.

"맛없어도 먹어두는 게 좋아. 의사 말이, 위가 너무 비어도 안 좋다고 하니까."

천천히 먹는 그녀의 행동을 오해한 그가 말했다. 서연은 입술에 묻은 물기를 혀로 핥고 그를 쳐다보았다. 또 그가 인상을 쓰고 있다. 서연은 눈을 깜박거렸다. 그러자 그가 다시 건조한 미소를 짓는다.

"왜?"

"아니, 그냥…… 그러니까 사장님 잘못은 아니라고요."

"무슨 잘못?"

"그러니까…… 어제 사준 음식 때문이 아니에요. 어젠 아주 맛있었어요."

"……."

"제가 좀 자제를 했어야 했는데…… 원래부터 위염이 있었거든요. 그런데 어제 그렇게 생각도 없이 먹어서……."

"또 뭐가 있는지 궁금하군."

"네?"

서연은 무슨 말인지 몰라서 되물었다. 이상하다. 이 남자, 얼굴이 너무 진지하다.

"공황장애, 위염 말고 또 뭐가 있냐고."

"아."

"아? 그건 대답이 아닌데."

서연은 그냥 웃어넘겼다. 그런데 이 남자, 그냥 넘어가주지 않는다.

"내가 말 안 했나?"

"뭘요?"

"우리 출판사의 사활이 해리 작가한테 달려 있다는 거. 난 이번에 나올 해리 작가의 작품에 기대가 아주 크거든. 그런 의미에서 반드시 완결이 됐으면 좋겠고 그전에 연재도 성공했으면 좋겠고. 그런 맥락에서 보면 해리 작가의 건강이 나한테 아주 중요해."

이상하다. 억지 같으면서도 말이 되는 것 같다. 이 사람 표정이 너무 진지해서 그런가? 이 사람, 은근히 사람 설득하는 데 재주가 있는 것 같다. 그토록 경계심 많고 의심이 많은 내가 여기, 이 낯선 공간에 있는 것만으로도 이 남자가 그런 탁월한 재주가 있다는 증거다.

"……."

뭐라고 대꾸해야 할지 몰라 멀뚱거리는 그녀에게 그가 피식, 웃어 보였다.

"그러니까 당분간 보살핌 좀 받으라고."

서연은 미간을 모았다.

"전……."

"근데 그 변장, 아니 화장은 왜 하는 거지?"

이 집에 오래 머물 생각 없다고 말하고 집으로 돌아가겠다고 하려는데 그가 갑자기 물어왔다. 서연은 난감했다. 하지만 이 질문에 대한 대답은 뻔했다. 진실보다는 거짓. 이 사람은 정말로 왜 그런 화장을 하고 다녔는지에 대해 알 필요가 없으니까.

"예뻐 보이라고요."

화장이란 그런 거니까. 예쁘게 보이려고 하는 게 화장이잖아. 물론 내 경우엔 전혀 아니지만.

"그게…… 예뻐 보인다고?"

그가 인상을 썼다. 그러더니 중얼거린다.

"지금이 수천 배는 더 예쁜데."

쿵! 뭔가가 떨어졌다. 서연은 몸속 깊은 곳에 숨겨져 있는 심장이 떨어지는 것 같은 충격을 받았다. 미소 짓고 있지만 너무나 깊고 진지한 빛으로 쳐다보는 그의 눈을 멍하게 마주 보았다.

이게 뭔지 모른다. 이런 감정이 뭔지 알지 못한다. 이런 경험이 없었다. 그래서 그녀는 자신의 얼굴에 순수하게 떠오른 충격을 감추지 못했다. 그의 미소가 점점 옅어졌다.

"그냥…… 그렇다고."

가만히 중얼거리는 그 말이 조금 전 예쁘다던 말보다 더 깊게 와 닿는다. 서연은 얼굴로 열기가 몰리는 것을 느꼈다. 뺨이 뜨거워지는 걸 느꼈다. 어쩔 줄을 몰라서 고개를 숙였다. 그의 시선이 정수리에 닿고 한동안 계속 움직이지 않는다는 것도 몰랐다. 그저 뭔지 모르지만 부끄럽다는 생각이 들어서 죽을 마저 먹는데 집중했다.

심장이 너무 빠르게 두근거린다. 어지러웠다. 이거…… 후유증인가? 위장에서 탈이 났던 게 심장으로 옮겨간 건가? 병원에서 나한테 무슨 약을 먹인 거지? 나, 대체 왜 이러는 거야!

동준은 닫힌 방문을 못마땅한 듯 노려보았다.

모든 게 잘못되어가고 있다. 아니, 계획대로 되어가고 있다. 여전히 경계를 하고 있지만 여자는 서서히 그를 믿기 시작했다. 조금 전, 식탁 앞에서 예쁘다고 말하는 그를 바라보던 그녀의 눈빛은 아무런 의심이나 의문이 없었다. 순수하게 맑은 눈빛과 가감 없이 드러난 표정은 소녀의 것이었다.

처음으로 이성을 느끼고 당황해 하는 소녀 같았다. 윤서연은 가공되지 않은 천연석이었다. 세상과 차단된 혼자만의 은둔지에서 살아온 그녀는 이 사회에 이제 막 걸음마를 떼기 시작한 어린아이와 같았다. 한 걸음, 한 걸음 내딛을 때마다 겁을 먹고 경계를 한다. 사람을 대하는 테크닉이나 음모와 술수는 전혀 모른다. 그래서 그녀는 쉽다. 생각하고 있는 바를 숨기지 못하고 모조리 드러내서 쉽다. 이미 그려져 있는 그림을 고치는 것보다 하얀 여백에 새로운 그림을 그리는 게 더 쉬운 것처럼 윤서연이 자신을 믿도록 만드는 건 식은 죽 먹기보다 쉽다.

쉬우니까 즐거워야 했다. 수일 내로 그녀가 자신을 믿고 의지할 수 있도록 만들 자신도 있다. 그런데…….

동준은 지그시 어금니 안쪽을 사리물었다.

분명히 쉬운데…… 이 기분은 대체 뭐란 말인가. 그녀의 맑은 눈빛을 보면 흔들린다. 세상의 어떤 때도 묻지 않은 순수한 얼굴을 보면 동요한다. 게다가…… 변장을 벗은 윤서연은…….

그는 주먹을 움켜쥐었다. 팀원들이 동요하듯 자신 또한 윤서연에게 동요되기 시작한 것을 인정해야 했다. 그렇다면 방법은? 답은 나와 있다. 작전을 좀 더 빠르게 진행시키는 것. 윤서연에 대한 동정심이 더 깊어지기 전에, 인간으로서의 양심이 모든 것을 망치기 전에 일을 끝내야 한다.

"가야겠어요."

여자가 굳은 목소리로 말한다. 동준은 결연한 표정으로 서 있는 윤서연을 보며 피식, 웃고 말았다.

"하루쯤 더 있는다고 해도 뭐라고 할 사람 없는데."

"감사했습니다."

여자가 꾸벅, 단호하게 인사를 하고 돌아선다. 붙잡아봐야 소용없을 거라고 경고하는 것 같았다.

"기다려요."

동준이 말하자 여자가 돌아보며 인상을 썼다.

"이것 보세요, 사장님. 전……."

그는 서연을 스치고 지나갔다. 여자가 황당하게 쳐다보는 걸 알고 있었지만 동준은 그대로 방으로 들어갔다가 나왔다. 방을 나온 그의 손에는 모자 하나와 외투 하나가 들려 있었다.

"이게 필요할 것 같은데."

윤서연이 물끄러미 그 물건들을 응시했다. 동준은 모자를 들어 여자의 머리에 씌워주었다. 말뚝처럼 선 서연이 고개를 들어 쳐다본다. 짧은 머리에 야구모자를 쓰니 미소년처럼 보였다.

귀엽고 사랑스럽다.

동준은 흠칫, 미소를 지웠다. 사랑스럽다니…… 이런 생각을 하는 자신이 아주 마음에 들지 않는다.

"자, 외투도 입고. 밖에 날씨가 쌀쌀하니까."

"고맙습니다."

중얼거리듯 말한 그녀가 외투를 입었다. 제일 작은 사이즈라고 가져온 거지만 여자에게는 많이 컸다. 그런데 여자는 그게 더 좋은 모양이다. 야구모자를 썼음에도 불구하고 외투에 달린 모자까지 뒤집어쓴다.

"혹시 이것도?"

그가 마스크를 손가락에 걸고 내밀자 그녀가 빤히 쳐다본다. 또 경계하는 것이다.

"요즘 독감이 유행이라니까."

그러면서 동준도 주머니에서 마스크를 하나 꺼내 자신의 귀에 걸었다. 그제야 의심 많은 그녀가 마스크를 받아 꼈다.

"갑시다."

동준이 먼저 현관으로 향했다. 그런데 여자가 따라오지 않는다. 돌아보자 그녀가 말했다.

"혼자 갈 수 있어요."

"난 데려다주고 싶은데."

"저기요, 사장님……."

"해리 작가."

"네."

"해리 작가한테는 세 가지 선택권이 있어."

"……."

"첫 번째는 여기서 하루 더 지내는 것."

그녀의 미간이 찌푸려졌다.

"마음에 안 드는 모양이군. 그럼 두 번째. 유안나 씨 기억합니까?"

"……네."

"안나 씨가 해리 작가를 돌봐주겠다고 하는데 그 집으로 가서 몸이 나을 때까지 지내는 것."

서연은 냉큼 고개를 저었다.

"아뇨, 전……."

"그것도 싫으면 세 번째. 내가 집까지 안전하게 데려다주는 것. 자, 어떤 게 나을지 골라 봐요. 개인적으로 난 1번, 2번을 강력히 추천하는데."

장난스럽게 웃는 그를 보며 그녀는 여전히 인상을 쓰고 있었다. 잠시 고민하던 그녀가 말한다.

"그럼, 죄송하지만 또 신세를 져야겠네요."

"여기 하루 더 있겠다고?"

"아뇨!"

황급히 대답한 후에 서연은 그가 장난친 거라는 걸 알았다. 하지만 늦었다. 그의 얼굴에 유쾌한 웃음이 가득했다. 자꾸만 바보 같은 생각이 들어서 서연은 풀이 죽었다. 그때였다. 갑자기 그가 다가오더니 그녀의 옷깃을 여며준다. 놀란 서연은 멍하게 그를 쳐다보기만 했다.

씨익, 미소를 지어보이며 그가 말한다.

"밖이 아주 춥다니까."

틈이 보이지 않도록 옷을 여며주던 그가 자신의 목에 감긴 목도리까지 풀어 그녀의 목에 감아주었다.

"이제 진짜 갑시다."

그가 돌아서서 신발을 신고 현관문을 열었다. 한겨울 찬바람이 싸늘하게 불어왔다. 하지만 서연은 추위를 느낄 수 없었다. 추위는커녕 오히려 따뜻한 바람이 불어와 그녀의 몸을 감싸는 것 같았다.

공연이 끝난 소공원은 몇몇 사람들만 남아 뒷정리에 여념이 없었다. 이리저리 뒹구는 의자 두 개를 집어 들고 달려가는 주황색 머리 색깔의 어린 남자의 뒷모습이 이상하게 노을 지는 하늘과 닮아 있었다.

사람들이 흘린 음식 찌꺼기를 먹으려고 날아든 비둘기 떼의 수가 점점 많아질 즈음, 벤치에 앉아 있는 차동준의 옆으로 머리가 희끗한 남자가 다가와 옆자리에 앉았다.

"오랜만이다."

동준은 비둘기들에게서 시선을 돌려 남자를 바라보았다.

"건강이 안 좋다는 말씀을 듣고 걱정을 많이 했습니다."

"그래, 좀 아팠지. 몸속에 나쁜 놈 하나 키우고 있다가 떼어내려니 죽을 맛이야."

자세히 들여다보면 중절모 속의 남자 얼굴은 핼쑥했다. 병치레를 심하게 한 듯한 얼굴은 누렇게 떠있었고 입술은 건조해서 갈라진 틈이 다 보일 지경이었다.

"연락이 올 줄 몰랐습니다."

동준이 말하자 남자가 희미한 미소를 머금었다.

"죽기 전에 할 일은 해야지"

"……."

죽음이라는 단어 앞에서 동준은 입을 다물었다.

'나, 수술하러 간다. 간암이란다. 암 떼어놓고 나와서 연락하마.'

몇 달 전 그렇게 소식을 끊은 남자를 바라보는 동준의 눈빛은 따스했다. 살아오면서 그가 믿음을 주고 신뢰하는 몇 안 되는 사람 중의 한 사람이었다. 세상에 홀로 남겨져 누군가를 절실히 필요로 할 때 손을 내밀어 주었던 사람이다. 여전히 늘 빚을 지고 있는 기분이다. 믿을 만한 사람을 잃고 싶지 않았다. 하지만 삶은 늘 마지막이 있다. 아버지의 친구인 이 사람, 박희태. 어릴 때 돌아가신 아버지보다 어쩌면 더 아버지 같았던 분.

박희태가 다시 웃는다.

"걱정 마라. 일이 끝날 때까지는 안 죽을 테니. 지금은 죽어도 눈을 못 감을 게 뻔하거든."

"……."

동준은 침묵했다.

"마무리되지 못한 일을 두고 떠나는 건 내 성격이 아니야."

동준의 눈길이 병색이 짙은 박희태에게 향했다. 하지만 박희태는 동준의 눈길을 외면하고 마른 입술을 열었다.

"정보가 들어왔다."

동준의 눈빛이 번뜩였다. 박희태가 다시 입을 연다.

"당시의 작전명을 알아냈어."

"작전명?"

"악어새."

동준의 미간이 모아졌다.

"작전명이 악어새였어."

박희태가 천천히 고개를 돌려 동준을 보았다.

"네 아버지, 차대훈이 마지막으로 수행했던 작전명이 악어새라는구나. 굉장히 비밀을 요하는 작전이었던 것 같다."

"그건 이미 오래전에 짐작했던 일입니다."

"그래, 그랬지. 대훈인 네 어머니에게조차 작전에 대해 말하지 않고 떠났으니까. 그 작전에 대해 알아보려고 며칠 동안 애를 써 봤는데 수확이 별로 없었어. 알아낸 거라고는 작전지가 모스크바였다는 것과 그 작전에 참여했던 요원들이 거의 모두 죽었거나 실종되었다는 거. 살아서 돌아온 요원은 단 두 명뿐이었고 그중 하나가 네 아버지였다는 것까진 알아냈지만 더 자세한 건 알아낼 수 없었다."

동준은 심각한 표정으로 박희태를 향해 입을 열었다.

"용케 알아내셨군요."

누군가 그 일에 대해 완벽하게 차단하려고 작정한 것처럼 도무지 접근할 수가 없었다. 국정원 요원이 된 것도 아버지의 죽음에 대한 의문을 알아내고픈 이유도 있었다. 아버지는 돌아가시기 직전까지 훌륭한 국정원 요원이었지만 그 죽음에는 의문이 있었다. 돌아가시기 며칠 전까지도 긴장하고 뭔가에 쫓기는 듯했던 아버지는 늘 같은 말을 입에 달고 살았었다.

'나는 배신자다. 놈들은 그렇게 말하지.'

그때는 그 말이 의미하는 바를 몰랐다.

'내가 나라를 배신하고 있다고. 하지만 틀렸어. 저들이 틀린 거야.'

분노에 휩싸여 늘 혼잣말을 했다. 제정신이 아닌 것 같은 시간들은 어머니를 괴롭게 했고 나와 내 동생을 겁먹게 했다. 그렇게 뭔가에 쫓기는 것처럼 초조해하던 아버지는 어느 날 한강변에서 변사체로 발견됐다. 국정원에서는 간첩 소탕 작전 중 간첩에게 살해된 것이라고 말했지만 어머니는 믿지 않았다.

수년간 아버지의 죽음에 대한 진실을 알아내기 위해 모든 수단과 방법을 총동원했지만 매번 철저한 방어막에 가로막혔다. 친구를 잃은 박희태도 막막하기는 마찬가지였다. 그런데…… 박희태가 희미한 웃음을 짓는다.

"우리의 조력자가 있다고 했잖아."

"그 조력자가 누굽니까?"

그 오랜 세월동안 죽은 국정원 요원을 잊지 않고 그 의문의 죽음을 파헤치려는 친구, 박희태. 동준은 박희태를 돕는 조력자가 국정원 요원일지도 모른다고 생각은 하고 있었다. 아버지가 죽고 그 죽음에 관련된 모든 정보가 빠르게 소실되고 은폐되고 있다는 걸 알려준 것도 그 보이지 않는 조력자였다. 박희태에게 아버지의 죽음에 의문이 있다는 걸 알려준 것도 그 조력자였다. 국정원 요원이었던 아버지와 관련한 일을 그렇게 빠르게 알아낼 수 있었다는 건 같은 국정원 사람이기에 가능한 일이니까.

지금껏 동준은 은밀한 조력자에 대해 알고자 한 적이 없었다. 물론 지금까지 아버지의 죽음에 대한 비밀을 풀려던 의지도 별로 없었다. 아버지란 존재는 그에겐 신기루 같은 존재니까. 그렇다고 아주 관심이 없는 것도 아니다. 진실을 파헤치자고 덤비지 않았을 뿐이다. 하지만 지금은 약간 조급해졌다. 병에 걸린 박희태가 잘못되면 아버지의 죽음에 얽힌 실마리가 완전히 끊어질까 봐 걱정이 되기도 하고 왠지 그때의 일을 알고 싶어졌다.

"홋, 너도 이제 급해지는구나. 왜? 내가 언제 죽을지 몰라서?"

노련한 박희태는 단박에 알아챈다. 동준은 침묵으로 대답을 대신했다.

"걱정 마라. 아직은 견딜 만하니까. 적어도 몇 년은 거뜬히 살 수 있어."

진심 같았다. 동준은 더 이상 묻지 않았다. 휴대폰이 진동했다. 동준은 주머니에서 휴대폰을 꺼내 문자를 확인했다.

'첫 번째 원고가 왔습니다.'

아주 간단하고 단순한 문자였다. 하지만 동준의 눈빛이 번뜩였다. 그 찰나의 변화를 눈치챈 박희태가 일어섰다.

"바쁜 사람을 내가 너무 오래 붙들고 있었군. 다음에 만날 땐좀 더 그럴싸한 정보를 가져오마."

동준도 자리에서 일어섰다.

"저도 악어새라는 작전에 대해 알아보겠습니다."

"그래. 하지만 알아낼만한 건 없을 거야. 그 작전에 대한 기록은전부 소실된 것 같으니까. 뭔가 국정원에서도 드러낼 수 없는 비밀이 얽혀 있는 거겠지. 세상에 영원한 비밀은 없는 법인데……."

박희태가 돌아서서 공원을 가로질러 걸어간다.

영원한 비밀…… 그래, 세상에 그런 건 없다. 언젠간 드러난다.그 언젠가의 시기가 좀 더 빨랐으면 좋겠다는 건 나의 바람이지만.

동준은 박희태의 뒷모습을 잠시 바라보다가 눈길을 돌렸다. 바닥에 늘어져 있는 과자 부스러기를 쪼아 먹는 비둘기 수가 조금전보다 훨씬 더 많이 늘어나 있었다.

전화벨이 울렸다. 자판을 두들기던 서연은 움직임을 멈추고 벨이 울리고 있는 전화기를 바라보았다. 아직도 저 소리만 들으면참 어색하다. 그런데 이상하게 기분도 좋다. 왜 기분이 좋은 건지는 모르겠지만 어쨌든 좋다.

그녀는 걸어가 전화기를 집어 올렸다.

유안나.

미간이 찌푸려진다. 계속해서 울어대는 전화기를 귓가로 가져갔다.

"여보세요?"

[안녕하세요, 해리 작가님.]

"네…… 안녕하세요."

[아프셨다면서요?]

"네? 아, 네."

사장이 말했나보다.

[지금은 어때요? 괜찮아요?]

걱정이 잔뜩 묻은 목소리다. 어색한데 가슴이 살짝 따끈해지는 것 같은 기분.

"네, 뭐……."

떨떠름하게 대답은 했지만 왠지 따뜻해지는 기분을 지울 수는 없었다.

[아침 먹었어요?]

서연은 거짓말을 잘 못한다. 지금껏 누군가와 대화라는 걸 제대로 해본 적이 없어서 거짓말할 기회도 별로 없었다. 그래서 지금도 곧바로 거짓말이 나오지 않았다.

"어……."

더듬거리자 저쪽에서 바로 치고 들어온다.

[안 먹었구나. 아유, 내가 이럴 줄 알았다니까. 사장님 말이 작가님이 혼자 사는 것 같다기에 내가 막 뭐라고 했어요. 아픈 사람을 왜 혼자 놔두냐고. 사람이 너무 인류애가 없다니까. 아닌 말로,

144 해리

인류애가 없어도 그렇지. 우리가 그런 사인가? 회식도 같이 한 사인데 어떻게 그렇게 몰인정한지. 작가님이 이해해요. 우리 사장이 좀 무뚝뚝해.]

서연은 대꾸할 수가 없었다. 인류애니 뭐니, 하는 말도 혼란스러운데 회식도 같이 한 사이? 그게 이렇게 허물없이 전화를 걸 수 있는 사이라는 건가?

[작가님. 내가 전복죽을 아주 기가 막히게 끓였는데 좀 가져다줄까?]

"아죠. 괜찮……."

[이거 작가님이 꼭 먹어야 되거든. 기가 허해진 데는 전복죽만 한 게 없다니까. 진짜 둘이 먹다가 하나가 죽어 나자빠져도 모를 만큼 맛있다니까. 내가 작가님 집으로 가져다줄 테니까…….]

"아니요!"

서연은 황급히 소리를 지르다가 얼른 입을 다물었다. 이렇게 흥분하면 이상하게 생각할 것이다. 잠시 호흡을 다잡고 그녀는 다시 입을 열었다.

"감사하지만 전 괜찮아요."

[아유, 그러지 말고 먹어봐요. 내가 작가님 주려고 새벽같이 일어나 수산시장까지 가서 전복도 사왔어요. 양도 얼마나 많이 했는데. 이거 그럼 버려요? 음식 버리면 지옥 가는데? 그건 아니잖아. 그죠?]

"……."

[내가 그쪽으로 가는 게 부담스러우면 작가님이 사무실로 나와

요. 그럼 되겠네.]

"전……."

[안 그럼 사장님한테 물어봐서 집으로 쳐들어가요?]

그건 안 된다. 서연은 난감했다. 게다가 차동준이 이미 이 집을 안다. 옮길까도 생각했지만 조금 더 두고 볼 요량으로 결정을 미루고 있었다. 어차피 얼굴도 다 보인 마당이라서. 어쨌든 유안나가 사장한테 물어보면 위치를 알려줄 테고 이 집을 아는 사람이 더 늘어나게 되는 것이다.

'저기, 내가 사는 집…… 아무한테도 말 안 했으면 좋겠어요.'

그렇게 부탁했었다. 그는 그녀를 쳐다보긴 했지만 이유는 묻지 않고 그러겠다고 했었다. 그런데 못 믿겠다. 유안나가 꽤 끈질기다는 걸 알고 나니 더 못 미덥다. 어쨌든 저들은 부인할 수 없는 같은 편이고 나는 다른 편이니까. 뭐, 편 가르기 해서 전쟁이라도 치를 건 아니지만 굳이 나누자면 그렇다.

자, 그럼 선택을 해야 한다. 물론 선택은 간단했다. 집을 알려줄 순 없으니 나가는 수밖에.

"나갈게요."

[잘 생각했어요! 그럼 점심때까지 나와요. 기다릴게요.]

전화가 끊어졌다. 서연은 한숨을 푹 내쉬었다. 그런데 슬쩍 미소가 그려진다. 유안나가 막무가내로 억지를 부렸으니 불쾌해야 마땅한데 전혀 그렇지가 않다. 나갈 생각을 하니 도리어 흥분까지 된다. 껄렁하지만 장난기 가득한 젊은 남자와 겉으로는 멋진 패셔니스타 같은데 말할 땐 영락없이 동네 아줌마인 유안나를 다시 만날 생각을 하니 저절로 웃음이 나왔다. 게다가…… 서연은 선명하게 떠오르는 차동준의 얼굴을 떨쳐내려고 황급히 고개를 저었다.

그 사람은 생각하지 말자. 왠지 모르겠지만 더 이상 가까이해선 안 될 것 같다. 이미 너무 많은 걸 보여줬어. 그리고…… 그 사람과 마주 서면 자꾸만 심장이 뛰어. 그러면 안 되는데 하루에도 몇 번씩 그 사람 생각이 나는 게 이상해. 이런 건 안 좋아. 누군가를 떠올리는 것 자체가 아주 안 좋아. 그러니까 생각하지 말자. 그래, 그래야 돼.

안나는 전화를 끊었다. 그러자 진호가 묻는다.

"온대요?"

"응."

"나가서 전복죽 사와요?"

"됐어."

진호가 눈을 동그랗게 떴다.

"왜요? 전복죽 먹으러 오라고 했잖아요."

안나는 자리에서 일어서며 말했다.

"사장한테 보고해. 해리 작가 점심시간에 맞춰서 온다고."

"아줌마는 어디 가는데요?"

밖에 나가려는 듯 외투를 걸치는 안나를 보며 진호가 물었다. 안나가 시큰둥하게 말했다.

"아까 못 들었어? 내가 직접 만든 전복죽 먹으러 오라는 거."

"근데요?"

"새벽같이 수산시장에 갔다는 건 거짓말이라 쳐도 직접 만들었다는 것까지 속이진 못하겠다."

"그래서요? 설마, 진짜 만들려고요?"

"그래."

가방을 들고 문 쪽으로 향하는 안나를 보며 진호가 황급히 물었다.

"진짜로요?"

"어."

안나가 문을 열고 나가버렸다. 진호는 입을 헤, 벌린 채 문을 멍하니 쳐다보다가 이내 중얼거렸다.

"헐. 진짠가 보네."

그리고 머릿속에 떠오른 생각 하나.

큰일 났다. 이번 작전 진짜 빡세게 힘들 것 같다!

"자, 먹어요. 시간 맞춰 데웠는데 지금은 좀 식었네. 그래도 먹기엔 딱 좋을 거예요."

유안나가 전복죽을 밀어준다. 서연의 시선이 옆에 있는 보온통으로 향했다. 정말로 직접 만들어온 것 같았다.

"외투 벗고 편하게 먹어요."

유안나가 부드럽게 웃으며 권했다.

"아뇨, 괜찮아요."

옷깃을 더 여미는 그녀를 보며 유안나가 묻는다.

"추워요? 히터 좀 더 높일까?"

"아니요. 괜찮아요."

앵무새처럼 같은 말을 되풀이하는 서연을 잠시 쳐다보던 유안나는 더 이상 옷에 대해선 말하지 않았다. 대신.

"다 먹어요. 사람이 먹는 게 부실하면 몸에 이상이 온다니까.

위 기능이 약한 거, 그것도 다 제대로 뭘 못 챙겨 먹어서 그런 거라니까. 평소에 잘 먹는 사람은 위 기능이 약해질 리가 없지."

"……."

"내가 이제부터 해리 작가 먹는 걸 좀 챙겨야겠어. 다른 건 몰라도 내가 음식 솜씨 하나는 끝내주거든. 해리 작가가 우리 출판사 살릴 보문데 내가 챙겨야지 누가 챙겨. 안 그래?"

유안나가 진호를 쳐다보며 물었다.

"그럼요. 지당하신 말씀. 해리 작가님. 전 뭐 해줄까요? 난 뭐해줄 게 없네. 아, 있다. 혹시 웃음 필요해요?"

"네?"

서연은 놀라서 되물었다. 그러자 진호가 웃으며 말한다.

"내가 또 노는 데는 일가견이 있는 사람이거든요. 언제든 말만해요. 우울한 기분, 싹 떨치고 목젖 떨어질 정도로 웃게 해줄 자신 있으니까."

피식, 서연이 작게 웃었다. 그러자 진호가 뻐기는 목소리로 말한다.

"거봐요. 내가 말만 해도 이 정도는 웃잖아. 진짜 작정하면 끝장난다니까."

"시끄러! 너 때문에 우리 작가님, 죽 못 먹잖아. 저리 가."

유안나가 핀잔을 주자 진호가 억울한 표정을 지었다.

"나는 죽 안 줘요?"

"네가 병자냐? 아파? 우리 출판사 살릴 원고 있어?"

"와, 진짜 너무하네. 우리가 같이 동고동락해온 세월이 얼만데.”

"아이고, 시끄러워라. 알았다. 먹어라."

유안나가 귀찮은 파리를 쫓듯 손을 휘휘 젓더니 이내 봉지 하나를 내밀었다.

"아싸, 단팥빵이다!"

진호가 환호성을 지르며 달려든다. 신나서 봉지를 뜯는 진호를 보고 설레설레 고개를 젓던 유안나가 서연을 향해 부드럽게 말했다.

"먹어요, 어서."

서연은 숟가락을 들고 죽을 한 스푼 떠먹었다. 그 순간, 뭔가가 울컥 치밀어 오른다. 죽을 삼키는 게 힘들 정도로 목에 뭔가가 걸린 것 같았다. 왠지 따뜻해서, 왠지 너무 포근해서…… 서연은 목이 메었다.

"왜 그래요? 맛없어요? 그럴 리가 없는데."

"그냥…… 목에 걸려서…….”

한 숟가락 먹고 목에 걸린다는 건 말이 안 되는데 유안나는 따져 묻지 않고 평온하게 묻는다.

"물 줄까?"

따뜻하게 물어주는 이 한 마디에 서연은 또다시 눈시울이 붉어졌다. 하지만 울지는 않았다. 대신 표정을 감추려고 고개를 숙였다. 유안나가 물을 떠왔다. 서연은 물을 조금 마신 후 다시 죽을 먹기 시작했다. 고개를 푹 숙이고 먹는 동안 그들이 가끔씩 흐뭇한 표정으로 쳐다보는 것도 몰랐다.

죽 그릇의 반 정도를 비웠을 때쯤이었다. 갑자기 사무실 문이 열렸다.

"사장님, 오셨어요?"

진호가 가장 먼저 인사를 했다. 유안나도 '어서 오세요.' 하며 인사를 한다. 서연은 보일 듯 말 듯 고개를 까닥였다.

"빨리 와보세요. 아줌마가 우리 해리 작가님, 전복죽을 직접 끓여왔어요. 완전 계 탄 날이라니까요."

진호가 흥분하며 촐싹거렸다. 서연은 그 옆에서 가만히 앉아 있었다. 왠지 떨렸다. 조금 전까지는 따뜻하고 포근하고 안락한 기분이었는데 지금은 떨리고 긴장된다.

"맛있겠네."

차동준이 그녀의 옆자리에 앉았다. 서연은 흠칫, 놀라서 굳었다.

"맛있어요?"

옆에 앉은 그가 낮은 목소리가 묻는다. 서연은 멍하게 고개를 끄덕였다.

"몸은 좀 나은가?"

또다시 고개를 끄덕였다.

"원고 보냈다면서?"

서연이 다시 고개를 끄덕이려는데 유안나가 끼어든다.

"거 참. 밥 먹을 땐 개도 안 건드린다는데. 일 얘긴 나중에 하시죠?"

"그런가? 미안."

곧바로 꼬리를 내리는 사장. 유안나가 씨익 웃는다.

"어서 마저 먹어요."

서연은 병아리를 품는 어미 닭처럼 말하는 유안나를 쳐다보았다.

"다 먹어야 돼. 알았죠?"

이 사람들…… 이상한 사람들이다. 아주 이상한 사람들이다. 정말이지, 나를 너무 흔들어댄다. 곤란한데…… 이러면 정말 곤란해지는데…….

"이건 뭐예요?"

죽 그릇을 어느 정도 다 비웠을 때쯤 박진호가 유안나의 옆에 있는 가방을 가리켰다.

"도시락."

"예?"

"사장님, 식사하셨어요? 안 하셨죠? 이거, 진호랑 같이 드세요. 많이 싸왔으니까."

"뭔데요?"

박진호가 가방으로 달려들자 유안나가 건성으로 대꾸했다.

"김밥."

"헐! 김밥 싸왔어요?"

"집에 단무지랑 어묵이 있기에. 몇 가지 야채 좀 추가하고 해서 뚝딱 만들었지."

"와! 이런 게 있으면 진즉 내놓을 것이지. 지금껏 딱 시침을 떼고 있어요?"

"너, 달려드는 꼴 보기 싫어서 그랬다."

"진짜, 그러는 거 아닙니다. 근데 우리, 이거 여기서 먹어요?"

"그럼 어디서 먹어?"

유안나가 되물었다. 서연은 그들의 대화에 크게 귀 기울이지 않고 죽 그릇을 비우는 데만 열중했다. 그릇을 다 비워야 여기서 나갈 수 있으니까. 여기서 나가는 게 크게 중요하게 느껴지지도 않고 그닥 원하지도 않지만 그래도 나가는 게 좋을 것 같으니까 얼른 먹고 가려는 거다. 그런데.

"당연히 나가서 먹어야죠. 김밥을 실내에서 먹는 사람이 어딨어요?"

박진호가 이상한 궤변을 주장할 때도 그저 그런가 보다 했었다.

"어디로 나가?"

"어디로든요. 김밥은 무조건 야외죠! 아니, 도시락 싸와서 사무실에서 먹어요? 그건 도시락에 대한 예의가 아니죠!"

"야, 예의는 무슨⋯⋯."

"놀이공원 갑시다!"

박진호가 핵폭탄을 날렸다. 서연은 눈을 동그랗게 떴고 유안나는 눈을 끔뻑거렸다. 그러다가 박진호가 차동준을 보며 말했다.

"어때요? 사장님. 단합 차원에서 놀이공원 한 번 뜨는 거."

"글쎄⋯⋯."

서연은 이 사람들 진짜 괴짜라고 생각하기 시작했다. 도시락이 어떻게 놀이공원으로 튀나? 물론 그녀는 자신이 그 '단합'에 포함되는 사람이라고는 생각하지도 못했다. 유안나가 말하기 전까지는.

"좋은 생각이네. 근데 우리 작가님은 괜찮을라나? 놀이공원 갈 수 있어요? 다른 스케줄 없죠?"

서연은 퍼뜩 눈을 들었다. 세 사람이 모두 그녀를 보고 있었다. 서연은 당황했다.

"저도 가자고요?"

"당연하죠. 단합인데 당연히 작가님도 같이 가야죠. 우린 한 배를 탄 사람들이잖아요."

그 배에 탄 적 없다. 한 배에 탔다고 생각하는 건 이 사람들이지, 내가 아니다. 그런데 이 사람들은 자꾸 그렇게 우긴다. 그러니까 내가 자꾸 세뇌당하는 기분이 든다.

서연은 고개를 저으며 단호하게 입을 열었다.

"전 못 가요."

"왜요?"

박진호가 묻는다. 정말로 궁금한 얼굴이다.

"왜냐하면……."

갑자기 대답할 말이 떠오르지가 않았다. 서연은 변명할 거리를 떠올리려고 했지만 머리가 멍했다. 서툰 변명을 늘어놔봤자 통할 것 같지도 않다.

"몸이 아직 성치 않은 거죠? 아이고, 내가 그럴 줄 알았어. 그러지 말고 오늘 우리 집에 갑시다. 나랑 같이 지내면서 몸보신 좀……."

"아뇨. 전 다 나았어요. 멀쩡해요."

서연은 기겁하며 유안나의 말을 잘랐다.

"그럼 왜 못 가는데요?"

박진호가 다시 묻는다. 서연은 혼란스러웠다. '아직 몸이 낫지 않았어. 내가 돌봐줘야 해.' 라는 눈빛으로 쳐다보는 유안나와 '놀이공원 갑시다. 못 갈 이유가 없잖아요.' 라고 말하듯 쳐다보는 박진호의 눈빛 사이에서 도무지 정신을 차릴 수가 없었다.

"그러니까 난……."

서연은 뚫어지게 자신을 바라보는 박진호와 유안나를 보고 마지막에는 차동준까지 쳐다본 후 말하고 말았다.

"안 가봤어요."

"예?"

박진호가 묻는다. 서연은 고개를 숙인 채 중얼거렸다.

"놀이공원…… 가본 적이 없다고요."

침묵이 흘렀다. 모두들 무슨 말을 해야 할지 모르는 눈치였다. 그때였다.

"나도 안 가봤어."

순간, 들려오는 목소리에 모두의 시선이 그쪽으로 향했다. 서연도 차동준을 쳐다보았다. 그가 무심한 얼굴로 말했다.

"나도 놀이공원엔 한 번도 가본 적 없다고."

"진짜요? 정말로?"

박진호가 못 믿겠다는 어투로 반복해서 물었다.

"그래. 그런데 한 번 가보는 것도 나쁘진 않겠네. 해리 작가를 위해서도."

나? 내가 뭘? 내가 왜?

서연은 눈을 더 크게 떴다. 차동준이 그녀를 보며 부드럽게 말했다.

"작가는 여러 가지 경험을 하면 좋으니까. 놀이공원에 가보고 거기에 관련한 에피소드 하나 써 봐요. 그럼 아주 잘 실감나게 써질 테니까."

옳은 말이다. 작가는 경험이 참 중요하다. 그런 면에서 서연은 늘 부족했다. 평범한 경험을 해볼 수가 없어서 주로 다른 사람의 경험을 참고했었다. 그래서 그녀의 글에는 장면묘사보다 심리묘사가 더 많았다. 그녀의 글이 늘 서스펜스 쪽인 이유도 바로 거기에 있다.

그래도 안 된다. 아무리 경험이 중요해도 이 사람들과 놀이공원을 같이 간다니…… 그건 말도 안 된다.

단호하게 도리질을 치려는 찰나 서연의 머릿속으로 한 가지 의문이 떠올랐다.

근데 왜?

다른 누가 아닌 스스로에게 생긴 의문이었다. 서연은 차동준을 보았다. 느긋하게 앉아 있다. 놀이공원을 가도 좋고 안 가도 문제될 것 없다는 표정이다. 저 남자에게 집을 노출했고 진짜 얼굴도 보였다. 그리고 박진호와 유안나는 차동준의 사람이다. 연재가 완료되고 책으로 출간될 때까지는 이 사람들과 관계를 끊을 수도 없다. 이 사람들이 하는 행태로 봐선 출간이 될 때까진 그녀를 그냥 조용히 내버려둘 것 같지도 않았다. 계속해서 이런 만남들이 이루어질 것 같은 예감이 든다.

나쁜 사람들 같지 않았다. 사람에 대한 의심이 깊고 경계심이 강하지만 이 사람들한테는 이상하게 믿음이 생긴다. 나를 조금 더 보여줘도 괜찮을 것 같은 기분, 책이 출간될 때까지 이 사람들과 가까이 지내도 문제가 안 생길 것 같은 그런 기분이 든다.

사실은 해보고 싶었다. 사람과 어울려 살아보는 것, 한 번도 해보지 않았던 일들을 해보고 음식들을 맛보…… 주어진 시간 동안만이라도 평범하게 살아보고 싶다는 욕망이 점점 커진다.

서연은 '제발 갑시다.'라는 얼굴로 애절하게 쳐다보는 박진호를 보았다. 그래, 한 번 해보자. 이번에 이상한 낌새가 느껴지면 다시는 안 그러면 되잖아. 그러니까 딱 한 번만…….

"그럼…… 그러니까 경험이 필요하다는 말은 맞는 말 같으니까……."

"야호!"

서연의 말이 끝나기도 전에 박진호가 환호성을 질렀다.

"당장 출발합시다. 차 대기시킬게요."

사장 승인도 안 떨어졌는데 박진호가 달려 나갔다. 유안나가 혀를 찬다.

"쯧쯧, 노는 게 저리도 좋을까. 하여튼 노는 거라면 애가 정신이 나간다니까."

유안나가 서연을 돌아보며 물었다.

"옷 든든히 입고 왔어요? 겨울철 놀이공원, 많이 추운데."

마치…… 엄마 같았다. 서연은 가슴에 따뜻한 뭔가가 번지는 것 같은 느낌이 들었다. 괜히 코끝이 시큰해지는 것 같아서 그냥 고개만 끄덕였다.

"저 가방에 든 건 뭐예요?"

유안나가 서연이 가져온 종이가방 안을 흘깃 쳐다보는가 싶더니 이내 그 안의 물건들을 끄집어내며 말했다.

"모자랑 목도리네. 이거 하면 되겠다."

"아뇨, 그건 사장님 꺼라서 돌려주려고……."

"사장님?"

유안나가 모자와 목도리를 쳐다보더니 이내 차동준에게 시선을 돌렸다. 뭔가 의미심장한 듯 쳐다보는 것 같았다. 하지만 서연이 무슨 표정인지 알아차리기도 전에 유안나가 쾌활하게 말했다.

"나중에 돌려주면 되죠. 오늘은 그냥 써요. 그래도 되죠? 사장님."

차동준이 슬쩍 고개를 끄덕였다. 유안나가 그녀에게 목도리를 매어주며 중얼거린다.

"우리 사장님이 그러는 분이 아닌데 해리 작가한테는 참 친절하네. 안 변할 것 같은 사람도 변하긴 하나 봐."

서연은 유안나를 멀거니 쳐다보기만 했다. 그러자 유안나가 말했다.

"그냥 그렇다고요. 자, 갑시다."

무슨 말일까? 서연은 유안나에게 팔을 잡혀 끌려가면서 잠시 생각했다. 하지만 이내 잊어버렸다. 차를 대기시키고 기다리고 있던 박진호가 다가와 떠들기 시작하자 그저 놀이공원에 대한 기대와 흥분으로 다른 것은 모두 잊어버렸다.

"꺄아아아아악!"

"아아아아악!"

"으아아아아아!"

온갖 비명소리가 터져 나와 서늘한 겨울 공기 속으로 흩어졌다. 열차가 '철컥, 철컥' 거리며 수직 상승을 할라치면 사람들은 다가올 충격에 대비해 두 손을 꼭 잡거나 옆 사람의 손을 비틀어 쥐었다. 그리고 고개의 정점에 다다르자마자 열차가 하강하기 시작하면 어김없이 사람들의 비명소리가 하늘을 찔러댔다.

서연도 그들 중 한 사람이었다. 있는 힘껏 소리를 지르기도 하고 겁에 질려 눈을 꼭 감기도 했다. 미치게 무서울 때는 저도 모르게 옆에 앉은 남자의 손을 힘껏 붙잡고 의지했다. 그 남자가 차동준이라는 걸 의식할 여유도 없었다.

"엄마아아아아아!"

마지막 클라이맥스를 달릴 때는 오랫동안 불러본 적 없었던 '엄마'도 불렀다. 나중에 생각해보면 우스울 것이다. '엄마'를 떠올리는 것만으로도 눈물이 났는데 이렇게 불러대면서도 웃었다는 것이.

서연은 즐기고 있었다. 처음엔 놀이기구를 타는 것이 무서워 움츠러들었지만 막상 한두 개를 타보니 그 스릴감에 흠뻑 젖어들었다. 이젠 박진호가 막무가내로 끌고 가지 않아도 자진해서 줄을 서는 긴 행렬에 동참하고 있었다.

세상엔 너무나 멋진 것들이 많다는 걸 다시 한 번 깨닫게 된다. 그녀에게만 유독 혹독한 세상은 무서운 것과 위험한 것들이었지만 평범한 사람들에게는 재미있고 흥미로운 것들로 가득 차 있다는 걸 새삼 느꼈다. 물론 그들도 나름의 애환이 있다는 걸 안다. 하지만 자유를 스스로 반납할 수밖에 없었던 서연에 비할 바가 아니었다.

생애 처음으로 온 놀이공원은 지독한 은둔녀였던 윤서연에게 천국이었다. 마땅히 누렸어야 할 유년시절의 추억 하나 없는 그녀에게는 최초의 유흥이었다. 새로운 경험은 그녀에게 건강한 웃음과 흥분을 선사했다. 너무나 즐거워 평생 웃지 못했던 것을 한 번에 다 쏟아내는 것 같았다.

발갛게 뺨을 물들이고 놀이기구에서 내리던 그녀가 발을 헛디뎌 비틀거리자 차동준이 재빨리 팔을 잡아주며 부축했다. 서연은 흥분이 가시지 않은 얼굴로 그를 올려다보며 말했다.

"고마워요."

약간 상기된 목소리가 지금 그녀가 얼마나 즐거워하고 있는지 증명해주고 있었다. 서연은 너무 흥분해서 차동준의 표정이 흠칫 굳어지고 입매가 단단해지는 걸 보지 못했다. 뭔가, 뒤통수를 세게 얻어맞은 것처럼 얼어붙은 그를 보지 못하고 서연은 계단을 깡총거리며 뛰어 내려갔다. 그 모습이 너무나 순수하고 밝아서 어느 누구도 감히 상상조차 할 수 없었다. 그녀가 사실은 세상을 등지고 어둠 저편에서 그림자처럼 살아가고 있는 도망자라는 걸.

"어때요? 재밌죠?"

박진호가 큰소리로 물어왔다. 서연은 애써 흥분을 억누르며 천천히 고개를 끄덕였다. 하지만 그녀의 얼굴에 드러난 상기된 표정과 흥분으로 반짝이는 눈빛을 감출 수는 없었다.

"내가 뭐랬어요? 이게 바로 단합의 참맛이라니까. 자, 이번엔 운전 한 번 하자고요."

"운전?"

박진호가 앞서 가며 소리쳤다.

"무조건 고! 초전박살, 범퍼카!"

정말 행진이라도 하듯 힘차게 걸어가는 박진호를 웃으며 따라가는 서연과 그 옆에서 투덜거리며 마지못해 따라가는 유안나.

"아이고, 다리야. 저놈은 노는 덴 인정사정이 없어. 야! 좀 쉬자고!"

그리고 뒤에서 느긋하게 따라오는 출판사 사장. 서연은 슬쩍 뒤돌아보며 그가 잘 따라오고 있는 걸 확인했다. 차동준의 눈이 그녀의 눈과 마주쳤다. 서연은 괜스레 부끄러워져서 냉큼 시선을 앞으로 돌렸다. 박진호가 빨리 오라고 손짓을 한다.

이 사람들…….

서연은 갑자기 눈시울이 뜨거워지는 것을 느꼈다. 그렇다고 울 생각은 없었다. 이런 즐거운 상황에서 우는 건 진짜 황당하니까. 그냥 울컥하는 것일 뿐이다. 그동안 늘 혼자였던 그녀에게 이 사람들은…… 따뜻하게 대해준다. 목사님과 인주 언니 이후로 이렇게 밝고 따뜻한 사람들을 만나보지 못했다.

서연은 일부러 주변을 두리번거리는 척하며 눈을 빠르게 깜박거렸다. 혹시라도 비어져 나올지 모를 눈물을 털어냈다.

이런 거, 너무 길게 느끼면 안 된다. 이것들이 '내 꺼'라고 생각하면 안 된다. 이런 순간들이 계속 이어질 거라고 착각하면 안 된다. 이건 꿈같은 거니까. 오늘이 지나면 이 '꿈'은 그냥 추억이 될 거니까. 그리고 다시 혼자가 되는 거니까. 그러니까…… 욕심내지 말자. 가질 수 없는 것에 대해 미련 가지면 지금까지 견뎌온 모든 것들이 허물어질 수 있으니까!

동준은 뭔가가 아주 단단히 잘못되어 가고 있다는 걸 느끼고 있었다. 하지만 그게 뭔지 분석해보고 싶지 않았다. 무엇인지 모를 그 정체를 밝혀내고 싶지 않았다. '일'은 '일'이다. 윤서연은 자신에게 주어진 '임무'일 뿐이다. 그녀는 진짜 목표물을 유인하기 위한 '미끼'일 뿐이다. 그 이상이 있어선 안 된다.

그는 맡은 임무를 실패한 적이 없었다. 중도에 포기한 경우도 없었다. 그는 요원 중에서도 가장 뛰어난 요원이었고 국정원을 나와 비밀스럽게 활동하게 된 후에도 최고였다.

시간이 흐를수록 '임무'에 집중해야 한다는 각오가 더 강해지고 있었다. 전에는 한 번도 그런 각오 따윌 한 적이 없었지만 이번에는 예외였다. 이런 각오를 하는 것 자체가 몹시 마음에 들지 않는다. 그래서 동준은 인정하고 싶지가 않았다.

일을 더 빨리 진행할 필요가 있었다.

동준은 앞에서 걸어가는 윤서연을 뚫어지게 응시했다.

두꺼운 화장 너머로 뽀얗고 예쁜 얼굴이 떠오른다. 뽀글거리며 결 안 좋은 가발 너머로 짧고 귀여웠던 커트머리가 떠오른다.

그러나 그는 그 모든 영상을 지웠다. 변장을 하고 다니는 윤서연, 윤주철의 딸. 오직 임무만을 생각하기 위해 다른 모든 잡념을 떨치는데 사력을 다하고 있었다.

"으이그, 우리 아줌만 역시 저질 체력이야."

드디어 유안나가 포기를 선언하자 진호가 고개를 설레설레 저었다. 도저히 같이 못 따라다니겠다면서 유안나가 두 손을 번쩍 들었다.

"죽어도 더 이상은 못해. 난 차에 가서 쉬고 있을 테니 마음껏 놀다 와."

그랬더니 박진호가 혀를 찼다.

"아니, 이게 뭐가 힘들다고 그래요?"

"너도 내 나이 돼 봐라. 그리고 난 아침부터 도시락 싸느라고 힘들었거든?"

"아, 그랬지 참. 그건 인정. 그래도 같이 좀 놀지."

"내가 쓰러지면 네가 업어줄래?"

"가서 쉬어요."

진호가 업어줄 거냐는 안나의 말에 냉큼 말을 돌린다. 선심이라도 쓰듯 박진호가 말하자 유안나는 주먹을 휘두르려다 해리가 서 있는 쪽을 보며 중얼거렸다.

"진짜 즐거워 보인다."

그러자 진호도 시선을 돌려 사장과 같이 서 있는 해리를 보았다.

"그러게요. 사람이 영 딴판이네요. 처음에 봤을 때만 해도 현실과는 동떨어진 지하세계 사람마냥 음침하더니⋯⋯."

"내 말이. 그동안 살아온 삶이 너무 고단했던 게지. 진짜 삶은 이런 거였는데."

"제대로 살았으면 인기 많았을 것 같죠? 완전 귀여운 스타일이잖아요."

"그래. 아무리 화장을 진하게 해도 보일 건 보이는 거지. 아주 예쁜 아가씨야. 남자들 심장 꽤나 훔쳤을 거야."

그러다 문득 유안나가 진호를 노려보았다.

"꿈도 꾸지 마라."

진호가 황당하다는 듯 마주 본다.

"내가 뭘요?"

"해리한테 어설픈 마음먹지 말라고."

"내가요?"

"그래. 너."

"그 어설픈 마음이라는 게 인간적인 동정심이에요? 아니면 남자로서⋯⋯."

"둘 다. 인간적인 동정심도 자제하고 늑대본능은 싹이 트지도 못하게 밟고."

진호가 피식, 웃었다.

"인간적인 동정심이 너무 세서 늑대본능은 뿌리도 못 내리고 있네요."

"그래?"

"예. 그냥 이상하게 안쓰럽고 그래요. 굳이 정의를 내리자면 여동생 같다고나 할까?"

"그런 것도 좋은 건 아닌데……."

"알죠. 근데요. 저보단 저쪽이 더 걱정되는데요?"

"뭐가?"

유안나가 무슨 소리냐는 얼굴로 쳐다보았다. 박진호가 턱짓으로 해리가 서 있는 곳을 가리켰다.

"우리 대장이요. 해리 쳐다보는 눈길이 어째 수상합니다."

유안나의 눈길이 두 사람을 향했다. 해리는 방금 타고 내려온 놀이기구에서 사람들이 비명 지르는 소리를 웃으며 쳐다보고 있었다. 그리고 그 옆에서 보스가 그녀를 쳐다보고 있다. 무표정한 듯 보이지만 눈은 속일 수가 없었다. 뭔가 따뜻한 기운이 흐르는 눈빛, 아니 그것보다는 좀 더 깊어 보이는…….

"수상하죠?"

박진호가 묻는다.

"모르겠는데."

유안나는 고개를 저었다.

"칫, 알았어요. 날 못 믿겠다는 거죠. 맘대로 해요."

짐짓 화난 투로 말하는 진호를 흘긋 쳐다봤지만 안나는 더 이상 말하지 않았다. 그러자 진호가 다시 말한다.

"근데 사장님 이름이 차동준 맞는 것 같아요."

"왜? 무슨 근거로?"

"그냥 느낌이요. 이상하게 사장님한테 어울리는 이름 같지 않아요?"

"참, 그놈의 근거 한 번 과학적이다."

핀잔을 주는 안나에게 진호는 씨익, 웃어 보였다.

"때로는 과학보다 감이 더 무서운 겁니다."

"네, 네. 혼자 착각 많이 하시고요. 난 이만 갑니다."

"예, 가서 좀 쉬세요. 저녁에 술 한 잔 하려면."

"오케이. 술은 언제든지 콜."

손을 흔들며 멀어지는 유안나를 보다가 진호는 다시 두 사람 쪽으로 시선을 돌렸다. 이번엔 두 사람 다 놀이기구를 보고 있었다.

"진짜 감이 이상하다니까. 내 직감은 가끔 너무 정확하거든. 나도 무서울 정도라니까. 이번에도 감이 딱 와."

혼자서 중얼거리던 진호는 재빨리 뛰어서 두 사람이 있는 곳으로 다가갔다.

"아줌만, 피곤하다고 차에 먼저 가 있겠대요. 음료수 사올 테니까 여기서 기다려요."

두 사람이 뭐라고 하기도 전에 진호는 음료수를 사기 위해 달려갔다.

"왜 아줌마라고 불러요?"

겨울이지만 햇살이 따사로운 오후였다. 하지만 추위는 있었다. 두 사람은 진호를 기다리는 동안 난로가 있는 근처 벤치에 앉아 있었다. 서연은 길어지는 침묵이 어색해서 평소 궁금했던 걸 물었다.

"누구? 진호?"

"네."

"내가 대답해주면 그쪽도 대답 한 가지 해주나?"

서연은 미간을 찌푸렸다. 그가 돌아보며 씨익, 웃는다.

"대답하기 싫으면 안 해도 되고."

"……뭔데요?"

"우선 그쪽 질문에 대한 답. 진호가 유안나를 아줌마라고 부르는 이유는 간단해."

"……"

"아줌마니까."

서연은 황당한 표정을 지었다. 그러자 차동준이 쿡, 웃더니 말했다.

"결혼하면 아줌마 아닌가?"

"결혼했어요?"

서연은 놀라서 물었다. 전혀 그렇게 보이지가 않는다. 굉장히 자유로운 사람인 것 같았다. 그런데 결혼? 그래, 적어도 마흔은 되어 보이니까 결혼을 했을 수도 있지. 근데 그 생각을 전혀 못했다.

"두 번 했었지."

두 번! 또 놀랐다. 한 번도 아니고 두 번이나…….

"했었지……라는 건……?"

"두 번 다 이혼했고. 본인은 그걸 자랑스럽게 생각하고. 본인 말로는 경험 많은 여자라 인생의 깊이가 남다르다고 하더군."

하. 유안나답다는 생각이 든다. 남들에게는 아픈 상처도 그녀에게는 쿨하게 이겨낼 수 있는 경험이 될 수도 있겠다는 생각이 들 정도로 강한 여자 같았다.

왠지 부럽다.

"자, 그럼 이번엔 내 질문."

그가 부드럽게 말한다. 서연은 기다렸다. 답을 안 해도 된다고 했으니까 부담될 건 없다. 그런데 이상하게 긴장이 된다. 그도 아는 것 같았다. 그녀가 긴장하는 걸.

"가발, 그거 반드시 써야 되나?"

예상했던 질문 중 하나였다. 그런데 이상하다. 이 남자가 원래 하려던 질문은 이게 아니었던 것 같은 느낌이 든다. 하지만 이미 나온 질문을 의심할 이유는 없다.

"예쁘잖아요."

"거짓말."

웃음기 실린 부드러운 속삭임에 서연은 얼어붙었다. 그의 뒤로 놀이기구가 하늘로 솟는 것이 보였다. 갑자기 햇살이 쨍하고 비쳐온다. 눈살을 찌푸렸다. 그러자 그가 들고 있던 팸플릿을 들어올렸다. 그러자 그녀를 정통으로 비추던 햇살이 가려졌다.

서연은 이제 그를 똑바로 볼 수 있었다. 그가 말한다.

"원래 머리카락이 훨씬 예쁘다는 건 본인도 인정하잖아."

물론…… 인정한다. 이상하다. 기분이 묘했다. 그는 웃고 있지만 나는 왠지 미안해진다. 진실을 말하지 않은 내가 미안해졌다. 이 사람들은 내게 너무 많은 것들을 해주고 진심으로 대해주는데 나는 너무 많은 걸 감추고 속이고 있다는 사실이 못 견디게 속상해졌다. 그래서 가능한 건 제대로 대답을 해주고 싶어졌다. 그러니까 진짜를 말해도 괜찮은 것만.

"공황장애 때문에요."

서연이 나지막하게 말하자 차동준의 미간이 슬쩍 모아진다. 아마 예상하지 못했던 답인 것 같았다.

"말했었잖아요. 공황장애가 있다고."

"내가 공황장애에 대해 잘못 알고 있는 건가? 그건 사람들 앞에서……."

"맞아요. 근데 왜 난 이런 곳에서도 아무렇지 않냐면…… 나를 감추고 있으니까. 무슨 말이냐 하면…… 다른 사람들은 진짜 내 모습을 보는 게 아니니까."

서연은 멋쩍게 웃으며 대답했다. 그가 그녀를 가만히 응시했다.

"그래서 가발과 짙은 화장을 하는군."

그는 내가 더 이상 설명하지 않아도 알아들은 눈치다. 그런데도 나는 자꾸 말하고 싶어진다.

"사람들이 나를 쳐다봐도 내가 아니니까. 사람들이 보는 건 진짜 내가 아니니까. 그러니까 변장을 한 나는 진짜 내가 아닌 모습이라서 아무렇지도 않게 다닐 수 있어요."

그의 시선이 깊어진다. 서연은 서글픈 미소를 지었다.

"동정하지는 말아요. 나름대로 잘 살고 있으니까."

이건 거짓말이다. 잘 살고 있지 않다. 그냥 견디며 사는 것일 뿐. 그리고 요즈음에는 견디는 것조차 점점 힘겨워지고 있다. 이 사람들을 알게 된 후로는 더.

"증상은?"

갑자기 그가 물어온다. 서연은 무슨 뜻인지 몰라서 가만히 쳐다보았다.

"그러니까 어쩔 수 없는 상황에서 본래 모습으로 사람들의 이목을 받게 되면 나타나는 증상."

"아."

서연은 그에게서 시선을 돌려 솜사탕을 가지고 걷고 있는 어린아이를 보며 말했다.

"호흡곤란, 어지럼증, 가끔은 정신도 잃고……."

잠시간의 침묵. 서연은 고개를 돌려 그를 보고 싶지 않았다. 자신의 치부를 드러내고 약함을 드러내는 게 처음이라 그런 것도 있지만 왠지 이 사람이 어떻게 생각할지가 두려워서 확인하고 싶지가 않다.

"응급조치는?"

이제 그만하고 싶어졌다. 서연은 억지로 웃으며 말했다.

"질문은 하나잖아요. 벌써 두 개나 했어요. 그만……."

"응급조치."

그가 단호한 어투로 물어온다. 마치, 이것보다 더 중요한 일은 없다는 듯, 반드시 대답을 들어야겠다는 의지가 느껴졌다. 서연은 저도 모르게 고개를 돌려 그를 보았다. 차동준의 눈빛이 너무나 진지했다.

"본인이 못할 땐 다른 사람이라도 알고 있어야지."

"혼자서 잘해왔어요."

"그건 혼자만 있을 때 얘기고. 지금은 우리가 같이 있으니까 다르지."

"난……."

"난 꽤 끈질긴 사람인데. 말해버리고 털어내는 게 더 시원하지 않을까?"

이 사람, 웃는데 그냥 웃는 것 같지는 않았다. 서연은 끝까지 고집을 부릴까, 하는 생각을 잠깐 했다. 그러다가 갑자기 귀찮아졌다.

"비닐봉지요."

서연은 메고 있는 가방에서 봉지 하나를 꺼내 보였다.

"여기에 대고 호흡을 하면 돼요. 간단해요. 제때 조치만 하면 아무 이상 없어요."

간단……하지 않다. 죽을 것처럼 힘이 든다. 숨을 못 쉰다는 건 정말이지 두려운 일이다.

그의 얼굴을 보았다. 가면을 쓴 것처럼 아무런 표정도 없었다. 그는 말이 없었다. 그때 음료수를 가지고 진호가 돌아왔다.

"저기로 가요. 저쪽에 아주 끝내주는 놀이기구 발견."

진호가 호들갑을 떨었다. 그래서 자연스럽게 두 사람의 대화는 끝이 났다. 서연은 박진호에게 손목을 잡혀 끌려가야 했다. 걸으면서 서연은 뒤를 돌아보았다. 차동준이 따라오고 있었다. 그런데 그는 웃고 있지 않았다. 오늘 하루 종일 웃고 있었던 그가 이젠 웃고 있지 않았다.

그 사실이, 서연은 그가 웃지 않는다는 것이 마음에 들지 않았다. 이상하게도 정말 마음에 들지 않았다.

7. 치 떨리는 외로움

"회식? 또?"

서연은 차에서 내리려고 하는 박진호를 보며 놀라서 물었다.

"당연하죠. 단합대회의 끝은 회식이죠. 그럼 이대로 뿔뿔이 흩어질 거라고 생각했어요? 설마, 그렇게 몰인정한 생각을 하진 않았겠죠?"

그게 그렇게 몰인정한 일인 줄은 몰랐다. 하지만 그렇다고 하니까 그런 것 같기도 하다.

"전 피곤해서 바로 갈게요."

서연은 단호하게 말했다. 오늘은 평소보다, 아니 태어나서 지금까지 오늘처럼 많이 웃은 적도 없고 오늘처럼 오랜 시간 밖에 있었던 적도 없다. 모든 것이 처음이었다. 그래서 불안해졌다. 웃고 떠들며 흥분하는 동안은 몰랐던 두려움이 이제야 나타났다. 집으로 가서 씻고 싶은 마음도 굴뚝이었다. 두꺼운 화장은 자신을 보호해주기는 하지만 장시간 유지하기엔 너무 답답하다는 것도 오늘 여실히 깨달았다.

"예? 진짜요?"

진호가 실망하는 얼굴을 한다.

"전 빠질 테니 세 분이서 회식하세요."

끌려가는 건 여기까지다. 이 사람들에게 더 이상 끌려다닐 수 없다. 아니다. 사실은 겁이 나서다. 이 사람들이 말하는 대로 정말 '우리'가 되었다고 착각하게 될까 봐 무서운 거다. 이젠 거리를 둬야 했다.

"그럴 수야 있나요."

차에서 내렸던 박진호가 갑자기 다시 탄다. 서연은 인상을 썼다.

"왜 다시 타요?"

"단합대회는 우리 넷이 했는데 회식은 셋이 해요? 그건 아니죠. 해리가 안 가면 우리도 집에 그냥 가야죠, 뭐. 안 그래요? 아줌마."

박진호가 운전석에 앉은 유안나에게 말했다.

"당연하지."

그래놓고 유안나가 옆좌석에 앉은 서연에게 웃으며 말했다.

"피곤하지? 나도 피곤해. 이럴 때 맥주 한 잔 시원하게 마셔주고 집에 가서 씻고 누우면 그게 또 환상이긴 한데. 우리 귀한 작가님이 피곤하다니까 어쩔 수 없지. 집에 가서 혼자 외롭게 캔맥주나 마셔야지, 뭐."

유안나가 껐던 시동을 다시 건다. 그러면서 뒤를 흘깃 보며 말했다.

"보스, 진호 먼저 내려주고 나 내린 다음에 보스가 해리 데려다 주면 될 것 같은데요?"

"그러죠."

차동준이 대답했다. 서연은 좌불안석이 됐다. 분명 조금 전까지는 이 사람들에게 그만 끌려다니겠다고 다짐했고 실행도 했는데 이상하게 미안해진다. 이들이 자신 때문에 회식을 못하는 게 영 미안해졌다. 그깟 회식이 뭐가 대순가 싶으면서도 오늘 하루 즐거웠던 시간의 마지막을 망치는 기분이 들어서 찜찜하기까지 하다. 그렇게 생각을 하니 또 이왕 오늘 하루 안 하던 짓을 마구 저질렀으니 몇 시간 더 저지르는 게 뭐가 다르겠는가, 하는 생각으로까지 발전되었다.

유안나가 차를 주차장에서 빼기 시작했다. 서연은 질끈 눈을 감았다가 떴다.

"회식, 하죠."

끼익, 서서히 후진하던 차가 멈췄다. 모두의 시선이 자신에게 향했다는 걸 알고 있는 서연은 절대 미안해서 이러는 게 아니라는 걸 보여주려는 듯 빳빳하게 고개를 들고 말했다.

"생각해보니까 나도 술 한 잔 마시고 싶네요. 말씀하신 것처럼 맥주 한 잔 시원하게 마시고 들어가서 자는 게 훨씬 좋겠어요."

"그지? 그렇지? 그렇다니까."

유안나가 웃으며 열심히 동조하더니 말했다.

"언니라고 불러요. 이분, 저분, 헷갈리잖아. 그냥 안나 언니라고 불러. 아니면 저 껄렁이처럼 아줌마라고 불러도 되고."

주차선 안으로 다시 차를 밀어 넣은 유안나가 차에서 내렸다. 박진호도 기다렸다는 듯 뛰어내렸다. 서연은 속으로 한숨을 내쉬고 차에서 내리려고 손을 뻗었다. 그때였다.

"잠깐."

차동준이 그녀를 불렀다. 서연은 놀라서 돌아보았다. 그가 모자를 내민다. 서연은 영문을 몰라 멀거니 쳐다보기만 했다.

"가발 벗고 이거 쓰라고."

이 사람, 뭐라는 거야.

"아뇨, 됐어요."

나에 대해 좀 알게 됐다고 간섭하려는 거, 싫다. 아주 가까운 사이인 척하는 건 더 싫다.

다시 차문을 열려는데 그가 말했다.

"그거, 삐뚤어져서 그냥 나가면 아주 이상할 텐데?"

서연은 놀라서 좌석 앞쪽에 있는 거울을 내렸다.

헉! 진짜다. 가발이 왼쪽으로 기울어져 있다. 얼른 바로 잡으려고 했지만 자꾸만 더 엉망이 된다.

"그냥 모자를 쓰지? 변장 같은 화장 때문에 어차피 본 얼굴은 감춰져서 괜찮을 것 같은데."

"……"

"정 싫으면 어쩔 수 없고."

그가 모자를 도로 가져가려 한다. 서연은 냉큼 손을 뻗어 모자를 낚아챘다.

"고마워요."

그녀가 중얼거리자 그가 '천만에' 하더니 차에서 내려버렸다. 차에서 내린 차동준이 먼저 내린 두 사람에게 뭐라고 하는 것 같더니 저쪽으로 데리고 간다. 저건 명백한 배려였다. 그녀가 가발을 벗고 모자를 뒤집어쓰는 모습을 안 보이게 하려고 하는 배려.

젠장. 간섭하는 것보다, 가까운 사이인 척하는 것보다 저런 사소한 배려가 더 싫다!

"옴마야!"

안나와 박진호가 동시에 놀란 소리를 냈다.

"머리카락, 어쨌어요?"

진호가 서연을 이리저리 살피며 묻는다. 그러자 옆에 있던 안나가 고개를 갸우뚱거렸다.

"머리카락이 짧아졌구나. 어디가 좀 다르다 했더니……."

"엥? 그걸 몰랐다고요? 어떻게 이렇게 확 달라졌는데 그걸 모를…… 아! 왜요?"

안나가 팔꿈치로 쿡, 찌르자 진호가 대거리를 했다.

"네가 또 오바해서 그런다. 넌 어째 일생이 오바투성이냐? 별로 달라진 것도 모르겠구만, 무슨."

"예에?"

그러다가 진호가 갑자기 뭔가 깨닫기라도 한 것처럼 서연을 다시 본다.

"그쵸. 특별히 확 달라진 건 아니죠. 내가 오바가 좀 쩔긴해요."

"많이 쩔거든?"

"아, 예. 어쨌든 전보다 낫네요. 그건 확실해요."

진호가 서연을 보며 말했다. 안나도 고개를 끄덕였다.

"그건 나도 동감. 작가님은 긴 머리보다 짧은 머리가 어울리네. 모자도 딱이고."

"맞아요. 귀여워요. 하하하."

딱! 안나가 호탕하게 웃는 진호의 뒤통수를 때렸다.

"아! 또 왜요!"

"시끄러워서."

"아 씨."

"자, 자, 갑시다. 길바닥에서 날 새겠네."

안나가 앞장을 섰다. 진호가 투덜거리며 따라가기 시작했다. 서연은 자신을 쳐다보며 서 있는 차동준을 보았다. 그가 희미하게 웃더니 걷기 시작했다. 서연은 그의 뒤를 천천히 따라가면서도 주변을 계속해서 두리번거렸다.

누군가 나를 보고 있는 건 아닌지, 저 낯선 사람들 중에 누군가가 나를 알아보는 건 아닌지…… 아직도 두려움이라는 괴물은 여전히 그녀의 뒤를 바싹 뒤쫓고 있었다.

술…… 실수였다. 이건 진짜 실수다.

술이라는 거, 별로 좋은 기억이 없다. 맛도 별로고 뒤끝도 별로고. 그런데 오늘따라 술발이 기가 막히게 잘 받았다. 그래도 자제하

려고 했다. 처음엔…… 그런데 한 잔이 두 잔 되고 두 잔이 세 잔이
될 동안 변해버렸다. 세상에, 술이 물처럼 들어갔다. 결국엔 맥주
두 병을 다 마셔버렸다. 예전에 마셔본 술맛이 아니었다. 오늘은 정
말 술이 맛있었다. 진심으로.

"해리, 괜찮아요?"

유안나가 걱정스럽게 물어오는 얼굴이 흐릿하게 보였다. 서연
은 손을 들어 올리며 말했다.

"어지러워요. 가만히 좀 있어요."

"뭐? 나, 안 움직였는데?"

"지금 몸을 흔들고 있잖아요. 가만 좀 있어요."

서연은 절박하게 말했다. 자꾸만 흔드니까 토할 것 같았다.

"박진호! 해리, 술 그만 줘."

유안나가 껄렁이에게 소리를 지른다. 하지만 서연은 재빨리 술
잔을 가져와 입으로 가져갔다. 그때였다. 술잔이 손에서 빠져나갔
다. 옆을 보았다. 차동준의 손에 술잔이 옮겨가 있었다. 이 남자도
몸을 흔든다. 뭐야? 다들 단체로 춤이라도 추는 거야?

"줘요."

서연은 남자의 팔을 잡으며 손을 뻗었다. 하지만 그가 술잔을
뒤로 빼자 손이 닿지 않았다.

"아 씨. 줘요."

술잔을 뺏으려고 몸을 더 기울였다. 그러자 중심이 흔들렸다.
어? 어? 하는 순간 몸이 기운다. 의자에서 떨어지려던 찰나 차동
준이 그녀의 허리를 잡고 당겨 안았다. 서연은 그의 품에 기댄 채

게슴츠레 눈을 떴다.

"그만 좀 움직여요."

"……."

"너무 흔들려요."

"취했어. 그만 마셔."

"내가요? 아닌데. 난 안 취하는데, 못 취하는데. 취하면 안 되거든."

"취했어."

"아니라니까. 난 취하면 큰일 나. 술에 취하면 이성을 잃는다면서요? 난 이성을 잃으면 안 되거든요. 정신 바짝 차리고 살아야 되거든. 잘못하면…… 잡힐지도 모르거든."

서연은 취했다. 그래서 자신을 안고 있는 남자를 비롯해 박진호와 유안나가 진지한 눈으로 쳐다보고 있는 것도 몰랐다. 그리고 서연은 중얼거리듯 말했다.

"잡히면…… 죽거든……."

그리고 푹, 쓰러졌다. 차동준의 가슴팍 위로. 그녀를 안은 동준은 시선을 들었다. 박진호와 유안나의 눈빛이 어두웠다. 동준은 다시 서연을 내려다보았다. 아기처럼 새근거리며 잠이 든 여자의 얼굴이 보였다. 무장해제. 이 여자가 제일 싫어하는, 아니 제일 무서워하는 거겠지만 지금 상태는 그랬다.

동준은 그녀를 안아 올렸다. 그리고 진호를 보며 말했다.

"대리 불러."

진호가 벌떡 일어나 프런트 쪽으로 달려갔다. 동준은 서연을 안은 채 문 쪽으로 걷기 시작했다. 뒤에서 안나가 소지품을 챙겨서 따라오고 있었다.

동준과 해리를 태운 차가 멀어지는 것을 보며 진호가 중얼거렸다.

"나, 오늘 처음 봤어요."

"……."

안나는 말이 없다.

"맥주 두 병 마시고 취하는 여자."

"……."

"아무리 술이 약해도 꼴랑 맥주 두 병에 가다니…… 해리는 분명…… 분명히…….."

딱!

"아!"

뒤통수를 얻어맞은 진호가 억울한 표정으로 안나를 노려보았다.

"왜 때려요?"

"그러니까 사람 진 빼지 말고 빨랑 말해야 될 거 아냐. 분명히 뭐?"

"분명히 천연기념물이라고요! 이 더럽고 무서운 세상에 혼자 나다니면 안 되는 진짜 천연기념물!"

진호가 버럭 소리를 지르자 안나는 고개를 끄덕였다.

"맞다. 네 말이."

"씨이, 괜히 때리고 난리야."

"맞아. 해리는 천연기념물이야."

"그러니까요."

"그러니까 보호해야지."

"예?"

뜬금없이 무슨 소리냐는 듯한 얼굴로 쳐다보는 진호를 보며 안나가 쯧쯧, 혀를 찼다.

"학교에서 뭐 배웠냐? 공부 못한 거, 티 내냐? 천연기념물은 국가적인 차원에서 보호해야 된다는 거, 안 배웠어?"

"뭔 소리예요? 지금 학교에서 배운 공부 얘기가 왜⋯⋯."

"해리가 천연기념물이라며? 그러니까 보호해야지."

진호가 갑자기 인상을 썼다.

"어떻게요? 지금 그거 무슨 뜻이에요?"

"너, 아까 들었지?"

"뭐요?"

모른 척 묻지만 진호도 안나가 뭘 말하는지 알고 있었다.

'잡히면⋯⋯ 죽거든요.'

해리가 쓰러지기 직전에 했던 말. 평범한 사람이 한 말이라면 우스개 농담으로 넘길 수도 있는 말이었지만 윤서연이 했기에 그 무게가 크게 느껴졌다. 섬뜩하고 무서운 말.

잡히면 죽는다.

윤서연이 살아온 삶의 바닥을 보여주는 말이었다. 그 말에 그동안 그녀가 어떻게 살아왔는지 다 함축되어 있었다. 잡히면 죽으니

183

까, 살기 위해 기를 쓰며 도망을 다녔을 그녀의 힘든 삶이 느껴져
서 모두가 침묵했다. 어떤 말도 할 수가 없었다.

"천연기념물…… 훼손은 불법이야. 안 그래?"

"그렇죠."

"근데 가끔 천연기념물도 노리는 나쁜 사냥꾼이 있다는 거지."

"그러니까요. 밀렵은 나쁜 거죠."

"맞아."

"근데요, 아줌마."

"왜?"

"우린 나쁜 놈 편이에요? 좋은 놈 편이에요?"

"……몰라."

"전 지금까지 내가 나쁜 놈 편이라는 생각은 한 번도 안 해봤거
든요."

"나도."

"우리 대장 믿으니까."

"두말하면 잔소리지."

"그럼 계속 믿어도 되겠죠?"

"그래. 그리고 천연기념물은 국가적인 차원에서……는 못하더
라도 그 존재를 아는 우리끼리라도 보호해야지."

"우리 대장이 들으면 엄청 못마땅해 할 발언 같은데."

"안 그럴걸?"

"그럴 거 같은데……."

"내 생각엔 보스가 나보다 더할 것 같은데?"

"예에?"

놀라는 진호를 보며 웃었다.

"알면서 모른 척은. 너, 진짜 모르냐? 보스가 해리를 무지하게 보호하고 있는 거."

진호는 시무룩한 표정을 지었다.

"왜? 질투나? 뺏긴 거 같아?"

"좀…… 이상해요. 왠지 여동생을 노리는 남자가 있다는 걸 안 것처럼."

"쯧쯧, 너도 중병 되기 직전이네. 적당히 하고 정리해라. 넌 보스의 상대가 못 돼."

"누가 몰라요? 다른 놈은 몰라도 대장하곤 애초에 경쟁 자체를 할 생각도 없어요."

진호가 툴툴거리며 대꾸하자 안나는 웃으며 돌아섰다. 그리고 조금 전 차에 타기 전에 보스가 했던 말을 떠올렸다.

'해리는 내가 데리고 갑니다. 오늘 밤에 해리 집 근처 CCTV를 배로 늘려요. 그 누구도 놓치지 않도록.'

만약 어제 그 말을 들었더라면 윤주철이 나타날까 봐 취하는 조치라고 생각했을 것이다. 그런데 오늘 해리를 보는 보스의 눈빛을 본 후로는 그 지시가 '걱정'에서 비롯된 '보호' 차원이 아닌가, 의심이 된다.

안나는 걸음을 멈추고 차가 사라진 방향을 잠시 쳐다보았다.

보스도 흔들리고 있다. 우리 모두가 해리에게 흔들리는 것처럼. 아니, 어쩌면 우리보다 훨씬 더 강하게.

후다닥, 서연은 화들짝 놀라서 침대에서 내려섰다. 눈을 휘둥 그레 뜬 채 짧은 머리칼을 움켜쥐며 주변을 둘러보았다. 또 그 방이다! 미치고 환장하겠다. 대체 어쩌자고 자꾸 이 방에서 깨는 거지?

그녀의 시선이 닫힌 방문을 향했다. 저 방문을 열고 나가면 또 그가 있겠지. 지난밤 일을 떠올려 보았다. 놀이공원에서 돌아와 맥줏집에 갔고 거기서 술을 마셨다. 생애 처음으로 두 잔 이상 마신 술이지만 나쁘지 않았다. 경쾌한 음악과 박진호의 개그에 웃고 떠들었던 것도 한몫했을 것이다. 술에 취해 이성을 잃고 긴장의 끈을 놓아버린 건.

미쳤다.

머리칼을 마구 헤집었다. 그러다가 퍼뜩 눈을 들어 방문을 노려보았다.

저 남자 꿍꿍이가 대체 뭐지? 왜 걸핏하면 자기 집으로 날 데려오냐고.

서연은 화장실로 가서 볼일을 보고 세수까지 했다. 나와 있는 수건이 없어서 수납장 안의 수건까지 꺼내는 여유도 찾았다. 다시 방으로 돌아와 밖으로 통하는 문손잡이를 잡고 한 번 깊게 심호흡을 한 후 당당하게 문을 열어젖혔다.

처음엔 그가 보이지 않았다. 주방 쪽으로 시선을 기웃거리다 가 문득 소파 쪽으로 고개를 돌렸다. 눈이 커졌다. 차동준이 소파에서 자고 있었다. 헝클어진 모습으로 담요 한 장을 덮고 자고 있었다.

어…… 갑자기 미안해진다. 서연은 자신에게 방을 내어주고 소
파에서 불편하게 잠을 자는 남자를 보는 순간 조금 전에 떠올렸던
의심의 씨를 날려버렸다. 그리고 또 기억이 난다.

나른한 의식 속에서 남자에게 물었었다.

'어디 가는 거예요?'

남자가 희미하게 웃는 소리가 들린 듯했다.

'집.'

'난 집이 없는데…… 거긴 집이 아니야.'

남자가 다시 웃는다. 이번에는 웃음소리가 조금 더 정확하게 들
렸다. 그때 도대체 무슨 생각이었을까?

'거긴 안 돼요.'

'뭐?'

'안 돼요.'

안 된다고 되풀이하는 영상이 떠오른다. 그 후엔 모르겠다. 그
가 뭐라고 했는지 기억이 나지 않는다.

'내려줘요. 혼자 갈 수 있어요.'

'안 돼.'

단호했던 한 마디 후엔 기억이 없다. 그다음에 기억나는 건 저
남자에게 업혔다는 거…….

서연은 눈을 크게 뜨며 잠든 남자를 쳐다보았다.

내가 업혔다고? 저 남자한테?

그러자 또 다른 장면이 떠오른다. 저 남자에게 업혀서 오는 동안
흥얼흥얼 노래를 불렀던 기억, 현관으로 들어오면서 실실 웃었던

기억, 침대에 누워서 마구 옷을 풀어 헤치……!

서연은 흠칫, 놀라며 한 발 뒤로 물러섰다. 저도 모르게 자신의 입을 틀어막았다. 갑자기 떠오른 장면에 놀라 비명이라도 튀어나올까 봐 입이라도 막아야 했다.

세상에, 내가 진짜 그랬나? 그랬나 봐. 외투를 벗고 바지도 벗고…… 그가 말렸어. 옷을 못 벗도록 저 남자가 계속 말렸는데 나는…… 미쳤다! 정말 미쳤다!

서연은 홱 뒤돌아서 방으로 뛰어 들어갔다. 의자에 걸쳐져 있는 외투를 집은 그녀는 다시 방을 나가 곧장 현관으로 향했다. 아무 생각도 없었다. 오직 한 가지 생각뿐이었다.

사라져야 해! 저 남자를 두 번 다신 볼 수 없어!

정신없이 신발을 신는데 지금으로선 결코 듣고 싶지 않은 목소리가 하나가 날아왔다.

"뭐하는 거야?"

그녀는 퍼뜩, 뒤돌아보았다. 그가 이제 막 잠에서 깨어난 얼굴로 이쪽을 쳐다보고 있었다. 서연은 대꾸도 없이 몸을 홱 돌려 현관문을 열어젖혔다. 뒤에서 '젠장!' 하며 욕설을 퍼붓는 소리에 이어서 '빌어먹을! 거기 서!' 하는 소리가 들려왔지만 그녀는 앞뒤 잴 여유가 없었다. 어떡해서든 이 집, 저 남자에게서 벗어나고픈 생각뿐이었다.

마침 서 있는 엘리베이터를 타고 문이 닫힌 후에야 안도의 한숨을 내쉬었다. 그러다가 생각이 났다. 홱 뒤돌아서 엘리베이터 벽에 비친 자신의 얼굴을 보았다.

맙소사. 맨얼굴이다!

일어나자마자 열심히 세수를 했던 기억이 떠오름과 동시에 얼굴이 하얗게 변했다. 그때 마침, 땡 하는 소리와 함께 엘리베이터가 멈춰 섰다. 5층이었다. 문이 열렸다. 그녀는 구석으로 최대한 몸을 웅크리고 고개를 푹 숙였다. 시선은 바닥으로만 향해 있었다. 낯선 여자의 구두가 보였다. 여자가 이쪽을 이상하게 쳐다보는 것 같았지만 서연은 그대로 얼음처럼 서 있었다. 다시 엘리베이터가 움직이기 시작했다. 1층까지 가는데 백만 년은 걸리는 것 같았다.

엘리베이터가 멈추고 문이 열렸을 때 서연은 여자보다 먼저 튀어나갔다. 하지만 실수였다. 1층에는 엘리베이터를 타려고 서 있는 사람이 여러 명 있었다. 모든 사람들의 시선이 자신을 향하는 것 같았다. 의심과 비난의 눈초리들이 그녀에게 집중되는 것 같은 착각이 일었다.

혼란스러웠다. 어지러웠다. 그녀는 시선을 땅에 박은 채 달렸다. 숨이 차오른다. 그 누구도 보지 않으려고 기를 쓰면서 달렸다. 하지만 사람들의 발이 보인다. 숨이 가빠왔다. 누군가 자신을 알아보기라고 할까 봐 두려움이 밀려온다.

서연은 가슴을 움켜잡았다. 숨 쉬기가 점점 힘들어지고 있었다. 비틀거리며 벽을 손으로 짚었다. 누군가 걸음을 멈추고 다가오는 것 같았다.

"괜찮아요?"

슬쩍 시선을 들었다. 제복을 입었다.

"못 보던 아가씬데…… 방문자예요?"

경비인 것 같았다. 서연은 고개를 저었다. 말을 할 수가 없었다. 숨이, 숨을 쉴 수가 없어서 눈앞이 흐려지는 것 같았다. 벽을 짚은 채 스르르, 바닥으로 쓰러지려던 그때였다.

누군가의 손길이 와락, 느껴졌다. 쓰러지려는 그녀를 부축하는가 싶더니 이내 강한 품속으로 당겨 안는다. 순간, 서연은 그가 누군지 알아차렸다. 얼굴도 보지 못했는데 알아버렸다.

"아이고, 1802호시네? 이 아가씨가 좀 이상해서……."

경비가 아는 척을 한다.

"제 손님입니다."

차동준. 역시 그 사람 목소리다.

"예? 아, 예."

그가 그녀를 안은 채 바닥에 무릎을 꿇었다.

"119 부를까요?"

경비가 걱정스러운 목소리로 말한다.

"아닙니다. 제가 알아서 하죠."

단호한 그의 말에 경비가 주춤거리며 멀어지는 것이 희미하게 보였다. 그가 가방을 뒤져 비닐봉지를 꺼내 그녀의 입에 대주었다. 서연은 마치 사막에서 시원한 샘물을 만난 것처럼 와락 달려들어 봉지 안에 숨을 몰아쉬기 시작했다. 그가 그녀의 머리를 다시 자신의 가슴에 끌어안았다. 마치 그 어느 누구의 시선도 닿지 않겠다는 것처럼 감싸 안는다.

"이젠 괜찮아. 아무도 없어."

낮은 속삭임이 들려왔다. 그러자 직전까지만 해도 막혀 있던 숨통이 서서히 열리기 시작했다. 아직도 호흡은 가파르지만 점점 편안해지고 있었다. 그렇게 얼마 동안 숨을 쉬는 것에만 집중했다. 방금 전까지 느껴지던 사람들의 시선이 느껴지지 않는다.

서연은 봉지를 입에서 내렸다. 그가 다시 묻는다.

"괜찮아?"

서연은 희미하게 고개를 끄덕였다. 아직도 정신은 몽롱했다.

"그럼 이제 내가 널 안고 집으로 돌아갈 거야."

그의 말투가 너무 친근하다는 걸 감지할 여유도 없었다. 마치, 오빠나 연인이라도 된 것처럼 말하는 그의 말은 지금의 그녀의 귀에는 인식되지도 않고 사라져버렸다.

그녀는 고개를 저었다. 무서웠다. 사람들의 시선을 받을 생각을 하니 또다시 숨이 가빠온다.

"사람들은 못 볼 거야. 내가 사람들로부터 널 숨겨줄 테니까."

어떻게? 의문을 품는 순간 답이 나왔다. 그가 집에서 가지고 나온 듯한 담요를 그녀의 머리 위로 씌웠다. 그의 품과 담요 속은 어둠뿐이었다. 아주 따스한 어둠.

그가 그녀를 안아 올렸다. 그리고 걷기 시작한다. 사람들의 웅성거리는 소리가 들리는 듯했다. 하지만 그녀를 볼 수 있는 사람은 아무도 없었다.

그녀는 완벽하게 안전했다. 차동준의 품 안에서.

"자, 마셔."

김이 모락모락 나는 컵을 내밀고 서 있는 그를 올려다보았다. 화가 난 것 같다. 아마, 이른 아침부터 내가 일으킨 소동 때문이겠지. 그는 귀찮을 것이다. 이상한 여자에게 말려서 성가시다고 생각하고 있을 것이다.

"차를 좀…… 태워주세요."

서연은 간신히 말했다. 그가 옆으로 다가앉더니 그녀의 손에 컵을 쥐어주며 말한다.

"우선 마셔."

커피향이 달콤하게 느껴졌다. 그녀는 두 손으로 잔을 감싸 쥐고 한 모금을 마셨다. 그리고 다시 중얼거렸다.

"어제는 미안해요. 오늘 아침에도…… 평소엔 절대 이러지 않는데…… 내가 술에 취해서, 그러니까 난 술에 취하면……."

"술도 약하고 술 취해선 대책도 없고."

그가 대신 말을 이었다. 서연은 입술을 깨물었다. 역시, 이 남잔 귀찮고 불쾌한 거다.

"이제 알았으니 함부로 술은 안 마시겠지."

물론이다. 다시는 술 마실 생각 없다.

"나하고 있을 땐 마셔도 되고."

순간 서연은 놀라서 고개를 들었다. 그가 미소 짓고 있었다. 무슨 말인지, 제대로 들은 게 맞는지 몰라서 멍하게 쳐다보는데 그가 다시 말한다.

"술 마시고 싶을 땐 언제든 불러. 기꺼이 술친구가 돼줄 테니까."

"……."

"이런 말 하는 남자는 조심해야 된다는 것도 알고 있겠지?"

갑자기 그가 미간을 찌푸리며 말했다.

이건 또 무슨 말인가?

"이런 말을 하는 남자는 믿지 말라는 거야. 작업 거는 수작일 확률, 99프로니까."

여기서 갑자기 떠오른 의문 하나.

"그쪽은요?"

생각해볼 겨를도 없이 그냥 질문이 툭, 튀어나와버렸다. 그가 웃는다. 근데 그 웃음이 밝지만은 않았다.

"나도 남자니까."

저 말은…….

"나도 작업 거는 거지."

쓴 미소가 감도는 그의 얼굴을 서연은 멍하게 쳐다만 보았다.

무슨 뜻일까?

서연은 차동준의 뒷모습을 가만히 쳐다보고 있었다. 그는 지금 라면이나 끓여 먹자며 주방에서 여유롭게 움직이고 있었다.

'그러니까 조심해. 나한테 안 넘어오려면.'

그게 농담이었을까? 그런데 농담치고는 너무 진지했다. 말도 안 돼. 당연히 농담이지. 절대 진담일 리가 없잖아. 저 남자가 왜, 날 왜? 그래, 이유가 없어. 저 남자가 나한테 작업을 걸 이유가 없잖아.

그런데 한편으로는 다른 생각이 스멀거리며 피어올랐다.

작업을 못 걸 이유는 뭔데? 나한테 저 사람이 끌릴 만한 어떤 매력이 있다면? 그러니까 저 사람이 남자고 나도 여자니까…… 가능한 얘기잖아. 나도 싫지 않아. 처음엔 위험하다고 느꼈지만 이젠 따뜻하고 안전하게 느껴. 가슴이 두근거려. 지금 이 순간에도 설레고……!

서연은 퍼뜩 정신을 차렸다. 조금 전의 생각을 떨치려고 고개를 홱 돌렸다. 햇살이 가득 들어오는 창밖을 보며 입술을 깨물었다.

나, 지금 무슨 생각을 하는 거야? 그래, 좋다. 저 남자가 진심이라고 치자. 그래서 뭐? 어쩌자고? 윤서연, 넌 지금 네 처지를 망각하고 있어. 제정신이야? 쫓기고 있는 주제에, 한곳에 정착도 못하는 주제에, 평범한 삶은커녕 평생을 도망만 다녀야 하는 주제에 대체 뭘 기대하는 거야!

"내가 고민거리를 줬나?"

스스로에 대한 반성으로 날이 서 있던 서연의 귀에 그의 목소리가 끼어들었다. 그녀는 고개를 돌려 그를 보았다.

"맛은 보장 못해."

아직도 보글거리며 끓는 라면을 냄비째 식탁 위에 올려놓은 그가 그녀에게 숟가락과 젓가락을 주었다. 서연은 어쩔 수 없이 그것들을 받았다. 그가 라면을 자기 그릇에 담더니 후루룩, 먹는다.

"음, 맛있네."

어서 먹으라는 듯 쳐다본다. 서연은 마지못해 라면을 조금 담아왔다. 한 젓가락을 들어 입으로 가져가던 그녀는 갑자기 생각난 듯 그를 쳐다보았다.

"근데 언제부터 말 놓기로 했어요?"

그녀가 말갛게 쳐다보자 그가 하하, 웃었다.

"그런 걸 뭘 그렇게 진지하게 물어봐. 그냥 친해지니까 그렇게 된 거지."

"우리가 친해요?"

"당연하지. 우리 직원들하고 많이 친해졌지. 나하고는 더 친해질 거고."

서연은 말없이 젓가락을 도로 놓았다.

"저기요."

그녀가 심각한 걸 눈치챈 그도 젓가락을 내려놓는다. 서연은 진지하게 입을 열었다.

"난 누구하고도 친해질 수 없어요."

"……."

"아까 봤듯이 난 사람들 시선에 병적인 발작을 일으켜요. 이런 상태라서……."

"낯선 사람들이겠지."

"뭐라고요?"

"낯선 사람들의 이목에 겁을 먹는 거겠지. 아닌가?"

"……."

"우리 직원들이나 나하고 있을 땐 괜찮잖아."

"말했다시피 변장을 안 한 내 얼굴일 땐……."

"그것도 아닌 것 같은데? 지금 내 앞에선 변장 안 했어도 아무 문제없는 걸 보면."

그렇다. 그게 참 이상하다. 서연은 지금 상황을 설명할 수가 없었다. 어째서 이 사람 앞에선 괜찮은 거지? 그러고 보니 처음부터 그랬다.

"그 이유는 나도 모르지만…… 어쨌든 난 누구와 친해질 수 있는 상황이 아니에요. 댁이 예외이긴 하지만 다른 사람들도 예외일 거라는 보장도 없고. 또 난 내 병을 고치기 위해 노력을 할 수 있는 입장도 아니에요. 이유는 말할 수 없어요. 어쨌든 그런 사정이 있어요. 그러니까 이제 날 불러내는 일은 없었으면 좋겠어요. 글은 써지는 대로 메일로 보낼게요. 할 말이 있으면 전화나 메일로……."

"그건 곤란한데."

서연은 눈살을 찌푸렸다. 대체 뭐가 곤란하단 말이지?

그가 희미하게 미소를 지으며 천천히 입을 열었다.

"내가 이제 그쪽을 좀 봐야겠거든."

무슨 소린지 모르겠다. 서연은 인상을 쓰며 그 의미에 대해 다시 물으려고 했다. 그런데 그가 먼저 입을 열었다.

"내가 해리를 계속 봐야겠다고."

"……."

"이유가 뭐냐고?"

"……."

"보고 싶으니까. 내가 해리를 안 보면 보고 싶어질 것 같으니까. 아주 많이."

　차창을 스치고 지나가는 도시의 풍경에 서연은 넋을 잃고 있었
다. 아니다. 사실은 멍하게 차창 밖을 쳐다보고만 있을 뿐 그 풍경
을 감상하는 건 아니었다. 도시의 불야성은 너무나 화려했지만 서
연의 머릿속은 다른 생각으로 가득 차 있었다.

　'보고 싶으니까.'

　서연은 애써 부인하고 있었지만 그 말을 들었을 때의 떨림을 아
직도 기억하고 있었다. 지금 이렇게 그 순간을 떠올리는 것만으로
도 벌써 심장이 저릿해진다.

　뭘까? 이게 바로 남녀 간의 연애감정이란 건가? 머리로는 다
알겠는데, 분석이 정확해지는데 받아들일 수가 없다. 자신이 이런
감정을 느낀다는 것도 용납할 수 없지만 차동준이 왜 자신을 보고
싶어 하는 건지도 이해할 수 없다.

　사람들은 타인의 상황에 대해 꽤 명확한 판단을 내린다. 그것
이 비록 혼자만의 착각이라고 해도. 하지만 자신의 상황에 대해
선 늘 혼란스럽다. 이거인가? 저거인가? 타인에 대해 그토록 간
단명료하게 판단을 내렸던 명쾌함은 본인에겐 먹히지 않는다. 그
건 다른 사람이 아닌 자기 자신의 일이기에 좀 더 진지하고 더
신중해야 하기 때문일 것이다. 또, 스스로에게 자신이 없기 때문
일 테고.

　그는 나를 몰라. 몰라도 너무 모른다. 아는 것보다 모르는 것이
더 많다. 그런데 어떻게 그럴 수가 있지? 아니야. 어쩌면 내 착각

일지도 몰라. 그는 그냥 작가로서의 해리에게 한 말일지도 모르잖아. 아무 의미도 없는…… 아니다. 그때 난 분명히 느꼈다. 나를 바라보는 그 눈빛의 의미는 분명히 이성으로서의 호감이었다. 그 부드럽고 깊은 눈빛의 의미가 다른 뜻일 리가 없다. 그래도 내가 착각한 거라면…… 다행인 거지.

그래, 다행인 거다. 내가 이 사람에게 설레는 건 막으면 된다. 혼자서 정리하면 된다. 어려운 일도 아니다. 그건 선택의 문제가 아니라 어쩔 수 없이 해야만 하는 필수적인 문제. 어차피 혼자여야 할 삶이니 '함께'라는 건 꿈도 꾸지 못한다. 평범한 여자의 삶 따위는 기대하지 않은 지 오래다. 그러니까 이까짓 설렘 따위 정리하는 건 식은 죽 먹기보다 쉽다. 문제는…….

서연은 차창에 비치는 남자의 옆얼굴을 쳐다보았다. 그는 운전에 집중하고 있지만 간혹 이쪽을 쳐다보기도 한다. 그럴 때마다 눈이 마주칠까 봐 얼른 시선을 내렸다. 하지만 오래가지 않아 또다시 그를 훔쳐보는 자신을 깨닫는다.

진심일까? 정말로 나 같은 여자에게 호감을 느끼는 걸까? 어딜 보고, 뭘 보고? 내 어디가 어떻게 좋을 수 있지? 나같이 평범하지도 않고 반사회적인 인물에 가까운 여자가 어떻게 좋을 수가 있는 거지? 그게 가능한 건가?

궁금해서 속이 탔다. 알고 싶은 것, 묻고 싶은 것이 점점 늘어나서 답답하다. 속 시원히 묻고 싶고 이 모든 의문점들을 털어내고 싶다. 하지만 묻지 않을 것이다.

서연은 입술을 깨물었다. 물어선 안 될 것 같았다. 돌아올 답을 감당할 자신도 없고 어차피 어떤 답을 들어도 해피엔딩이 될 것 같지도 않으니까. 그래서 못 들은 척, 그런 말을 들은 적도 없는 척하는 쪽을 선택했다.

차가 서서히 멈춰 섰다. 여기서 내려 계단을 올라가서 좁은 골목길을 통과하면 한시적으로 사용 중인 '은신처' 다. 이상하게 그 '은신처' 를 떠올리는 순간 외로움이 밀려온다. 그런 감정이 존재한다는 것조차 잊고 건조하게 살아왔는데 새삼 혼자라는 외로움이 싸늘한 겨울바람처럼 불어온다.

서연은 어두운 계단에서 시선을 돌려 그를 쳐다보았다.

"태워주셔서 감사합니다."

"……"

"자꾸 폐를 끼쳐서 죄송해요. 앞으론 오늘 같은 일 없을 거예요. 전에 신세진 일처럼 그런 일도 없을 거고. 원고는 되는대로 메일로……"

"내 말을 제대로 안 들었군."

낮고 부드러운 목소리에 서연은 시선을 들어 그를 쳐다보았다. 어둠 속에서 차동준의 눈빛은 따스했다. 서연은 그 눈빛에 휘말리지 않도록 정신을 바짝 차려야 했다.

"무슨 말인지 모르겠어요."

그가 입을 열려고 한다. 서연은 재빨리 선수를 쳤다.

"알고 싶지도 않고요."

"……"

그가 뭐라고 말을 하기 전에 서둘러 말을 이었다.

"그쪽이 진심이라고 해도, 진심이 아니라고 해도 난 그런 연애 감정 따위에 신경 쓸 시간도 여유도 없어요."

"남녀 간의 감정은 시간이나 여유의 유무에 따라 생기는 건 아닌데."

"나한텐 그런 여유가 필요해요. 그리고 댁이 나한테 왜 이러는 건진 모르지만……."

"말하는 중에 미안한데 이건 확실히 하자고."

"……"

"난 진심이라는 거. 내가 해리를 좋아한다는 거 말이야."

서연은 그를 멀거니 쳐다보았다. 이거…… 고백인가? 이런 게 고백이라는 건가? 태어나서 처음으로 이성으로부터 좋아한다는 말을 들었다. 심장이 전율을 일으키고 미친 말처럼 뛰어댄다. 두근거리는 소리가 저 남자의 귀에 들리는 건 아닌지 걱정이 될 지경이었다.

"안 돼요."

목이 잠겨서 목소리가 제대로 나오지 않았다. 서연은 한풀 가라앉은 목소리로 간신히 말하고는 문을 열고 차에서 내려버렸다. 꾸벅, 그가 보는지 안 보는지도 모른 채 인사를 하고 계단을 오르기 시작했다. 그때였다. 뒤에서 차문이 닫히는 소리가 나는가 싶더니 이내 발소리가 들린다. 서연은 걸음을 멈추고 뒤돌아보았다. 순간, 눈이 커졌다.

"뭐하는 거예요?"

"집까지 데려다주려고."

"왜요?"

서연이 정말 모른다는 표정으로 묻자 그가 씨익, 웃는다.

"잘해주고 싶고 지켜주고 싶으니까."

서연은 베개에 얼굴을 파묻었다.

'지켜주고 싶으니까.'

말도 안 된다. 그는 날 지켜줄 수 없다. 그런데 그 말을 듣는 순간 심장이 높은 곳에서 하염없이 추락하는 것 같은 충격을 받았다. 머릿속이 순식간에 하얘지고 둥둥, 북소리가 진동했다.

잘해주고 싶단다, 그 사람이.

지켜주고 싶단다, 그 남자가.

나는…… 나는…….

서연은 벌떡 일어나 앉았다. 어둠이 내려앉은 공간에서 덩그러니 앉아 사방을 둘러보았다. 한밤중에는 작은 냉장고 돌아가는 소리라도 제법 크게 들리게 마련이다. 창밖의 소음도 크게 들린다. 철거 중인 동네라 남은 가구 수가 별로 없는데도 어느 집의 술 취한 남자가 지르는 소리까지 들려왔다.

세상의 소리가 들려오지만 그녀가 앉아 있는 공간은 쓸쓸했다. 오늘따라 텅 빈 공간이 유독 휑하게 느껴진다. 그녀는 무릎을 세워 두 팔로 감싸 안았다. 이상하다. 이불을 뒤집어쓰고 있는데도 춥다. 한기가 몸속으로 스며들어 심장까지 얼어붙는 것 같았다.

왜 이렇게 서러운 기분이 드는 걸까? 왜 이토록 가슴이 시린 걸까? 어째서, 이제 와서 왜 이렇게 외로운 걸까?

그들과 즐거웠던 한때가 떠올랐다. 생전 처음으로 타보는 놀이기구도 재밌었지만 사람들 틈에 끼어서 정말로 평범한 여자처럼 놀았다. 웃고 떠들던 그 순간순간들이 꿈만 같다. 위험을 무릅쓰고 해볼 만한 일들이었다. 후회하지 않는다. 그런데 그렇게 즐거웠던 시간들이 지나고 난 후에 찾아온 시간들은 평소의 의연했던 그녀의 삶을 흔들어버렸다.

철저히 혼자였던 삶. 외로움이나 쓸쓸함이나, 수년간 홀로 떠돌아다니며 숨고 숨으며 도망치며 살아왔던 삶이 갑자기 서글퍼진다. 앞으로도 이겨내야 할 시간들이 남아 있는데도 불구하고 자신이 없어진다.

언제까지? 대체 언제까지? 끝은 있는 걸까? 이대로, 죽는 날까지 이렇게 살아야 하는 걸까?

살고 싶다. 오늘 그랬던 것처럼 웃고 떠들면서 살고 싶다. 거리를 활보하고 사람들 틈에 끼어서 평범하게 살고 싶다. 그리고…… 잘 보이고 싶고 잘해주고 싶다고 말하는 남자에게 기대어 행복한 미소를 보여주고 싶다.

맛보지 않았다면 영원히 모르며 살았을 그 즐거움은 치명적이었다. 그런 소소한 행복이 얼마나 삶을 윤택하게 하는지, 자신을 바라보는 남자의 따뜻한 온기가 얼마나 심장을 뛰게 만드는지, 누군가를 좋아하는 감정이 그동안 살아왔던 무료했던 삶을 희열과 설렘으로 가득 채울 수 있다는 걸 몰랐다면 이토록 외롭고 스산하지는 않았을 것이다.

서연은 무릎에 얼굴을 파묻었다. 눈두덩이 뜨거워진다. 그동안 외면했던 욕심, 제대로 된 삶을 살고 싶다는 욕망에 몸이 떨려온다. 인간으로서 마땅히 누리며 살아야 할 기본적인 욕구가 처음으로, 태어나서 처음으로 갖고 싶어졌다. 화가 난다. 억울하다. 희망을 찾으려고 머리를 아무리 굴려도 돌아오는 답은 '절망'이라는 현실에 지독한 서글픔이 밀려든다.

살아보고 싶다. 여느 여자들처럼 살아보고 싶다. 단 1년, 아니 한 달만이라도 평범한 여자로 살고 싶다!

8. 고장 난 브레이크

    동준은 좌석에 머리를 기대고 눈을 감았다. 그런데 의도했던 것처럼 머리가 맑아지지 않는다. 머리가 맑아지기는커녕 도리어 더 복잡해지고 혼란스러워졌다. 눈을 떴다. 어둠이 내린 계단이 보였다.

    윤서연은 저 계단을 오른다. 언제나 혼자다. 밝은 대낮이건, 어두운 밤이건, 맑은 날이든 궂은 날이든, 윤서연은 언제나 혼자다. 편안한 삶은 그녀의 몫이 아니었고 평범한 삶은 욕심내선 안 될 세상이었겠지. 지독하게 홀로 견뎌온 그녀의 시간들이 와락 밀려와 그의 심장을 덮쳤다. 아픈 진동이 이는가 싶더니 이내 갈라지고 흔들린다. 지진이라도 난 것처럼 무너진다. 그리고 그 자리에서 아릿한 통증이 솟아나기 시작했다.

    '지켜주고 싶으니까.'

    내가 그렇게 말했다. 빌어먹을, 진심이었다. 그 순간만큼은 맹

세코 진심이었다. 지금은? 지금은 아니다. 당연히 아니어야 한다. 그냥 충동적인 발언일 뿐이어야 했다. 그 여자는……

동준은 질끈 눈을 감았다. 운전대를 잡은 손에 힘이 들어가 하얀 관절이 투툭, 튀어나왔다.

젠장…….

지금 이 순간에도 혼자 있을 그 여자를 보고 싶은 이 감정은 대체 뭐란 말인가? 따뜻하게 안아주고 지켜주고 싶은 이 미칠 것 같은 욕구는 뭐란 말인가? 이건 착각이다.

리마증후군, 나도 그런 건가? 그 여자에게 나도 모르게 동화되어 동정심을 느끼는 건가? 그렇다면 이겨내야 한다. 여자에게 접근한 의도, 목적을 상기해야 한다. 우습지도 않은 동정심 따위에 휘둘려 작전을 망칠 순 없으니까. 물론 그럴 일은 없다. 절대.

"제길……."

굳은 입술을 비집고 욕설이 새어나왔다. 이런 생각을 하고 있는 것 자체가 마음에 들지 않는다. 문득 전화벨이 울렸다. 동준은 전화기를 들어 액정을 보았다. 눈빛이 번뜩이더니 이내 전화기를 귓가로 가져갔다.

"접니다."

[나다.]

박희태의 목소리가 전화기를 통해 들려왔다.

"웬일이십니까?"

[사람 하나 찾아가봐라.]

사람?

[그 작전이 있었던 시기에 정보 처리과에 있던 전직 국정원 요원이야. 지금 명함을 하나 찍어서 보냈다.]

동준은 전화기를 귀에서 떼어내고 전송된 사진을 보았다.

'한국기획. 전직 정보기관 출신, 업계 최고 자부.'

명함에 찍힌 문구가 눈에 들어왔다.

다시 전화기를 귀에 댄 동준은 나지막하게 입을 열었다.

"받았습니다."

[상호나 광고 문구는 그럴 듯해 보여도 그냥 심부름센터야. 가정불화나 불륜 같은 잡다한 뒷조사나 하는. 그렇다고 무시해선 안돼. 전직 요원이었고 깡패 출신자들을 몇 명 고용해서 사업을 제대로 운영하고 있는 걸로 봐선 쉬운 인물은 아닐 거야.]

"이 사람에게서 얻을 게 있습니까?"

[정보가 정확하다면 네 아버지가 죽기 전 마지막으로 접촉한 사람이다.]

동준은 깨끗한 5층 건물의 맞은편 벽에 기대서 있었다. 오가는 사람들을 눈여겨보고 있는 동안 건물을 들락거리는 사람들은 별로 없었다. 동네 양아치 같은 놈들 두엇과 제법 번지르르하게 양복을 차려입은 한 놈이 전부였다. 현재로선 그랬다. 건물 안에는 누가 더 있을지 모른다.

차를 몰고 오면서 진호로부터 받은 보고를 다시 되짚어보았다.

'종로에 있는 5층짜리 건물인데 3층을 통째로 빌려 쓰고 있답니다. 신축 건물인데 위치가 도로에서도 멀고 지하철역하고는 더 멀어서 입주자가 없답니다. 현재로는 말씀하신 한국기획 말고는 비어 있는 건물입니다. 건물주가 팔려고 내놨다는데 보러 오는 사람도 없고요. 한국기획은 그냥 거저먹는 거라고 볼 수 있죠.'

동준의 눈길이 주변을 훑었다. 조용한 동네였다. 상권을 만들려고 노력한 흔적은 보이는 데 실패한 듯 보였다. 오가는 사람도 적고 주택가도 아니라 유동인구는 적지만 인터넷 광고와 찌라시 영업을 주로 하는 심부름센터를 운영하기에 그리 나쁜 조건도 아닌 듯했다.

순간, 모퉁이를 돌아 이쪽으로 오는 벤츠 한 대가 보였다. 정확히 건물 앞에 선 벤츠에서 남자 하나가 내린다. 고급 양복을 입고 내린 남자가 건물에서 뛰어나온 양아치에게 무언가 소리를 지르고 있었다.

동준은 직감적으로 저 남자가 한국기획의 대표이자 전직 국정원 요원, 한경식이라는 걸 알아차렸다.

뚜벅, 문을 열고 안으로 들어간 동준의 눈에 처음 들어온 건 짙은 화장과 파마머리를 한 여자였다.

"어서 오세요."

껌을 짝짝 씹으며 여자가 일어나 가식적인 미소를 짓는다.

"저쪽으로 앉으세요."

"소장님을 만나고 싶은데."

"소장님이요? 무슨 큰일 맡기러 오셨나 봐요?"

여자가 동준의 아래위를 훑는가 싶더니 창가 소파에 드러누워

있는 남자를 향해 소리를 질렀다.

"김 주임님."

남자가 부스스 일어났다. 한겨울인데 과시라도 하듯 용 문신한 어깨를 다 드러낸 놈이었다.

"뭐야?"

"이분이 소장님을 만나러 왔대요."

여자가 이르듯이 말하자 남자가 동준을 가소로운 눈으로 쳐다 보더니 일어나 앉았다.

"이리 와서 나한테 말해요."

동준이 잠자코 있자 남자가 일어서서 다가오며 말했다.

"내가 소장이니까 말해 보라니까."

"진짜 소장을 만나고 싶은데."

동준이 건조하게 말하자 놈이 콧방귀를 뀌더니 짜증 섞인 목소 리로 말한다.

"이것 봐요. 여기도 절차가 있는데 대뜸 소장부터 만나자고 하 면 어쩌나? 뭐? 마누라가 바람이라도 나셨나? 우리가 그런 거 뒷 조사하는 사람들이니까 소장을 따로 찾을 필요도 없어. 나한테 말 하면…… 어? 이봐! 어디 가?"

동준이 무시하고 안쪽 방문을 향해 움직이자 남자가 화들짝 놀 라 달려왔다.

"이 자식이! 사람 말을 어디로 들어 쳐먹고……!"

남자가 뒷덜미를 움켜잡으려고 손을 홱 뻗는 순간 동준은 옆으 로 슬쩍 비키며 등 뒤로 다가온 손목을 잡고 비틀었다.

"악! 아악. 놔! 놓으라고."

동준은 남자를 홱 밀쳤다. 몇 발자국 밀려간 놈이 울그락불그락한 얼굴로 달려온다.

"이 새끼가! 넌 죽었어!"

남자가 덮쳐오자 동준은 몸을 돌리고 상체를 눕힌 채 놈의 가슴을 발로 걷어차 올렸다.

"윽!"

비틀거리며 물러서던 놈이 다시 '으아아!' 비명 같은 고함을 치며 달려든다. 동준이 빙글 몸을 돌리는가 싶더니 이내 뒷발이 날아가 정확히 놈의 얼굴을 후려갈겼다.

"훅!"

놈이 책상을 붙잡고 바닥으로 쓰러지는 순간 방문이 열렸다. 안쪽에서 두 명의 남자가 튀어나왔다.

"뭐야?"

그러다 쓰러져 있는 동료를 본 남자 하나가 '씨팔' 하고 욕을 하더니 동준을 향해 달려들었다. 뒤이어서 다른 놈도 옆에 있던 몽둥이 하나를 들고 달려든다. 동준은 먼저 움직인 놈의 주먹을 피하면서 날아오는 몽둥이를 슬쩍 피해 몸을 숙였다. 그리고 또다시 날아오는 놈의 멱살을 잡고 빙 돌려 발로 걷어찼다.

"으윽!"

한 놈이 물러서자 다른 놈이 달려들었다. 부웅, 하는 소리와 함께 몽둥이가 동준의 어깨를 향해 내려왔다. 순간 옆으로 슬쩍 몸을 비틀어 몽둥이를 피하는 동시에 놈의 팔을 내리쳤다.

"윽!"

몽둥이가 바닥으로 떨어지고 놈이 팔목을 잡고 신음을 내뱉는 순간 동준은 허벅지를 세게 걷어 올려 놈의 가슴팍에 주먹을 지르고 팔꿈치로 내려쳤다.

"욱!"

놈이 쓰러졌다. 처음에 쓰러졌던 놈이 의자를 하늘로 쳐들고 달려온다. 그때였다.

"그만둬!"

움찔, 놈이 주춤거렸다. 그러자 아까 벤츠에서 내렸던 남자가 다시 한 번 명령했다.

"내려놔."

"이씨, 그냥 두세요. 이 새끼를 내가 당장에……."

"너희들 상대가 아니야!"

"소장님!"

"손님 접대를 이따위로 해서 장사 해먹겠나!"

소장이라고 불린 남자가 버럭 소리를 질렀다. 그러자 똘마니 놈이 불만 가득한 얼굴로 의자를 내려놓는다. 소장이 부하들에게 명령한다.

"넌 쓰러져 있는 놈들 정리하고 김 양은 커피나 두 잔 타와."

"네? 네, 사장님."

멀찍이 떨어져서 싸움 구경만 하던 여자가 냉큼 대답하고 어딘가로 사라졌다. 남자가 동준을 향해 말했다.

"거기, 이쪽으로."

남자가 들어간 문 안으로 동준도 들어갔다. 문을 닫은 남자가 소파를 가리키며 말했다.

"앉아요. 용건 있어서 온 것 같은데."

"한경식 씨 되십니까?"

남자가 움찔, 미간을 모았다. 눈이 날카롭게 빛난다. 전직 국정원 요원답게 범상한 눈빛은 아니었다.

"그러는 그쪽은?"

"20년 전의 일에 대해 물어볼 것이 있어 왔습니다."

"20년 전?"

동준을 쳐다보는 한경식의 눈빛은 날카로웠다. 오래전 일이지만 한때는 국정원의 능력 있는 요원이었던 사람이다. 동준은 한경식의 눈을 마주 보며 천천히 입을 열었다.

"그 당시 진행되었던 악어새라는 작전에 대해 묻고 싶은 게 있습니다."

순간 한경식의 얼굴이 굳어진다. 동준을 쳐다보는 한경식의 눈에 핏발이 섰다. 그리고 동준을 향해 음산한 목소리가 묻는다.

"너, 누구야?"

"허, 허허."

한경식이 헛웃음을 지었다. 그러다 동준을 향해 눈을 치떴다.

"차대훈의 아들이라고?"

"……."

동준은 침묵으로 긍정했다.

"나는 어떻게 알고 왔나? 그 작전에 관련된 정보는 한 조각도 남아 있지 않았을 텐데."

"남아 있지 않습니다. 한 대표님을 찾아내는데 20년이 걸렸으니까요."

"근데 용케도 찾았군. 게다가 난 그 작전과 연관도 없는 사람인데. 국정원 내부에 정보원이라도 있는가보군. 그것도 꽤 거물로. 그 작전에 대해 아는 사람은 거의 없을 텐데 말이야."

"거기에 대해선 드릴 말씀이 없습니다."

한경식이 동준을 뚫어지게 응시하더니 대뜸 물었다.

"내가 뭘 알 거라고 생각하고 찾아온 거라면 잘못 짚었어. 난 그 작전에 대해 아는 게 없어."

"그렇습니까?"

"그래. 나한테 무슨 기대라도 하고 온 거라면 잘못 온 거야."

"……."

동준이 침묵하자 한경식이 궁금한 듯 묻는다.

"그런데 뭘 알고 싶어서 찾아온 건가?"

"제 아버지가 죽기 전에 왜 당신을 찾아갔었습니까?"

"찾아와? 나를?"

"그렇다고 알고 왔습니다. 제 아버지가 죽기 전 마지막으로 만났던 사람이 한 대표님이라는 정보가 있습니다."

한경식이 입꼬리를 올리며 코웃음을 쳤다.

"훗. 그 정보를 준 사람도 뭘 잘못 알고 있군. 차대훈은 날 찾아온 적이 없어."

동준이 미간을 찌푸렸다. 한경식이 앞에 놓인 찻잔을 들어올려 마셨다. 그리고 천천히 말했다.

"그 당시, 차대훈은 날 찾아온 게 아니라 정보분석실을 찾아온 거였어. 거기에 마침 내가 있었던 거고."

"어쨌든 만나셨군요."

"만났지."

잠시 회상에 잠긴 듯한 표정을 짓던 한경식이 혼잣말처럼 중얼거렸다.

"그 짧은 만남이 내 인생을 송두리째 바꿔버릴 줄은 꿈에도 몰랐지. 차대훈과의 그 짧은 접촉 덕분에 난 국정원 블랙리스트에 올랐고 얼마 후에 얼토당토않은 이유를 빌미로 직장을 잃어야 했으니까."

"……."

"훗. 아직도 그 당시에 내가 뭘 잘못 했는지 모르지만 한 가지는 확실해. 그 일에 관련됐고 덮으려고 작정한 사람이 국정원 내부에서도 꽤 힘 있는 사람이었다는 것. 아니, 어쩌면 국정원에 강력한 힘을 미치는 정치인사일 수도 있지. 아무튼 내가 아는 건 아무것도 없어. 아무것도 모른 채 멍청하게 있다가 코를 베어 가도 몰랐던 거지."

"아버지가 정보분석실을 찾아간 이유가 뭔지 아십니까?"

한경식이 찻잔을 내려놓았다.

"자네 아버지, 차대훈은 유능한 요원이었어. 그 당시엔 가장 핫한 엘리트 요원이었지. 굵직한 작전엔 늘 자네 아버지가 있었다고 들었어. 그런데 어느 날부터 국정원 내부 분위기가 요상하게 돌아가더라고. 차대훈을 비롯한 그 팀 말이야. 어떤 작전에 투입됐는지 모르지만 그 팀원들 대부분이 어느 날부터 보이지 않았거든. 우린 어느 팀이 무슨 작전에 참가하는지 몰라. 철저한 비밀이니까. 때로는 같은 팀원들끼리도 서로 무슨 임무를 수행하는지 모를 때도 있으니까. 그러니까 당연히 난 누가 그 작전에 투입됐었는지 몰라. 그런데 다들 쑥덕거렸지. 몇 달이 지나도 보이지 않는 사람들이 있었으니까. 하나의 팀원들 거의 전체가 사라져서 나타나지 않았으니까. 우리끼리는 어떤 작전에 투입됐고 돌아오지 못한 거라고 짐작했던 거지. 그러다가 갑자기 자네 아버지가 나타난 거야. 그런데 유일하게 살아온 차대훈을 밀어내려고 작정이라도 한 것처럼 국정원 내부가 요동을 치더라는 거지."

"유일하게?"

"그래, 그 팀에서 유일하게 돌아온 사람이 자네 아버지야."

동준은 미간을 슬쩍 모았다. 가물가물한 기억이지만 한 가지 기억은 또렷하다. 어릴 때, 아버지가 어머니께 하던 말씀.

'우리 둘뿐이야. 살아 돌아온 사람은. 그리고 이 일을 할 수 있는 사람도 나뿐이야.'

분명히 둘이라고 했었다. 그런데 유일하다고? 그렇다면 나머지 한 사람은…… 그 작전에 참가했던 정식 팀원이 아니라는 건가?

동준이 복잡한 머리를 굴리고 있는 동안 한경식이 다시 입을 열었다.

"우리끼린 그랬지. 뭔지 모르지만 차대훈이 투입된 작전이 아주 크게 잘못된 거라고. 차대훈이 처한 상황이 국정원 직원이라면 누구나 처해질 수 있는 상황이라서 당시엔 분위기가 침울했지. 우리도 언제 어떤 작전에 투입됐다가 차대훈 같은 꼴이 될지도 모른다는 불안감이 있었거든. 그러다가 난 어느 날 잔업 때문에 남아 있다가 차대훈을 대면했는데 몹시 불안해 보였지. 그런데 난 무시했어. 괜히 얽히고 싶지 않았으니까. 퇴근을 서두르는데 갑자기 차대훈이 나를 구석으로 끌고 갔지. CCTV가 보지 못하는 곳으로."

동준은 긴장했다. 그러자 한경식이 피식, 웃었다.

"기대할 것 없어. 별말 안 했으니까."

"뭡니까?"

"보관 중인 작전 보고서에 접근하고 싶다더군. 나한테 그 보고서를 볼 수 있게 접속해 달라고 했지. 난 단호히 거절했어. 아니, 난 그럴 수 있는 위치가 아니었어. 물론 하자고 마음먹으면 시도해볼 수는 있었지만 내가 왜 그런 짓을 하겠나? 분위기가 이미 차대훈에게는 불리하게 돌아가고 있었는데 거기에 휘말려서 무슨 꼴을 당하라고? 입사 당시부터 전설 같은 자네 아버지 무용담을 듣고 존경은 했지만 그렇다고 내 인생을 걸 만큼 우정이 깊었던 건 아니거든. 그런데 차대훈은 막무가내였어. 굉장히 다급해 보였지. 악어새라는 작전명을 말하면서 그 작전에 관련된 보고서를 볼 수 있게 해달라고 했지. 난 그럴 수 없다고 했어. 얼마 후에 차대훈도 정신을 차렸어. 날 밀치고 가버리더군."

"그게 끝입니까?"

동준은 한경식의 눈빛을 읽었다. 그게 끝이 아니라는 걸.

한경식이 한숨을 내쉰 후 어깨를 으쓱하며 다시 말을 잇기 시작했다.

"내 호기심이 문제였어. 차대훈이 떠난 후에 난 다시 일을 하려고 컴퓨터 앞에 앉았는데 갑자기 그 악어샌지 뭔지 하는 작전에 대해 궁금증이 일기 시작한 거야. 일에 집중도 안 되고. 대체 그 작전이 뭐기에 팀원 전체가 사라지고 그것도 모자라서 유능하기로는 국정원 제일의 요원을 저렇게 만들었나, 아주 궁금했었지. 국정원 내부 컴퓨터는 위험하니까 난 우선 회사를 나갔고 그 길로 해커 친구를 만나러 갔네."

동준의 눈이 번뜩였다.

"기대하지 말라고 했네. 거기서도 우린 쓸 만한 걸 못 건졌어."

"쓸 만하지 않은 건요?"

한경식이 씨익, 웃었다.

"차대훈의 아들이라 그런가? 제법 날카롭군. 그래, 쓸 만하진 않지만 이상한 거 하나는 건졌지."

"……."

동준은 기다렸다. 새로운 정보가 손에 들어오기를.

"내 친구 해커가 꽤 실력이 좋았지만 보고서까지는 접근할 수 없었어. 대신 위에서 작정하고 모든 자료들을 소실하려고 한 흔적들이 곳곳에서 발견됐지. 그러다가 미처 지우지 못한 건이 하나 있었어."

"……뭡니까?"

"자네 아버지, 차대훈이 가져온 파일."

동준의 눈이 가늘게 좁혀졌다. 한경식이 다시 입을 열었다.

"작전에서 돌아온 차대훈은 국정원 내부 감사팀의 조사를 받았어. 그 과정에서 프로파일러가 투입되기까지 했더군. 당시 이 나라에서 가장 유능한 프로파일러로 활동한 사람이었지. 그 사람은 차대훈으로부터 어떤 증거자료를 확보해냈고 그걸 보고서에 적어 올렸어. 보고서라는 게 원래 거쳐야 할 단계가 많아. 그 단계 중 어딘가에서 지워지지 않고 남아 있다가 우리한테 걸린 거지. 그것 뿐이었어. 뭔가를 알아냈다고도 할 수 없는 거지. 그런데 난 그 증거자료가 뭔지 궁금해졌지. 그런데 알 수가 없었어. 그래서 그냥 포기했어. 그게 끝이야. 그러다가 국정원 내부가 떠들썩해진 사건이 발생했지. 차대훈이 피살되었다는 소식은 나한테 굉장한 충격이었어."

동준은 침묵했다. 그 충격어린 현장에 자신이 있었다. 동생과 어머니와 함께. 아버지가 돌아가셨다는 소식을 전해 들었을 당시가 어렴풋이 떠오른다. 그는 산증인이었다. 당시에 국정원이 어떤 식으로 아버지의 죽음을 몰았는지 직접 경험했으니까.

"그런데 더 충격적인 일이 며칠 후에 터졌어. 대한민국 제일의 프로파일러가 간첩이었다는 기사가 터지고 월북했다는 소식. 난 이상한 감을 느꼈지. 차대훈의 죽음과 프로파일러의 실종이 전혀 연관이 없다는 생각이 안 들더라는 말이지. 그래서 즉시 그 프로파일러에 대해 알아봤어. 내 친구를 통해 알아봤던 그 파일 말이야. 그러니까 차대훈으로부터 파일을 확보해낸 프로파일러가 실종된 그 프로파일러와 같은 인물이었던 거지. 나는 거기서 멈춰야 했어. 차대훈이니 프로파일러니, 그 망할 파일이니 그 따위 것들에서 신경을 끊고 주어진 일이나 했어야 했어. 그런데 그 망할 호기심 때문에 인생을 망쳤지. 사라진 프로파일러가 차대훈이 모스크바에서 가져온 파일을 통째로 가지고 사라졌다는 것까지 알아냈고 그 과정에서 난 누군지 모를 윗선의 관심 대상이 되어버린거야. 어느 날 누군가에게 끌려가서 조사를 받았어. 어디서부터 어디까지 아는지 묻더군. 거짓말탐지기가 동원되고 진실을 말하게 만드는 주사까지 맞았지만 내가 아는 것이 없다는 걸 알고는 풀어줬지. 그런데 그 후로 난 국정원의 요주의 인물이 됐더라고. 아무도 말은 안 했지. 그런데 내 직속 상사나 그 윗선들은 모두 날 내쫓으려고 기를 쓰더란 말이야. 일개 직원인 날 내쫓는 건 그들에겐 일도 아니었지. 난 1년도 못 버텼으니까."

한경식은 지난날, 자신이 당한 일에 대한 억울함에 새삼 분통이 터지는지 주먹을 움켜쥐었다. 하지만 동준은 그의 하소연에 귀를 기울일 수가 없었다. 이야기를 들으며 들을수록 동준의 얼굴에는 짙은 그림자가 드리워졌다.

무언가 불길함이 덮쳐온다. 뒤통수가 당기고 둥둥둥둥, 신경세포가 일제히 일어나 긴박한 상황을 알리는 북을 두드리는 것 같았다. 그리고 동준은 그 불길함이 어느 쪽을 향하고 있는지 정확히 알고 있었다. 한경식을 향해 시선을 고정한 그는 차분하게 입을 열었다.

"그…… 프로파일러의 이름을 기억하십니까?"

낮고 어두운 목소리로 묻는 질문에 한경식이 차분하게 대답한다.

"알지. 난 그해 일들은 모조리 기억하거든. 그 프로파일러는…… 윤주철이라는 이름이었어."

동준의 얼굴이 차갑게 굳어버렸다.

프로파일러의 실종, 아버지의 죽음, 무언가를 은폐하기 위한 국정원의 움직임. 이 세 가지 문제에는 공통점이 있다.

동준은 어두운 창밖을 응시하고 있었다. 화려한 네온불빛이 어두운 도시를 수놓고 있었지만 그에게 감흥을 주지는 못했다. 그의 머릿속은 여러 가지 생각으로 복잡했다. 하지만 엉킨 실타래처럼 복잡하기만 한 그 모든 생각들은 하나의 교차점으로 모아지고 있었다.

해리.

그녀가 모든 문제의 해결점이다. 돌아가신 아버지가 숨기고자 했던 것, 혹은 세상에 밝히고자 했던 의문의 파일. 그리고 그 파일을 가지고 사라진 프로파일러, 윤주철. 그 프로파일러를 잡으려고 자신을 고용한 국정원.

동준은 누구보다 맑고 순수한 윤서연의 눈을 떠올렸다. 지금까지 도망자 생활을 해왔기에 세상을 믿지 못하던 그녀의 경계가 조금씩 허물어지고 있다. 경직되고 숨으려고만 했던 그녀는 이제 조금씩 바깥세상을 향해 곁눈질을 시작했다. 사람은 누구나 낯설고 두려움이 배가 되면 무의식적으로 누군가에게 의지하려 한다.

윤서연도 마찬가지다. 그녀도 지금 누군가를 의지하고 싶은 본능에 이끌리고 있다. 가장 가까이에 있는 사람, 이미 자신의 일부를 보여주고 들켜버린 사람, 그랬음에도 불구하고 아무 일도 일어나지 않자 절대로 넘지 않았던 선을 조금씩 넘어오기 시작한 것이다.

그녀는 나를 믿기 시작했다.

동준은 며칠 전, 그녀를 집 앞에 내려주던 때를 떠올렸다.

'잘해주고 싶으니까. 지켜주고 싶으니까.'

그가 그렇게 말했다. 다분히 의도가 숨겨진 멘트였다. 하지만 그녀는 전혀 알지 못했다. 그녀의 흔들리던 눈빛이 떠오른다. 그녀는 생각했던 것보다 쉬웠다. 어쩌면 지쳤을지도 모르겠다. 너무 긴 시간을 숨어 지내며 쫓기는 생활을 해온 그녀는 지쳤을 것이다. 벌써 오래전부터 한계에 달했겠지. 그래서 자신에게 내밀어진 친절과 호의에 생각보다 쉽게 무너졌는지도 모른다.

창에 비친 동준의 입매가 굳어졌다. 턱에 힘이 들어가고 경직된다.

윤서연은 여자다. 지금껏 이성에 대한 감정을 제대로 느껴보기나 했을까? 겉으로는 철가면이라도 쓴 듯 무심하게 살아왔지만 한 꺼풀 벗겨내면 그 안은 여리고 여린 여인의 속살이 감춰져 있을 것이다. 윤서연은 그 뜻밖의 감정으로 인해 무너질 것이다. 자신을 꽁꽁 싸매었던 결계를 스스로 풀어내고 밖으로 나와 손을 내밀 것이다. 그리고 그 손은 내가 잡게 되겠지.

동준의 눈이 어두워졌다. 짙은 그림자가 내려앉았다. 그러나 외면했다. 양심이 아우성치는 것을 무시하고 윤서연이라는 이름을 떠올리는 것만으로도 뭔가 메시지를 보내오는 심장의 진동을 외면했다.

심장이 보내오는 신호를 철저히 외면하고 배제했다. 대신 머리로 생각하기 시작했다. 윤서연의 믿음과 신뢰를 얻어낸 후에 자신이 할 일을. 그 여자를 이용해 윤주철을 확보하고 그가 가지고 있을 파일을 손에 넣는 것. 그리고 20년 전, 아버지를 죽게 만든 그 일의 전말을 알아내는 것.

복수? 아버지를 그렇게 만든 놈들에게 철퇴를 가하고 싶은 것? 그런 것과는 좀 다르다. 나는 당시의 진실을 알고 싶을 뿐이다. 더불어 내게 주어진 임무를 끝내고 싶을 뿐이다. 멈출 수 있는 단계는 지났다. 브레이크를 밟는 일은 이제 있을 수 없었다. 차근차근, 서둘지 말고 평소처럼 치밀하게 계획을 세워 실행하면 되는 일이다.

동준은 주먹을 세게 움켜쥐었다.

빌어먹을.

"뭐, 알아낸 거 있어?"

동준은 테이블 맞은편 의자를 끌어내 앉는 박희태를 올려다보았다. 전보다 얼굴색이 좋았다.

"건강은 어떠십니까?"

진심에서 나온 걱정이었다. 박희태가 허허, 웃었다.

"걱정해주는 건 고맙다만 네 걱정은 사양하마. 넌 내 건강 걱정보다 할 일이 아주 많은 사람이니까. 그나저나 어땠어? 한경식을 만난 성과는 있더냐?"

동준은 천천히 고개를 끄덕였다. 그러자 박희태가 성급하게 묻는다.

"성과가 있었어?"

"예……."

그리고 동준은 한경식에게 들은 말을 그대로 박희태에게 전달했다. 이야기를 다 들은 박희태가 예상했다는 듯 말한다.

"대충은 그림이 나오지만 그렇다고 확실히 의문이 풀릴 정보도 아니구나. 앞으로 그 의문들을 풀어낼 일도 막막하고. 한경식은 그냥 어쩌다가 네 아버지와 한 번 만난 게 전부였어. 그래도 그 프로파일런가 하는 놈이 네 아버지의 죽음과 연관된 파일을 가지고 사라졌다는 건 알아냈으니 다행이라고 해야 하나?"

동준은 망설였다. 국정원으로부터 그 프로파일러를 찾아달라는 의뢰를 받았다는 사실과 자신이 그 프로파일러의 딸을 확보하고 있다는 걸 박희태에게 말할지 말지. 머리와 가슴으로는 당연히 정보를 공유하라고 한다. 그런데 언제나 철저히 혼자였던 습성은 박희태에게조차 진실을 드러내길 꺼리고 있었다.

다른 누구도 아닌 박희태다. 아버지를 잃고 미국으로 건너갔다가 결국 다시 한국으로 돌아온 그에게 아버지 대신이었던 분이다. 친구의 죽음에 얽힌 비밀을 알아내려고 20년을 애써 오신 분이다. 지금도 위험을 무릅쓰고 알아내는 정보를 모두 나에게 전달해 주고 있지 않은가. 망설이는 것 자체가 배신이다.

동준은 자신이 아버지 같은 박희태조차 의지하지 못한다는 사실에 쓸쓸한 미소를 머금었다. 미국에서부터 철저한 특수요원 훈련을 받은 후유증이 여기에서도 나타나는 것이다. 그래도 이젠 누군가와 협동을 해야 한다. 혼자선 이 모든 일을 해결할 수 없다. 물론 시간 여유가 많다면 오래 걸리는 한이 있어도 결국 해결할 수 있겠지. 그러나 지금은 여유가 없다. 윤서연을 위해서라도 이 일을 빨리 해결해야 했다.

"그 프로파일러를 찾을 수 있습니다."

동준의 말에 박희태가 눈을 가늘게 좁혔다.

"뭐? 어떻게?"

잠시 침묵하던 동준은 박희태에게 대답하기 위해 입을 열었다.

"제가 지금 그 프로파일러의 딸을 확보하고 있습니다."

가슴이 답답했다. 창밖을 묵묵히 응시하던 그는 갑자기 외투를 낚아채 밖으로 나갔다. 주차장으로 내려간 그는 망설이지 않고 차에 올라탔다. 처음엔 목적지가 없었다. 해리가 사는 집 동네로 올 생각은 절대 아니었다. 그런데 차가 멈춘 곳은 그녀의 집으로 향하는 계단 앞이었다.

뭐하는 거냐? 차동준.

어금니를 지그시 물었다. 턱에서 으득, 소리가 난다. 자신의 돌발행동에 화가 난다. 동준은 다시 기어를 넣었다. 그때였다. 전화벨이 울렸다. 휴대폰 액정에 '진호'가 떠있었다. 그의 몸에 짜릿한 전류가 흘렀다. 이 시간에 진호가 전화를 걸어왔다는 건 해리에게 변수가 생겼다는 의미다.

동준은 전화기를 귓가로 가져갔다.

[대장! 문제가 생겼습니다.]

다급한 목소리다. 동준은 미간을 찌푸렸다.

"문제?"

곧바로 진호가 빠르게 말을 쏟아낸다.

[해리가 외출을 하기에 똘마니 하나를 딸려 보냈는데 집 근처에
다 와서 미행을 들킨 것 같습니다. 의심이 안 풀리면……]

사라지겠지. 위험을 느끼면 그녀가 할 수 있는 일은 '도망'이
다!

전화기를 잡은 동준의 손에 힘이 들어갔다.

[어떻게 하죠? 일단 제가 가서……]

"아니. 내가 갈 테니까 넌 대기해."

전화기를 내린 동준은 지체하지 않고 차에서 내려 달리기 시작
했다. 진호는 해결점이 아니다. 집 근처라면 진호가 나타나선 안
된다. 생뚱맞게 나타난 진호를 보고 해리는 더 의심을 하게 될 것이
다. 조금씩 열리던 그녀의 문이 또다시 닫히게 될 것이다. 답은
하나다.

내가 가야 한다!

동준은 순식간에 계단을 올랐다. 어둠이 내린 벽을 가볍게 타고
올라 건물과 건물 사이를 넘나들며 질주하기 시작했다. 그의 머릿
속에는 해리의 의심을 풀어야 한다는 긴박감이 넘쳐났다. 그런데
자신도 미처 깨닫지 못한 사이에 새로운 명제 하나가 빠르게 머릿

속을 뒤덮었다.

그녀가 사라지려 한다. 그녀가 내 눈앞에서 영원히 사라질지도 모른다!

침착해야 돼. 빠르고 정확하게 사라져야 돼. 집에 뭐가 있더라? 노트북. 그건 필요해. 하지만 반드시 필요한 건 아니야. 진짜 그런 가? 최대한 차분하게 생각해보았다. 내가 해리라는 증거는 남겨두지 않았다. 그래도 혹시 모르니까 가능한 때에 찾아오는 게 좋겠어.

서연은 위험을 느끼면 언제나 그랬듯 차분하게 계획을 세우고 있었다. 골목을 굽이굽이 돌아 걸으면서 누군가 자신을 쫓아오고 있다는 것을 몇 번이고 확인했다. 확신? 아직은 없다. 하지만 이십 년간 단련된 촉이 위험을 감지했다. 계단 아래쪽에서부터 감지된 촉은 이대로 집으로 향할 것이 아니라 이 동네에서 사라져야 한다고 말하고 있었다. 그리고 당분간은 세상으로 나와선 안 된다고 말하고 있었다.

그들과도 끝이다.

사라져야겠다고 결심하는 순간 제일 먼저 떠오른 건 '그들'이었다. 어처구니가 없게도 이 상황에서 도망쳐야 한다는 것보다 블랙홀 사람들을 다시 볼 수 없다는 생각이 더 앞선다. 그리고 '그들' 중에서도 더 특별하게 느껴지는 '그 남자'에게 작별인사조차 할 수 없다는 사실이 서연을 아프게 했다.

고통? 그것까지는 아니다. 하지만 아프다. 가슴이 선뜩해지고 어느 한 곳은 저려온다. 참고, 참고 또 참아서 말라비틀어질 때까지 억누르기만 했던 외로움이 또다시 혼자가 된다는 슬픔과 뒤섞여 외면할 수 없는 서글픔이 밀려들었다. 하지만 방법이 없었다. 이대로 사라지지 않으면 지금껏 도망쳤던 그 모든 시간들이 수포가 된다.

'도망쳐라. 서연아, 있는 힘껏 도망쳐.'

엄마가 간절하게 했던 말들. 어린 시절, 엄마와 도망자 생활을 하면서 늘 듣게 되었던 그 말들은 그녀를 세뇌시켰고 그 삶이 당연한 듯 여겨졌었다. 남들과는 다르지만 어쩔 수 없이 주어진 삶이라고 여겼었다. 가끔은, 아주 가끔은 평범하게 사는 사람들을 부러운 눈으로 쳐다보기도 했다. 하지만 욕심낼 수도 없고 내어서도 안 되는 현실 앞에서 언제나 돌아섰다. 그러다가 '그들'을 만났고 '그'를 만났다.

어두운 골목 안쪽으로 깊숙이 들어가며 서연은 눈 끝에 고이는 눈물을 느꼈다. 눈을 깜박이자 물기가 뺨을 타고 흐른다. 변장처럼 두껍게 칠한 화장에 얼룩이 질 것이다. 상관없었다. 눈물이 흐르는 대로 두고 싶었다.

욕심을 냈던 건가? 내 암울한 삶이 바뀔 수 있다고 기대했던 건가? 정말 어이가 없다. 다른 사람들처럼 몇 번 놀고 웃었다고 계속 그렇게 살 수 있다고 착각했었던 건가? 바보구나, 윤서연. 그렇게 쉽게 흔들렸다니. 그렇게 오랜 세월을 단련하며 살아왔으면서 그 몇 번의 웃음으로 다시 태어난 것처럼 살 수 있다고 착각하다니. 정말 멍청하구나.

서연은 손을 들어 뺨의 물기를 훔쳤다. 하지만 계속 눈물이 흐른다. 흐느끼면서 어둠 속으로 자꾸만 파고들었다.

저 골목만 지나면 도시다. 사람들이 넘쳐흐르는 도시. 저 속으로 들어가면 지금 뒤따라오고 있는 저 뒤의 누군가는 나를 놓치게 될 것이다. 그리고 운이 좋다면 몇 년 후나 돼야 다시 나를 보게 되겠지. 능력이 아주 좋다면 말이다.

이제 몇 발자국만 더 가면 된다. 완전히 끝이다. 지난 며칠간의 시간들이 주마등처럼 지나간다. 블랙홀 사람들, 아주 잠깐이었지만 그녀를 웃게 했던 사람들이다. 이젠 마지막이다. 순간, 서연은 걸음을 멈추었다. 지금은 멈춰선 안 되는 상황인데 그녀는 멈추고 말았다. 그리고 뒤를 돌아보았다. 마지막이라는 생각이 그녀를 그렇게 만들었다. 주저하게 만들고 망설이게 만들었다.

그를 만나고 싶다. 그 사람을 다시 한 번 보고 싶다.

아쉬운 미련이 그녀를 흔들었다. 이대로 사라지면 '해리'도 사라지는 거겠지. 그러면 그 사람과도…… 첫사랑인 걸까? 그래, 처음으로 느낀 이성이니까. 상상 속의 사람이 아니라 실체가 있는, 처음으로 설레었던 사람이니까.

다시 눈물이 난다. 서연은 돌아섰다. 결연한 표정으로 도시의 불빛을 노려보았다. 결국 가야 할 길이다. 지체하면 남는 건 상상할 수도 없는 위협과 고통뿐이다. 잡히는 죽음밖에 남는 것이 없다. 그러니 미련을 버리자. 버려야 산다.

서연은 턱을 쳐들고 외로운 눈을 빛내며 도시의 빛이 난무하는 공간을 향해 한 발을 뗐다.

"해리!"

순간, 서연은 얼어붙었다. 홱, 몸을 돌려 뒤를 돌아보았다. 골목엔 어둠뿐이었다. 처음엔 아무것도 보이지 않았다. 하지만 서서히 무언가가 어렴풋이 눈에 들어왔다. 빠르게 다가오는 그림자, 그건 사람이었다. 서연은 겁에 질려 뒷걸음질 쳤다.

"해리?"

묵직한 남자의 목소리. 서연은 돌처럼 굳었다.

설마…… 설마…….

"해리."

그녀의 뒤쪽, 도시에서 비춘 불빛이 골목으로 스며든 틈으로 남자가 모습을 나타냈다.

"도대체 어딜 그렇게 급하게 가는 거지?"

마치 약속시간이 지나도 오지 않아서 데리러 온 사람처럼 태연한 목소리였다. 남자가 더 가까이 다가왔다. 서연은 멍하게 그를 보았다. 코앞까지 다가온 그가 그녀를 보고 인상을 썼다.

"무슨 일이야? 울었어?"

서연은 고개를 저었다. 그리고 멍하게 물었다.

"나, 날…… 따라왔어요?"

"계단에서부터."

그가 대답했다. 무릎에서 힘이 빠져나가는 것 같았다. 하지만 안심하기엔 이르다.

"왜……?"

그가 침묵했다. 서연은 대답이 필요했다. 그를 의심하지 않아도 될 대답.

"왜요?"

그녀를 가만히 쳐다보던 그가 입을 연다.

"보고 싶어서."

서연의 입술이 살짝 벌어졌다. 하지만 말을 하려고 한 건 아니었다. 그가 다시 말한다.

"오긴 왔는데 전화를 할까, 말까, 망설이던 차에 계단을 올라가고 있는 해리를 봤거든."

"……"

"집으로 들어가는 것까지만 보려고 뒤따라가기 시작했는데……"

나는 집으로 안 갔다.

서연은 그가 유심히 쳐다보는 것을 느꼈다.

어쩌면 진짜 믿는 건 아닐지도 모른다. 그냥 믿고 싶은 건지도. 그래, 나는 이 사람을 믿고 싶은 거다. 이 사람을 믿지 못하면 나는 뒤돌아서서 다시 저 도시 속으로 숨어들고 또다시 철저히 혼자가 돼야 하니까. 싫다. 그러고 싶지가 않다. 이 사람과 좀 더 있고 싶다. 영원히는 아니라도 조금만 더, 며칠만이라도 더…… 위험해도 어쩔 수 없다.

나는 이 사람을 믿고 싶다.

그가 손을 올렸다. 서연은 흠칫, 놀랐지만 물러서지는 않았다. 그의 엄지손가락이 그녀의 뺨을 가만히 쓸었다. 그 순간에 든 생각은 얼굴이 엉망이라는 것, 그래서 창피하다는 것, 그에게 예쁘지 않은 모습으로 서 있다는 것, 서연은 고개를 돌렸다. 그의 손이 아래로 떨어진다. 지그시 입술을 깨문 서연은 중얼거렸다.

"밥…… 먹었어요?"

언젠간 지금 이 순간의 행동을 후회할지도 모른다. 그래도 지금 당장은 남고 싶은 욕망이 너무 커서 어쩔 수가 없었다. 다른 선택을 할 수가 없었다.

그의 얼굴은 보고 싶지 않다. 거절을 당해도 어쩔 수 없지만 그의 표정은 보고 싶지 않다.

"당연히 먹었지."

거절이다. 서연은 주먹을 쥐었다. 거절이 이렇게 창피하고 부끄러운 일이라는 것도 처음 알았다. 어서 이 자리를 피하고 싶었다. 이 사람의 눈길에서 벗어나고 싶었다.

"집에 가야겠어요."

황급히 그를 지나쳐 가려는 그때였다. 갑자기 그가 지나치는 그녀의 팔을 홱 잡아챘다. 서연은 놀라서 고개를 들었다. 그가 미소 짓고 있다.

"밥 먹자고 한 거 아닌가?"

"……."

서연은 그를 가만히 쳐다보았다.

"난 먹었어도 배가 고픈데."

그리고 그가 그녀의 팔을 잡은 채 왔던 길을 되돌아가기 시작했다.

"뭐 먹고 싶은지 말해. 차로 가는 동안 생각해서 결정되면……."

"집에 가요."

우뚝, 그가 멈춰 섰다. 그가 돌아보자 서연은 가만히 말했다.

"당신 집."

굳었던 그의 얼굴에 서서히 미소가 떠올랐다. 하지만 그의 눈은 웃고 있지 않았다. 그녀는 남자라는 존재 자체에 대해 잘 알지 못했다. 그래서 그의 눈빛이 의미하는 바를 정확히 짐작할 수 없었다. 하지만.

"그러든지."

희미하게 웃으며 대답한 그가 다시 그녀를 이끌기 시작했다.

남자를 몰라도 이 정도는 안다. 이 사람이 나를 좋아한다는 것, 나를 싫어하지 않는다는 것.

"와아, 십년감수했네. 사장님 아니었으면 완전히 해리를 놓칠 뻔했어요. 진짜 식은땀이 다 나네. 이거 봐요. 소름 돋은 거. 진짜 등골이 오싹했다니까."

진호는 드디어 안심이 되는지 털썩, 의자에 주저앉았다. 그리고 앞에 서 있는 안나를 보고 말했다.

"근데 대장, 지금 어디 가는 거죠?"

"집."

"해리, 집에 데려다주러 가고 있어요?"

"아니. 보스 집으로 가네. 둘이 같이."

"예에?"

진호는 재빨리 모니터를 돌려 위치추적기가 움직이고 있는 방향을 확인했다. 진짜다. 진짜 대장 집 쪽으로 가고 있다.

"어…… 이거, 이러면…… 불안해서 옆에 두려고 하나?"

확신이 없는 투로 중얼거리던 진호는 안나를 쳐다보았다.

"기분이 왜 이렇죠?"

"뭐가?"

"안 이상해요?"

"뭘?"

"대장이 이러면 순진한 해리는…… 그러니까 이건 인간의 양심상 좀 아닌 거 아닌가?"

"아니지."

두 사람 다 정확히 상황을 말하지 않아도 대충은 짐작을 할 수 있었다. 해리는 미끼다. 윤주철을 끌어내기 위한. 그래서 사장은 해리의 곁에서 맴도는 것이다. 남자와 여자, 두 사람이 늘 같이 있고 비밀을 공유하는 방법 중 가장 강력한 방법은 딱 하나다. 그러니까 불손한 의도가 있는 사람 쪽은 나쁘고 순수한 사람 쪽은…… 상처를 받겠지.

"난 반댑니다. 아무리 작전이 우선이라고 해도 여자 마음을 가지고……."

"네가 반대한다고 뭔 수가 있냐?"

"아니, 그래도 그렇지. 해리는 너무 순수하다고요. 진짜, 때 묻지 않은 영혼이라고요. 그런 여자가 남자한테 빠지면 못 헤어나요. 우리 실체를 알고 사장님 목적을 알게 되면 그 배신감을……."

진호는 차마 말을 끝까지 할 수가 없었다.

"난 보스 믿어."

안나가 갑자기 툭, 말을 꺼낸다. 그런데 썩 확신이 있어 뵈지는 않았다.

"진짜요?"

진호는 의심하며 물었다.

"그래."

"지금까지 사장님하고 일하면서 작전 실패하는 거, 한 번도 못 봤어요."

"나도."

"그럼 좀 전의 그 말은 뭔데요? 사장님을 믿는다고 하면서 작전도 성공할 거라고 생각하는 거예요?"

"그래."

"그게 말이 돼요?"

안나가 진호를 노려보며 도리어 묻는다.

"작전 성공하고 보스가 해리 상처 안 주는 일이 왜 불가능한데?"

"아, 그거야 당연히……."

"보스가 진짜로 해리를 좋아하는 거면 되는 거잖아."

"예에?"

진호는 입을 딱 벌렸다. 그러자 안나가 통명스럽게 말했다.

"우리도 해리를 좋아하게 됐어. 짧은 시간에 사람이 이렇게나 좋아지는 건 내 생전 처음이다. 보스라고 별수 있어? 독하고 차가워도 인간이야. 게다가 남자야. 여자인 내가 봐도 사랑스러워 미치겠는데 목석이 아닌 담에야 아무 감정도 못 느낀다는 건 말이 안 되지. 내가 볼 땐 해리야말로 진짜 블랙홀이야. 빠지면 헤어 나올 수 없는."

안나의 말에 진호가 멍하게 물었다.

"진짜…… 그렇게 생각해요? 대장이 해리를…… 물론 호의적이라고 생각은 했지만……."

그러면 좋겠다는 생각에 진호는 전에 없이 진지한 표정을 지었다.

"그럴 가능성이 아주 없지 않지. 그동안 내가 지켜보기엔 가능성이 꽤 높아. 게다가 우린 해리를 해치려고 그러는 게 아니잖아. 엄밀히 따져보면 우리가 해리에게 도움이 될 수도 있어. 지금 우리가 찾으려고 하는 건 해리의 아버지야. 우리 목적은 해리 아버지가 가지고 있는 파일을 회수하는 거잖아. 지금껏 해리가 도망을 다니는 이유를 명확하게 알아내고 일을 해결하면 모두가 좋은 거 아닌가? 해리도 평범한 삶을 살 수 있게 되는 거지. 그 점에 있어서 난 보스를 전적으로 믿어. 그럴 능력은 충분히 있는 사람이니까."

진호는 크게 고개를 끄덕였다.

"그렇죠. 능력으로 치면 타의 추종을 불허하는 사람이죠."

"물론 우리가 의도적으로 접근한 걸 알면 해리가 상처를 받겠지. 하지만 우리가 자길 해치려고 한 게 아니라는 걸 알게 되면 용서할 거야. 그리고 우리가 자기편에서 도움을 줄 사람이라는 것도 알게 되면……."

"확실해요?"

"뭐?"

"우리가 해리를 해칠 사람들이 아닌 거요."

"그럼, 당연하지. 이 시점에서 우리가 해리를 해칠 일이 뭐야?"

"그렇긴 한데 좀 찜찜해요. 솔직히 난 이해가 안 가는 게 해리가 왜 그렇게 도망자 생활을 했는지 모르겠어요. 파일을 가지고 달아난 건 윤주철이잖아요. 지금까지로 봐선 윤주철이 해리와 같이 지내는 것 같지도 않고. 어릴 땐 어쩔 수 없었다고 하더라도 지금은 혼자서도 얼마든지 살고 있잖아요. 아버지와는 연락을 끊고 그냥 평범하게 살아도⋯⋯."

"저들이 가만뒀을까?"

"예?"

"20년 전에 사라진 파일을 아직도 찾으려고 기를 쓰는 사람들이 있어. 그 사람들이 우리 보스를 고용한 거고. 그렇게 끈질긴 사람들이라면 딸을 이용해서 아버지를 불러내려고 하지 않았을까? 우리처럼 지켜보며 기다리는 게 아니라 딸을 해쳐서라도 윤주철을 끌어내려고 하지 않았을까?"

"⋯⋯그러네요. 그랬겠네요. 그러니까 윤주철은 자신의 안전을 위해서라도, 그리고 딸의 안전을 위해서라도 어쩔 수 없이 도망자 생활을 택한 거군요."

"그렇겠지."

"근데 대체 그 파일이 뭘까요? 뭔데 그 오랜 세월이 지났는데도 회수하려는 걸까요?"

"뻔하지 뭐."

"뭐가요?"

"그 파일과 얽힌 놈들이 이 나라 최상위층일 확률 100프로다. 정치권이나 재벌, 뭐 그런 쪽에서 나라 호령하고 재산 축적하고 있겠지. 파일 내용 드러나면 지들이 죽자고 쌓아놓은 권력, 재력, 싹 다 날아가나 보지. 그러니까 우리 보스한테까지 일이 떨어진 거고."

진호는 제법 그럴싸한 추리를 하는 안나를 보며 '우와' 하고 감탄했다. 그러다가 다시 본래의 질문으로 돌아갔다.

"진짜 우리 보스가 해리를 다치게 하지 않을까요? 정말로 우리처럼 좋아하는 걸까요?"

"그렇다니까."

"정말요? 진짜? 진짜?"

진호는 꼭 그랬으면 싶은 마음으로 진지하게 묻고 또 물었다. 그런데.

"아니면 말고."

헐.

갑자기 진지함의 무게를 툭, 내던져버리는 안나를 보고 멍하게 물었다.

"방금 그렇다고 했잖아요."

"내 생각이 그렇다는 거지. 내가 점쟁이냐? 사람 마음까지 다 꿰뚫어보게?"

와, 진짜 강적이다. 조금 전까지만 해도 확신을 가지고 아는 척은 혼자 다 하더니.

진호는 참지 못하고 버럭 소리를 질렀다.

"아 씨, 왜 그래요? 진짜!"

"내가 뭘?"

"뭐 좀 아는 것처럼 말해서 진짠 줄 알았잖아요!"

안나가 웃으며 일어나더니 진호가 쓰고 있는 모자챙을 툭, 치며 말했다.

"우리가 이렇게 앉아서 걱정하고 있으면 답이 나오냐? 어차피 나오지도 않을 답, 그냥 좋게 좋게 생각하는 거지. 안 그래?"

"난 진짜 아줌마 이럴 때가 제일 싫어! 아, 왜 그렇게 사람이 제 멋대로냐고요!"

진호가 소리를 질러댔지만 안나는 머리 위로 손을 흔들며 방을 나간다. 진호는 그런 안나의 뒷모습을 노려보다가 모니터로 시선을 주었다.

이제 막 해리의 위치추적기가 사장의 집에 도착하는 것이 보였다.

진호는 모니터를 보며 퉁명스럽게 중얼거렸다.

"대장, 우리 인간의 가장 기본적인 양심은 저버리지 맙시다. 해리한테 지울 수 없는 상처는 절대 주지 말자고요. 그 여잔, 지금까지 살아온 삶 자체가 고통이었다고요. 그런 여자한테 또다시 다른 상처를 얹어주는 건 진짜 아니거든요."

하지만 혼잣말은 공허하게 빈 공간을 울릴 뿐이었다.

9. 사랑이 갑이다

나는 인간으로서 마땅히 지켜야 할 양심도 잃어버렸나보다.

서연은 스파게티를 해주겠다며 조리대 앞에서 요리를 하고 있는 차동준을 보며 생각했다.

나는 이러면 안 되는 거다. 이 사람이 내게 호감이 있든 없든 나는 이러면 안 되는 거다. 정말 잘못하는 거다. 얼마 후엔 사라져야 한다는 문제를 떠나서, 평범하지 못한 자신의 처지를 속이는 걸 떠나서, 다른 모든 악조건들을 다 떠나서 내가 여기에 있으면 그가 위험해질 수 있다는 것이 가장 중요한 문제다. 내게 닥쳐야 할 문제가 이 남자에게까지 미치게 하는 건 절대 일어나선 안 되는 거다. 그런데 나는 지금 여기에 있다. 순전히 내 욕심 때문에.

"자, 마셔."

갑자기 그가 예쁘게 생긴 유리잔에 붉은색 액체를 따라주며 말했다.

"술이 약한 건 아는데 와인 한 잔 정도는 괜찮겠지?"

모르겠다. 이것도 마셔본 적이 없어서 정해져 있는 답이 없다.

"아마도……."

서연은 불분명하게 대답하고 잔을 입으로 가져와 슬쩍 기울였다. 쓰다. 맛있다는 걸 못 느끼겠다. 사람들은 왜 이런 걸 좋다고 마시는 걸까? 그녀의 표정을 본 그가 피식, 웃는다.

"술 체질은 아닌 모양이군."

"먹을 만해요."

"한 잔씩 먹는 건 나쁘지 않으니까 적응해봐. 요즘 세상엔 술도 조금씩 마실 줄 알아야 편하니까. 인간들이 유흥 빼면 놀 줄은 모르거든."

"놀이공원도 있잖아요."

그녀가 순진하게 대꾸하자 그가 갑자기 테이블에 기댄 채 쓰윽, 몸을 기울였다. 놀란 서연의 얼굴, 바로 앞까지 다가온 그가 웃으며 말했다.

"넌 어느 별에서 왔니?"

"예에?"

그녀가 황당한 표정을 짓자 그가 얼굴을 빤히 쳐다보며 다시 말했다.

"이 세상 사람이 아닌 것 같아서."

바보 같다는 의미인가? 서연은 뺨에 열기가 몰리는 것을 느꼈다. 슬쩍 시선을 피하며 중얼거렸다.

"글만 써서 그래요. 집에 박혀서 글만 써서……."

"그런데 사람 끄는 매력은 어디서 나오는 건지……."

중얼거리는 그의 말투에 서연은 다시 시선을 들었다. 뭔가, 아주 의미심장한 말을 들은 것 같다. 하지만 그는 다시 몸을 바로 세우고 요리에 집중하기 시작했다. 서연은 그를 빤히 쳐다보았다.

"이제 글은 좀 천천히 쓰고 세상 밖으로 나와 볼 생각은 없나?"

뜬금없이 그가 묻는다. 서연은 그런 그를 뚫어지게 쳐다보며 대답했다.

"그럴 수 없어요."

왜일까? 이 사람한테는 최선을 다해서 진실만을 말하고 싶어진다. 모든 걸 밝힐 순 없지만 최소한, 내가 사라졌을 때 나를 조금은 이해해주기를 바라게 된다. 그래서 그를 보고 이야기하는 이 순간들이 모두 거짓만은 아니었다는 걸 알아주기를 바라게 된다.

"왜?"

당연한 수순처럼 그가 물어왔다. 이번엔 서연도 시선을 피하지 않았다.

"대답 못해요. 생존이 걸린 문제라."

농담처럼 대꾸했다. 하지만 그녀도, 그도 웃지 않았다. 웃음기 없는 농담은 분위기만 어색하게 만든다. 그가 갑자기 한 발 다가왔다.

"개그도 소질 없고 술 마시는 것도 젬병이고 노는 것도 모르고 먹는 것도 형편없고…… 대체 뭔지 궁금하네."

서연은 그가 하는 말보다 둘 사이가 점점 가까워지고 있다는 것에만 신경이 쓰였다. 자신을 바라보는 차동준의 시선이 왠지 무거워 보였다. 짙은 막으로 덮여서 그 너머에는 뭐가 있는지 모르겠는데 이상하게 심장이 두근거린다.

두 사람의 시선이 얽혀들었다. 아무 말이 없이 바라보는 분위기가 힘겨워 부담이 커질 즈음 그가 돌아서더니 가스레인지 불을 껐다. 말없이 접시 두 개에 스파게티를 덜어내고 그녀의 앞에 접시를 하나 내려놓더니 말한다.

"이게 마지막이야."

무슨 말인지 몰라 쳐다보는데 그가 씨익, 웃으며 말했다.

"냉장고에 먹을 게 완전히 바닥났다고. 그러니까 우린 두 가지 선택이 있지."

서연은 그의 말을 여전히 이해할 수 없었다.

"첫째, 배달시켜 먹기."

싫다. 낯선 사람이 여기에 오는 거.

그녀가 고개를 젓자 그가 그럴 줄 알았다는 듯 말을 잇는다.

"그럼 두 번째 방법밖에 없군."

"그게 뭔데요?"

그가 씨익, 웃으며 대답했다.

"장보기."

그가 사온 패션 모자와 선글라스는 너무 우스꽝스러웠다. 하지만 그녀에게는 꽤 유용한 물건이었다. 치수를 잘못 안 건지, 일부러 그런 건지 모르겠지만 몸에 너무 딱 맞아떨어지는 원피스를 입고 모자와 선글라스까지 쓰니 마치 잡지 속 모델이 된 기분이었다.

서연은 거울 앞에서 자신의 모습을 한참 동안 들여다보았다. 흘깃, 침대 위에 올려져 있는 가방까지 들어보니 길거리에 걸어 다니는 젊고 멋진 아가씨들 못지않다. 이상하게 거울에서 눈을 뗄수가 없었다. 봐도, 봐도 자꾸만 보고 싶어진다. 몸을 이렇게 틀어서 쳐다보고 저렇게 틀어서 들여다보고…… 서연은 거울 속 자신의 모습이 너무 마음에 들었다.

똑똑, 노크소리가 났다. 고개를 돌리자 닫힌 문 너머로 그의 목소리가 들려왔다.

"다 됐으면 나오시죠, 해리 작가님."

장난기가 묻는 목소리다. 서연은 시계를 보았다. 우와, 샤워를 하러 들어온 후로 한 시간이나 지나 있었다. 그녀는 서둘러 문으로 향했다. 손잡이를 잡는 순간, 저도 모르게 고개를 돌려 거울을 보았다. 거울 속의 자신의 모습을 다시 확인한 그녀는 자신감을 충전시킨 후 문을 열었다.

현관 앞에 서 있던 그가 돌아본다. 그리고 그의 얼굴이 놀라움으로 굳어지는 것을 보았다. 여자의 변신 앞에서 놀라는 남자를 관찰하는 건 또 다른 즐거움이었다. 서연은 자신이 꽤나 당당하게 어깨를 펴고 있다는 것을 자각하지 못했다. 스스로가 몹시 뿌듯해서 평소의 주눅 들고 긴장했던 모습은 온데간데없었다.

서연은 그의 뚫어질 듯한 시선을 받으며 다가갔다.

"좀 어색해요."

마음에 들지만 아닌 척 내숭을 떨었다. 내가 이런 내숭도 떨 수 있다는 게 신기하다.

"예뻐."

그가 중얼거린다. 목소리가 살짝 허스키한 것 같다. 서연은 그가 진심이라는 걸 알기에 더욱더 당당해졌다.

"사람들이 이상하게 쳐다볼 것 같아요."

"예뻐서 쳐다보겠지."

서연은 하하, 어색하게 웃었다. 그가 갑자기 손을 들어올렸다. 그녀는 그제야 그의 손에 들린 구두를 보았다.

"신발은 선물하면 도망간다는 속담이 있어서 사기 싫었는데……그 옷차림에 어울릴 구두는 꼭 있어야 할 것 같아서."

그가 몸을 숙여 구두를 바닥에 내려놓았다. 서연은 예쁜 구두에 저도 모르게 설레었다. 하지만 굽이 높은 것 같아 보여서 자신이 없었다.

"저걸 신고 잘 걸을 수 있을지 모르겠어요."

"여자의 본능을 믿어봐."

그가 웃으며 재촉한다. 서연은 발을 내밀어 구두에 밀어 넣었다. 생각했던 것보다는 편했다. 게다가 딱 맞는다. 그녀가 놀라서 쳐다보자 그가 말했다.

"신던 신발을 가져가서 사이즈에 맞게 샀거든."

아, 어쩐지…….

서연은 나머지 구두도 신었다. 안쪽에 쿠션이 두껍고 가죽이 부드러워서 그리 불편하지는 않았다. 무엇보다도 너무 예뻤다.

그녀는 자신의 발에서 눈을 뗄 수가 없었다.

"마음에 들어요."

"다행이네. 그럼 갈까?"

그가 팔을 내민다. 처음엔 무슨 의민지 몰랐다. 하지만 이내 알아차렸다. 서연은 그의 팔짱을 꼈다. 그리고 두 사람은 당당하게 현관을 나섰다.

또각거리는 여자 구둣발 소리가 아파트 복도를 경쾌하게 울리고 있었다.

카레 재료, 된장찌개 재료, 그리고 각종 샐러드용 야채와 소스.

그가 사야 한다는 장보기 목록이었다. 서연은 야채 코너 주변을 얼쩡거리며 여자들이 무슨 기준으로 물건을 고르는지 유심히 쳐다보았다. 당근 하나를 사도 몇 번이나 들었다가 내려놓는 여자들의 손길을 보면서 고개를 갸웃했다. 저들의 판단 기준이 뭔지 궁금하다.

"뭐해?"

카레가루를 가지러 갔던 그가 돌아왔다. 서연은 굉장히 심각한 얼굴로 대답했다.

"당근을 어떤 걸로 골라야 할지 모르겠어요."

"뭐?"

그녀가 산처럼 쌓여 있는 당근더미를 골똘히 쳐다보고 있는 것을 보고 그가 피식, 웃는다.

"아무거나 사지?"

"그 아무거나라는 기준을 모르겠어요."

또 웃는 소리가 들린다. 서연은 그를 쳐다보며 말했다.

"그쪽이 한 번 골라봐요."

"그러지."

그러자 그가 당근더미를 유심히 쳐다보더니 손을 뻗어 하나를 집었다. 서연은 그가 집어낸 당근을 선글라스 너머로 이리저리 살폈다.

"모양이 별론 것 같지 않아요?"

"모양이 무슨 상관이야? 어차피 잘게 썰릴 건데."

"그래도 모양이 중요한 거, 아닌가? 아까 아줌마들이 고르는 거 보니까 예쁘게 쭉 빠지는 거, 집어 가던데."

"그럼 이걸로 해."

그가 집었던 걸 내려놓고 다른 당근을 들었다. 서연은 그것도 못마땅한 듯 중얼거렸다.

"상처가 났잖아요."

"이봐, 아가씨."

그가 어이없다는 표정으로 부른다. 서연은 그를 쳐다보았다.

"그냥 이걸 다 사?"

"네에?"

이쪽이야말로 정말 어이가 없다.

"아니면 하나를 골라. 당근 하나 고르는데 10분이나 지체됐어. 다른 건 언제 살 거야?"

"재촉하지 말아요. 이건 신중하게 골라야 하는……."

그가 갑자기 그녀의 팔을 잡고 돌려세웠다.

"그럼 당근은 맨 나중에. 우선 고기부터."

"고기? 무슨 고기?"

"방금 계획이 바뀌었어."

"무슨 계획이 바뀌어요?"

"카레가 아니라 삼겹살로."

"네에?"

"간단하게 삼겹살에 와인 한 잔. 어때? 괜찮지?"

그가 웃는다. 참, 황당하다. 카레가 어떻게 삼겹살로 튀는지. 그런데 그와 단둘이 삼겹살 파티라…… 색다르고 참신한 아이디어 같았다.

"지금 어디 가는 거예요?"

이쪽 방향은 그의 아파트로 가는 길이 아니었다. 낯선 길이 나타나자 서연은 습관적으로 불안해졌다. 그가 그런 그녀의 마음을 아는지, 모르는지, 웃으며 대꾸한다.

"삼겹살 파티하러."

"그러니까 어디로 가는 거냐고요."

"아파트는 삼겹살 파티하기엔 부적절한 공간이라서 다른 곳에서 하려고."

"거기가 어딘데요?"

"가보면 알아."

그는 여유롭게 말한다. 하지만 그녀는 여유로울 수가 없었다.

자꾸만 불안해진다. 생각해 보면 이 사람에 대해 아는 게 많지 않다. 엄밀히 말하면 출판사 사장이라는 것 외에 아는 게 뭐야? 그냥 그동안 겪으면서 알게 된 느낌 같은 거뿐이잖아.

서연은 의심이 점점 커지는 걸 느꼈다. 차가 번잡한 도로에서 벗어나 한적한 길로 접어들자 불안함이 더 커졌다.

날 어디로 데려가는 거지? 날 어쩌려는 거야? 대체 이 사람은 왜……?

"저기야."

그의 유쾌한 목소리가 그녀의 어두운 상상 속으로 끼어들었다. 서연은 그가 가리키는 곳으로 고개를 돌렸다. 순간, 입술이 저절로 벌어졌다.

"캠핑해봤나?"

당연히 안 해봤다.

"급하게 섭외한 곳이야. 집에서 가까운 곳이라야 해서 선택이 좀 좁긴 했지만 그럭저럭 괜찮은 것 같군."

차가 허술한 캠핑장 울타리를 통과하자 어디선가 주인장이 나타났다.

"두 시간 전에 예약하신 분이죠?"

"예."

동준이 대답하자 주인장이 손가락을 가리킨다.

"저기 화살표가 가리키는 쪽으로 들어가세요. 독립적이고 조용한 공간을 원한다고 하셨는데 마침 평일이라 자리가 남아 있었어요. 오늘 하루 묵으실 건가요?"

"아니, 몇 시간만 있다가 갈 겁니다."

"예, 뭐. 그건 마음대로 하셔도 되고요. 가서 고기만 구우실 수 있도록 준비해뒀습니다."

"예, 감사합니다."

주인장의 안내가 끝나기 무섭게 그가 차를 몰았다. 화살표가 가리키는 좁은 길로 진입한 후 얼마 지나지 않아 작지만 탁 트인 공간이 나타났다. 그리고 거기에는 커다란 텐트가 설치되어 있었고 앞에는 모닥불까지 지펴져 있었다.

"자, 내립시다."

그가 웃으며 말하더니 차에서 내린다. 서연은 얼떨떨한 표정을 지으며 따라 내렸다. 그가 트렁크에서 먹을거리들을 꺼내는 동안 서연은 텐트 안으로 들어갔다. 사막의 왕자님이 와서 지내도 될 화려한 내부에 입이 딱 벌어졌다. 침대는 물론이고 아라비아궁전에서 옮겨온 것 같은 카우치까지 있었다.

서연은 내부를 넋을 잃고 감상하다가 돌아서서 밖으로 나갔다. 그가 바비큐 준비를 하고 있었다. 아니, 이미 준비되어 있는 판에 고기를 올려놓자 '치익' 하는 소리가 울린다. 그가 손가락으로 바구니 안에 수북하게 쌓여 있는 쌈채소를 가리키며 말했다.

"채소 좀 씻어. 이것도 좀 데우고."

풉, 웃음이 났다. 정말 너무 놀랐다. 그냥 삼겹살 파티가 아니라는 것에 놀랐고 이런 이색적인 경험에 신이 난다.

서연은 바구니를 들고 싱크대로 갔다. 주방시설까지 갖춘 텐트라니, 세상에 정말 서프라이즈다!

채소를 씻는 서연을 향한 그의 눈빛이 웃고 있었다. 그리고 그들을 환하게 비쳐주는 달빛이 햇살보다 따뜻한 밤이었다.

고기와 채소로 배를 채우고 난 후엔 커피타임이었다. 서연은 그가 타준 커피잔을 들고 의자에 앉았다. 튼튼한 천으로 만들어진 의자는 몹시 편했다. 그도 옆에 앉았다. 김이 모락모락 나는 커피의 향이 밤공기를 타고 주변을 맴돌고 있었다.

서연은 그를 돌아보았다. 하늘을 올려다보고 앉아 있는 편안한 얼굴이 눈에 들어왔다. 처음엔 무척이나 위험하다고 느꼈던 남자의 얼굴이 이제는 세상에서 제일 안전하게 느껴진다. 이건 착각이라는 걸 알면서도 마음은 이미 이 사람에게 안전을 느끼고 있었다.

"고마워요."

서연은 중얼거리듯 말했다. 그가 시선을 돌려 그녀를 마주 본다. 서연은 다시 말했다.

"이런 거, 평생 해보지 못할 거라고 생각했는데……."

"더 많은 것도 해볼 수 있어. 마음만 먹으면."

그는 모른다. 하지만 그렇게 믿는 채로 두고 싶었다.

"가능하다면 좋겠네요."

"가능하게 될 거야."

낙관적인 생각. 나도 그럴 수 있다면 얼마나 좋을까? 하지만 여기까지 온 것만으로도 감사하다. 내가 가진 행운의 카드를 다 쓴 것이라도 불만은 없다.

이 모든 것이 이 남자 덕분이다. 지금 이런 평화와 만족감, 다시는 오지 않을 수도 있겠지만 한 번의 추억이라도 너무나 소중하다. 소중한 기억은 앞으로 다가올 힘겨운 시간을 이겨낼 수 있는 원동력이 되어줄 것이다.

서연은 충동적으로 움직였다. 고마움이 도를 넘어 가슴이 뭉클해지고 시큰해지는 것과 동시에 몸이 움직여버렸다.

그의 뺨에 입술이 닿는 순간, 스스로의 행동에 충격을 받았다. 서연은 화들짝 놀라 그에게서 멀어졌다. 고개를 숙이고 미친 듯이 뛰는 심장을 진정시키려고 애썼다. 하지만 그건 절대 마음먹은 대로 되는 것이 아니었다.

침묵이 흘렀다. 이대로 땅으로 꺼져버리고 싶었다. 그때였다. 서연은 흠칫, 몸을 굳혔다. 무언가가 다가온다고 느낀 그 순간에 뺨을 감싸 쥐는 그의 손길을 인식했다.

천천히, 그가 그녀의 얼굴을 잡고 돌렸다. 서연은 멍한 눈으로 다가오는 그의 입술을 보았다. 살포시, 깃털처럼 다가와 입술에 닿는 숨결. 그녀는 눈을 커다랗게 떴다. 하지만 꿈이 아니었다. 상상도 아니었다.

부드럽게 부딪쳐온 입술은 따스했다. 심장이 터질 듯 두근거리기 시작했다.

"갈게요."

캠핑장에서 키스한 후, 그녀는 그가 어색해졌다. 그도 침묵했다. 그의 아파트로 돌아오는 동안에도 어색한 공기는 사라지지 않았다. 그녀는 더 이상 그의 집에 있을 수가 없었다. 그래서 집으로 데려다달라고 했다. 그는 두말하지 않고 그녀의 집까지 차를 몰고 왔다. 와인은 땄지만 마신 사람은 그녀뿐이길 다행으로 여겼다.

"오늘 고마웠어요."

서연은 어색함을 숨기려고 일부러 밝게 인사를 하고 차에서 내렸다. 그런데 그냥 갈 것이라고 예상했던 그가 운전석에서 내리는 것을 보고 놀란 표정을 지었다.

"왜요?"

차를 빙 돌아 다가온 그가 그녀의 손을 잡고 깍지를 낀다.

"가자."

차동준이 손을 잡은 채 끌었지만 서연은 그 자리에서 버텼다. 그가 돌아본다.

"혼자 갈게요."

잠시 그녀를 쳐다보던 그가 성큼 다가왔다. 코앞으로 다가온 그의 입술은 미소를 짓고 있었다.

"해리 작가님."

"……."

그가 왜 이러나 싶어서 쳐다만 보았다.

"우리 출판사의 소중한 작가님이라는 사실만으로도 보호하고 아껴줘야 할 마당에 현재 나와 키스까지 한 사이까지 된 여자를 집 앞까지 데려다주지도 말라고? 내가 여자를 집 앞까지 데려다주지도 않는 매너 없는 남자라는 걸 알면 우리 어머니께서 아주

대로하실걸?"

어머니? 아, 그래. 이 사람에게도 어머니가 있겠구나. 왜 그걸 생각하지 못했을까? 이 사람에게도 가족이 있을 거라는 걸.

"계단만 올라가면 집인데 굳이 거기까지 데려다줄 필요 없으니까……."

"계단을 올라가서 골목을 지난 다음에 집이지."

"금방이에요."

"내가 여기 마지막에 왔을 때 겁먹고 있었던 본인을 상기하시지?"

아, 그거. 그래, 그랬지. 누군가 쫓아오는 걸 감지하고 정신없이 도망치고 있었지. 이 사람이 따라오는 것도 모르고. 골목 끝에서 겁에 질려 있던 모습을 봤으니 이 사람이 이럴 만도 하다. 그런데 그는 착각하고 있다. 나는 늘 그렇게 쫓기듯 살아왔고 그래서 겁을 먹고 도망치는 데는 이력이 난 사람이라는 걸 모르는 거다.

몸에 배인 습관이라는 건 참 무섭다. 어릴 때부터 도망을 다녀서인지 두려움 앞에서는 무조건 달아나는 것이 최선이라고 생각한다. 아니, 생각조차 하지 않는다. 그냥 몸이 먼저 움직인다. 그런데 아까는 조금 달랐다. 쫓긴다고 느끼고 도망치려던 순간에 나는 망설였다. 블랙홀 사람들과 지냈던 한때를 떠올리고 이 남자를 기억하면서 아쉬움에 머뭇거렸다. 그대로 사라질 수도 있었는데 멈칫하고 망설이다가 이 사람에게 붙잡혔다.

서연은 그를 올려다보았다.

이 사람이 나를 잡았다. 이 사람과 함께 있으면 이상하게 두려움이 사라진다. 누군가를 믿고 의지한다는 게 이런 건가? 이렇게 마음이 놓이고 편안해지고 안전해지는 기분이 되는 건가? 나쁜 것도 있다. 그동안은 외면하고 기대하지 않았던 꿈을 꾸게 된다는 것. 평범한 여자로 이 사람과 함께 행복해지고 싶다는 욕심이 생겨버린 것이다. 그 꿈은 너무 위험했다. 어쩌면, 정말로 죽을 수도 있는 거다. 그래서…… 두렵다. 난 겁쟁이니까, 도망치는 방법밖엔 모르니까. 그러니까 욕심 같은 건 안 내는 게 상책이야.

"가자."

그가 다시 손을 잡고 끌었다. 이번에는 서연도 고집부리지 않고 걷기 시작했다. 함께 손을 잡고 계단을 오르는 기분이 묘했다. 떠날 때 마음 아플 테니까 깊이 빠지지 말자, 하면서도 자꾸만 행복이 커진다.

달빛이 예뻤다. 오늘따라 어둡고 가파르기만 했던 계단이 천국으로 오르는 길처럼 환하게 느껴진다. 갑자기 그가 걸음을 멈췄다. 손을 잡고 걷던 그녀도 덩달아 걸음을 멈췄다. 그가 그녀를 돌아본다. 서연도 멀뚱히 쳐다보았다. 순간 그가 고개를 숙이더니 입을 맞춘다. 그녀는 흠칫 놀라 몸을 굳혔지만 이내 눈을 감았다.

머무는 사람보다 떠난 사람이 더 많은 재개발 동네. 을씨년스럽고 쓸쓸하기만 했던 동네였는데 지금은 그 어떤 로맨틱한 장소보다 더 아름답게 느껴졌다.

천천히 입술을 뗀 그가 그녀를 보며 미소를 지었다. 그리고 손을 잡고 다시 걷기 시작한다. 서연도 미소를 머금고 걷기 시작했다.

10. 침입자

'그녀가 사라지면 우리가 찾아낼 확률은?'

'실종을 예로 들면 골든타임이 열두 시간인데…… 우리가 각종 시스템에 마음대로 넘나들 수 있다 쳐도 해리는 도망치는 데는 명수일 테니 확률로 따질 수가 없어요. 그래도 굳이 답을 내라고 하면, 우리가 추격에 탁월한 능력이 있다고 인정하고 말할게요. 제 생각에는 적어도 24시간 안에는 찾아내야 승산이 있을 것 같습니다.'

'그 시간 안에 못 찾으면?'

'영영 못 찾을 수도 있죠. 보스 말대로라면 국정원에서도 20년 간 못 찾았다는 건데 우리라고 별수 있겠어요? 시스템이 발달했고 우리 능력이 그들보다 좀 더 낫다고 해도 해리 또한 도망에 인이 박혔을 테니 그만큼 추격을 따돌리는데도 도가 텄을 거예요. 기껏 줄여봤자 20년에서 10년이나 15년이겠지. 그것도 운이 좋으

면. 어쨌든, 사라진 지 열두 시간이 지나는 순간부터 찾아낼 확률
이 뚝뚝 떨어지는 건 확실해요.'

'……'

'그럴 리는 없겠지만 해리가 만약 심경의 변화를 일으켜 스스
로 우리 앞에 나타나 준다면 모를까.'

동준은 그녀의 집으로 가면서 얼마 전, 안나와 나누었던 대화를
떠올렸다. 이틀 전에 무심코 꺼냈던 대화였다. 그런데 그 파장은
컸다. 윤서연이 마음먹고 사라지면 24시간이 마지노선이라는 것
이다. 그 시간이 지나면 그녀를 영원히 잃을 수 있다는 뜻이었다.
안나는 10년에서 15년을 말하기도 했지만 그에겐 영원히 못 찾는
것과 같은 의미로 들렸다. 그녀는 또다시 홀로 이 세상을 떠돌겠
지. 그 생각에 이르자 심장이 아프게 전율한다.

이 여자를 영원히 놓칠 수도 있다. 그녀가 스스로 나타나기 전
에는 절대 그녀를 볼 수 없을 수도 있다. 결론은 하나였다. 신뢰
를 잃어선 안 된다는 것. 그녀의 신뢰를 잃으면 모든 것이 끝이
다. 이번 생에는 그녀를 다시 볼 수 없을 수도 있는 것이다. 신뢰
를 잃지 않는 방법은 하나였다. 솔직해지는 것. 그런데 그것 또한
위험하다. 자신이 솔직히 모든 상황을 말했을 때 그녀가 어떻게
받아들일까? 작은 것에도 놀라서 도망부터 치려는 여자다. 그가
의도적으로 접근했다는 사실만으로도 그녀는 배신감에 휩싸일
테고 그 후의 이야기는 믿으려 하지도 않겠지. 그리고…… 사라
질 것이다.

영원히 내 앞에 나타나지 않을 수도 있다.

동준은 그 가능성에 무게가 실리자 손에 힘이 들어갔다. 그녀를 잃을지도 모른다는 두려움은 그의 이성을 흐려놓았다. 여전히 그녀는 이번 작전의 미끼라고 생각하면서도 또 다른 한편으로는 그녀를 보호하고 싶은 이율배반적인 감정에 혼란스럽다.

건물 안으로 들어가 현관 앞에 섰을 때였다. 동준은 갑자기 그녀를 돌아보았다.

"노트북, 가지고 나와."

이번 작전은 그의 인생에서 첫 번째 예외가 될 것이다. 작전을 포기하는 건 아니다. 국정원의 요청이 아니라도 아버지의 일이 걸려 있으니 여기서 그만둘 순 없다. 그런데…….

"네?"

"간단한 짐도 싸오고."

당분간은 그녀를 곁에 두고 싶다. 며칠, 아니 오늘 하루만이라도.

"무슨……?"

그녀가 어리둥절한 표정으로 묻는다. 충동이라도 어쩔 수 없다. 지금은 감정적 욕심이 이성을 이기고 있다. 동준은 그녀의 손을 꽉 잡은 채 말했다.

"당분간 같이 지내는 거, 어때?"

그녀의 눈빛이 흐려졌다. 그의 손에서 그녀의 손이 빠져나간다.

"난…….."

그의 눈을 똑바로 보지 못하고 시선을 피하며 말을 하던 그녀가 갑자기 얼어붙었다. 동준은 미간을 찌푸렸다.

"왜······!"

순간 동준은 불길함을 느끼고 홱 뒤돌아보았다. 물론 아무도 없었다. 어떤 인기척도 느끼지 못했으니까. 국정원 최고의 요원만이 불릴 수 있는 '고스트'였던 그였다. 평범한 사람들은 상상도 못할 예민한 감각이 발달해 습관처럼 몸에 배인 그다. 침입자가 있다면 모를 리 없다. 현관은 아무런 이상도 없었다. 그런데도 불구하고 무언가 신경을 곤두세운다.

"도망쳐요······."

신경을 곤두세우고 있지 않았다면 들리지도 않았을 아주 작은 목소리가 중얼거린다. 동준은 그녀를 돌아보았다.

"뭐?"

"어서 도망쳐······."

하얗게 질린 그녀가 멍하게 중얼거린다.

"그게 무슨······!"

그때였다! 갑자기 그녀가 돌아서 달리기 시작한다.

"윤서연!"

놀란 동준은 자신도 모르게 그녀의 이름을 불렀다. 하지만 이름을 부른 게 문제가 아니었다. 지금 당장은. 그녀를 붙잡아야 했다. 동준은 그녀를 쫓으며 무선송수신기를 귀에 꽂았다. 신호가 가는 소리가 들렸다.

[해리가 지금 건물 밖으로 달려 나갔어요!]

계단과 건물 밖의 상황을 CCTV로 주시하고 있었던 안나가 신호가 울리자마자 다급하게 대답했다.

"침입자는?"

동준은 달리며 빠르게 물었다.

[없습니다.]

"다시 점검해!"

[네.]

안나의 대답을 들으며 그는 빛의 속도로 건물을 빠져나갔다. 하지만 그녀가 보이지 않았다.

미친 듯 주변을 훑어보는 그에게 안나의 재빠른 목소리가 들려왔다.

[오른쪽 모퉁이.]

그의 눈에 빠르게 골목으로 사라지는 인영이 잡혔다. 그쪽을 향해 스퍼트를 올렸다.

"진호, 집 안으로 들어가!"

그의 목소리는 거칠었다. 달리는 속력을 높여 모퉁이를 돌자 그녀와의 거리가 좁혀진다.

[예, 지금 들어가는 중입니다.]

진호의 목소리도 급했다. 비상사태다. 동준은 아무런 낌새를 느끼지 못했지만 서연은 뭔가를 눈치챘다. 그녀만이 아는 어떤 표시가 있었을 것이다. 겁에 질려 하얗게 변한 그녀의 얼굴이 그렇게 말하고 있었다. 그리고 지옥 같은 훈련을 거쳐 동물적 수준의 위험감지 능력이 발달된 그도 뭔가를 느꼈다. 분명히 뭔가가 있다.

동준은 속력을 높였다. 눈앞에 그녀가 있었다. 팔을 뻗었다. 그리고 단숨에 그녀를 잡아채 넘어지지 않도록 빙글 돌며 벽에 기대면서 꽉 껴안았다.

　그녀는 소리를 지르지 않았다. 하지만 소리 없는 아우성이 더 치열했다. 벗어나려 발버둥을 친다. 기본적인 호신술 동작은 익힌 것 같았다. 상대의 손을 피하고 몸을 움직이는 것이 제법 체계적이었다. 하지만 동준에게는 아무런 문제가 되지 않았다. 그는 달아나려는 그녀를 쉽게 제압하고 팔을 움켜잡은 채 다급하게 말했다.

　"진정해!"

　"……."

　"내가 있어. 나하고 있으면 안전해!"

　"아니……."

　억눌린 목소리가 공포에 질려 있었다.

　"내 말 들어! 해리, 날 믿어!"

　그녀가 미친 듯이 발버둥을 친다. 이미 이성을 잃은 것 같았다. 그녀를 다치게 할 수 없는 그는 불리했다. 아프게 할 수는 없기에 느슨해진 틈을 타 그녀가 손에서 빠르게 벗어났다. 그리고 다시 달린다. 지금 그녀의 머릿속에는 오직 도망을 쳐야 한다는 일념뿐인 것 같았다. 그가 잡으면 잡을수록 그녀는 더 이성을 잃을 것이다. 그는 킬러 훈련을 받았다. 제압하려다가 저도 모르게 그녀를 다치게 할 수도 있다.

　동준은 다른 수가 없었다. 빠르게 달려 그녀의 어깨를 잡아채는 것과 동시에 손등으로 목 뒤쪽 급소를 쳤다. 그러자 그녀의 동공이 커지는가 싶더니 '아' 하는 소리와 함께 몸이 기운다. 동준은 쓰러지는 그녀를 받쳐 안고 바닥에 한쪽 무릎을 대고 앉았다. 두려움으로 일그러진 그녀의 얼굴을 손으로 가만히 쓰다듬었다. 심장이 균열을 한다. 심장이 갈가리 찢기는 것 같은 고통이 느껴진다. 그러나 이렇게 감상에 젖어 있을 시간이 없었다.

그는 그녀를 안아 올려 차가 있는 곳으로 달렸다. 단숨에 차가 있는 곳에 도착하자마자 뒷좌석에 그녀를 눕히고 몸을 일으킨 순간 무선송수신기에서 신호음이 들려왔다. 손으로 수신 버튼을 살짝 친 그가 말했다.

"말해."

[집에 들어왔습니다.]

진호다. 동준은 껄렁이가 보고하기를 기다렸다.

[언뜻 봐서는 침입 흔적이 없습니다. 그런데……]

잠시 움직이는 소리만 들리는가 싶더니 이내 보고가 이어졌다.

[누가 들어오긴 했네요. 바닥에 흙이 조금 떨어져 있고 서랍이 조금 열려 있습니다. 급하게 뭔가를 뒤진 흔적이 곳곳에 보이고요.]

"좀도둑?"

[그렇게 보이긴 합니다. 물건 뒤진 흔적이 너무 티가 나는 걸로 봐선 아마추업니다. 그런데 노트북은 그대로네요. 이 집 안에서 노트북이 제일 값나가게 생겼는데.]

"침입 경로는?"

차 안의 그녀를 바라보며 동준은 침울하게 물었다. 프로가 아니라면 기다리던 '그'가 드디어 나타난 건가? 그런데 이상하다. 윤주철이라면 뭔가를 뒤질 리가 없다. 딸을 만나러 왔는데 물건을 뒤질 리가 없지 않은가. 그렇다면 국정원 쪽에서 움직인 건가? 그런데 그들이 어떻게 알았을까? 윤주철의 딸을 찾은 것도 보고한 적이 없는데. 하긴, 저들도 정예요원들이다. 죽자고 덤볐다면 이쪽의 꼬리를 물 수도 있었겠지.

[우리가 이용하는 천장 쪽은 이상 없는 걸로 봐선 거긴 아니고 창문도 흔적이 없고…….]

"현관이야."

조금 전 하얗게 질렸던 서연의 얼굴을 떠올리며 동준이 중얼거렸다.

[현관이요? 거긴 침입 흔적이 없는데요?]

"아니, 있을 거야. 현관문을 열기 전에 그녀가 눈치를 챘으니까."

[그럼 해리가 혼자만 알 수 있는 표식을 해놨단 말이네요. 누군가 몰래 들어오더라도 그 표식이 변하게 만든 걸까요?]

"그렇겠지."

잠시 후, 진호가 말한다.

[찾았습니다. 현관문 안쪽에 솜방망이 하나가 넘어져 있네요. 문을 열면 자연히 넘어지게 돼 있고 바깥쪽에는…… 실이요.]

"실?"

[이거 참…… 무지하게 아날로그적이긴 한데, 이런 게 또 확실하긴 하죠. 현관문 아래쪽에 실이 연결되어 있었을 겁니다. 문으로

들어오는 사람이라면 자신도 모르게 걸려서 풀어지도록 설치된 것 같아요. 가늘어서 들어가는 사람은 실이 있었는지도 몰랐을 것 같은데요.]

그거다. 서연은 그 실이 끊어진 걸 본 것이다.

"안나."

동준은 안나를 불렀다.

[네. 지금 CCTV 돌리고 있습니다. 집 근처에 있는 CCTV는 다 돌리고…… 여기 있네요, 침입자.]

잠시 말을 멈추었던 안나가 침울하게 말하는 순간 동준의 입매가 굳었다.

[건물 뒤쪽의 후미진 공간을 이용해서 들어갔어요. 저희 쪽 경계시스템에도 걸리지 않은 걸 보니 보안시스템에 대해서도 좀 아는 놈인 것 같습니다.]

"침입자 얼굴."

[네, 지금 캡처해서 보내겠습니다.]

"진호."

[예.]

"노트북 챙겨."

[예? 노트북이요?]

"집 안을 좀 더 어지르고."

[예? 아니, 왜…… 아.]

이제 뭔가 깨달은 듯 진호가 수긍하는 소리를 냈다.

[좀도둑이 아니라도 어쨌든 그런 것처럼 보이자고요? 해리가

불안해하지 않게?]

동준은 대답하지 않고 대신 다음 지시를 내렸다.

"집 주변 CCTV 구역을 더 넓혀. 현재 사람이 거주하고 있는 집도 살피고 빈집이라도 다시 조사해. 누군가 있다면 근처에서 기회를 엿보고 있겠지."

그 누군가가 누구인지는 아직 모른다. 기다리는 사람일 수도 있고 아닐 수도 있다. 지금으로선⋯⋯.

동준의 시선이 다시 서연을 향했다.

아무것도 명확하지 않은 지금으로선 그녀가 위험하다. 우선 침입자의 목적이 뭐였는지, 또 어느 쪽 소속인지 정확히 알아야 했다!

서연은 가만히 그를 쳐다보았다. 미친 듯이 발작을 일으킨 그녀를 보듬어주고 지켜준 남자다. 지금은 정신을 차렸는데도 그는 아무것도 묻지 않고 있다.

"내가 먼저 집에 들어가 봤어. 아무도 없는데 집 안이 좀 어질러져 있더군. 경찰을 부르려다가⋯⋯."

그가 말을 줄인다. 아마도 그녀가 너무 과하게 반응했던 것이 마음에 걸려 경찰을 부르지 못한 것 같았다.

"없어진 물건이 있는지 확인을 해야 하는데⋯⋯."

"⋯⋯노트북만 있으면 돼요."

서연은 나지막하게 말했다.

"진호가 챙겼어."

그래, 그들이 달려와 줬다고 했다. 조금 전에 안나가 와서 죽까지 끓여줬었다.

'아이고 얼굴이 석고가 됐네. 얼마나 놀랬으면…….'

혀를 차던 안나가 또 한편으로는 눈을 반짝이며 그녀에게 예쁘다고 했다.

'세상에, 왜 이런 얼굴을 그 두꺼운 화장으로 가리고 다녔대? 연예인이고 미스코리아고 전부 다 와서 울고 가겠네.'

그 옆에서 진호는 입을 딱 벌리고 서 있었다.

이젠 그녀의 진짜 얼굴을 본 사람이 한 사람에서 세 사람으로 늘었다. 두 사람이 나간 후에도 차동준, 그는 계속 옆에 있다.

문득 궁금해진다. 아까 어떻게 해서 정신을 잃은 거지? 뭔가에 맞은 것 같았는데…… 두려움에 정신이 나가서 뭐에 부딪쳤는지, 맞았는지도 모르겠다. 다만, 그가 옆에 있었다는 것밖에는. 이 남자가 줄곧 나를 지켜주고 있었다는 것밖에는 아무것도 모르겠다.

"그럼 안나와 진호를 보내서 입을 옷이라도 챙겨오라고 해야겠군."

"내가 할게요."

서연은 황급히 말했다. 그래, 이래야 한다. 진즉 이랬어야 하는데…….

그를 올려다보며 서연은 입을 열었다.

"연재…… 그거 못하겠어요. 출간도 미뤄줘요. 내가 어딜 좀 가야 하는데…….."

갑자기 그가 그녀의 앞에 한쪽 무릎을 꿇고 앉았다. 서연은 깜짝 놀라서 눈을 크게 떴다.

"무슨······?"

"무슨 사정인지 안 물어. 궁금하지만 말하기 싫으면 하지 마."

"······."

"대신 내 옆에 있어. 무슨 일인지 모르지만 이상한 생각은 하지 말고 나한테 기대."

"당신은 몰라요. 당신은······."

"몰라도 돼. 그래도 옆에 있어. 날 믿고······."

"이봐요, 난······!"

순간, 그가 몸을 일으켜 그녀에게 키스했다. 사나웠다. 마치, 절대로 그녀를 놓아주지 않겠다는 듯 거칠게 입을 맞추던 그가 갑자기 입술을 떼더니 속삭였다.

"너, 안 보내."

그는 뭔가를 느낀 걸까? 내가 떠나려고 하는 걸 어떻게 안 걸까?

서연은 눈물이 날 것 같았다. 팔을 들어 그의 목을 끌어안았다. 힘껏 자신을 안아주는 남자의 품이 너무나 따스하게 느껴졌다.

그럴 수 있다면 얼마나 좋을까? 이 사람의 곁에서, 이 사람의 품에서 오랫동안 이럴 수 있다면 어떤 대가를 치러도 좋다.

대가······ 그래, 행복을 가지려면 대가를 치러야 한다. 그 대가라는 것이 목숨과 연관된 것이라 할지라도······ 이젠 도망 다니고 싶지 않다. 혼자가 되는 게 싫다. 치가 떨리게 싫다. 차라리······ 차라리······.

서연은 입술을 깨물었다.

그래, 어쩌면…… 그 방법밖에 없어. 이 의미 없는 도망자 생활에 종지부를 찍기 위해선 그 방법뿐이야.

"내가 널 지킬 거야."

머리 위에서 들려오는 나지막한 남자의 목소리. 서연은 눈을 들어 그를 보았다.

그녀는 문득, 생뚱맞게도 자신이 지금 화장을 지운 맨얼굴이라는 것이 좋았다. 이 사람 앞에서는 변장 같은 화장도, 갑갑한 가발을 쓰지 않아도 이렇게 당당하게 앉아 있을 수 있는 것도 좋았다. 태어나서 처음으로 설레게 된 남자에게 자신의 본모습을 조금이라도 보여줄 수 있다는 사실이 다행이라는 생각이 들었다.

그래서일까? 천천히 다가오는 남자의 입술을 거부하지 않았다. 가만히 닿는 남자의 입술이 따뜻하다고 느꼈다. 이런 두근거림이 내 인생에 존재할 거라는 희망 따위 품어본 적도 없었다.

가만히 닿았다가 멀어지는 그의 입술이 느껴진다. 서연은 희미하게 미소를 짓는 그의 얼굴을 보았다.

"미안. 이러면 안 되는데……!"

미쳤나보다. 그래, 이건 미친 짓이라고 밖에는 정의를 내릴 수가 없다. 서연은 벌떡, 몸을 일으켜 그에게 입을 맞추고 있는 자신의 행동을 그렇게 단정 지었다.

미친 거라고. 정신이 나가버렸다고. 아니다. 어쩌면 오늘 느꼈던 그 공포에 대한 후유증이 이런 식으로 나타나는 건지도 모른다. 뭐가 되어도 좋다. 아무래도 좋다. 나는 지금 도망자, 윤서연이 아니다!

그의 입술에 자신의 입술을 대고 눈을 감은 채 가만히 있었다. 몇 초의 시간이 지났을 뿐인데 어마어마한 시간이 지난 것처럼 느껴진다. 천천히 입술을 떼고 눈을 떴다. 하지만 차마 그를 볼 용기는 나지 않았다.

"미안해요……."

그가 한 것처럼 사과를 했다. 우습다. 이 남자와의 키스를 기억할 땐 사과를 했던 기억도 같이 떠오를 것 같다.

"서로 미안한 짓 했으니 이제 비긴건가?"

그가 웃음기 실린 목소리로 말했다. 서연은 시선을 들었다. 웃고 있을 거라고 생각했던 남자의 얼굴에는 웃음기가 없었다. 그의 눈과 마주치는 순간, 그녀는 이 사람이 자신을 거부하지 않을 거라는 걸 확신했다. 무슨 호기인지, 대체 어디서 그런 용기를 얻었는지 모르지만 서연은 대책 없는 충동을 실행에 옮겼다.

뒤꿈치를 들고 그의 입술에 다시 키스를 하는 그 순간에도 자신이 미쳤음을 확신했다. 그가 흠칫, 놀라서 그녀의 양팔을 잡는 걸 느끼면서도 물러서지 않는 게 놀라웠다. 그런데 더 놀라운 건 이 남자도 그녀를 떼어내지 않았다는 것이다. 떼어내기는커녕 그녀의 양 팔을 잡고 있던 손에 힘이 들어갔다. 마치, 도망가지 못하도록 잡는 것처럼.

키스는 따뜻한 기운보다 미칠 것 같은 설렘을 동반한다. 온몸의 세포가 모두 한곳으로 집중돼 정신을 아득하게 만들고 술에 취한 것처럼 몽롱하게 만들었다. 아무것도 모르는 그녀가 입술만 댄 채 움직이지 않을 때 그는 달랐다. 천천히 그녀의 아랫입술과 윗입술을 번갈아가며 머금었다가 놓아준다.

서연은 본능적으로 그가 하는 대로 따라 했다. 그런데도 뭔가 아쉽다. 그때였다. 그의 손이 그녀의 허리 쪽으로 움직이는가 싶더니 이내 자신의 몸 쪽으로 힘껏 당긴다. 서연은 홱 끌려가 남자의 단단한 몸에 자신의 몸이 밀착되는 것을 느꼈다. 그리고 그 순간부터 그의 키스가 변했다. 따스하고 부드럽기만 했던 키스가 깊어졌다. 그녀의 입술 안쪽으로 밀고 온 그의 숨결이 모든 것을 삼킬 듯 거칠어지기 시작했다.

서연은 놀랐지만 싫지 않았다. 자신도 모르게 그를 받아들이면서 생애 처음으로 남자를 알고 싶다는 욕망에 가득 찼다. 더 가까이 가고 싶어 두 팔로 그의 목을 끌어안았다. 그러자 키스는 더 깊어졌다.

안 되는 거, 안다. 이건 이 사람에게 못할 짓이라는 것도 안다. 하지만 멈출 수가 없다. 그를 밀어내고 싶지가 않다!

폭풍이 휘몰아치지만 정작 서연의 머릿속은 아득하기만 했다. 피는 들끓고 심장은 튀어나올 듯 두근거렸지만 그녀는 현실감이 없었다. 꿈처럼 몽롱했다. 자신에게 일어나고 있는 일 같지가 않았다.

키스가 멈추고 그의 입술이 천천히 멀어지는 것을 느꼈다. 하지만 서연은 쉽게 꿈에서 깰 수가 없었다. 눈을 감은 채 지금 이 모든 게 현실인지 꿈인지 되짚어 보았다. 그리고 부드럽게 입맞춤을 해주는 남자의 입술을 느끼며 눈을 떴다.

그가 보였다. 서연은 그 순간 깨달았다. 이 남자도 혼란스럽다는 걸, 자신만큼은 아니더라도 그 또한 지금의 상황을 당황스러워한다는 걸. 뭔지 모르지만 이 남자는 지금 이 모든 것이 마음에 들지 않는 모양이었다. 하지만 서연에게는 마음에 들고 말고의 문제가 아니었다. 이건 새로운 신세계였고 이성적인 판단을 할 수 있는 여부의 것이 아니었다. 마음이, 몸이, 모든 것이 그를 향해 다가가라고 말하고 있었다.

서연은 다시 그의 입술로 다가갔다. 당황하는 그의 얼굴을 보았지만 멈출 수가 없었다. 다시 그에게 몸을 기대며 입을 맞추자 남자의 손이 그녀를 안았다. 뒤로 넘어지지 않으려는 듯 중심을 잡으며 조리대에 기댄다. 서연은 자신의 몸을 그의 몸에 포개듯 기댔다.

정말 이상하다. 너무 좋다. 멈추고 싶지가 않다.

조금 전에 배운 그대로 입술을 움직이자 그의 몸이 경직하는 것을 느꼈다. 싫은 걸까? 아니다. 그럴 리 없다. 싫다면 이렇게 내 몸을 꽉 끌어안지도 거친 숨결을 불어넣지도 않겠지. 시작은 내가 했지만 더 깊게 파고들어 오는 건 이 남자다. 그러니까 이 사람도 싫지 않은 거다.

갑자기 그가 입술을 떼고 그녀를 몸에서 떼어냈다. 서연의 얼굴에는 서운함과 아쉬움이 동시에 떠올랐다. 그녀는 이 모든 것이 처음이었고 남자 앞에서 도도한 척해야 한다거나 아닌 척해야 하는 등등의 내숭을 부릴 줄도 몰랐다. 그저 있는 그대로, 느끼는 그대로 모든 것을 가감 없이 드러내는 것밖에는 없었다.

그녀의 표정을 본 그가 쓴 미소를 지었다. 눈빛이 어둡다. 서연은 죽고 싶을 만큼 무안해졌다. 그리고 그녀의 표정을 본 그가 말했다.

"싫은 게 아니야."

그녀의 얼굴에 떠오른 실망과 창피함, 아쉬움 등을 알아차린 그가 말했다. 하지만 서연은 믿을 수 없었다. 싫은 게 아니라면 자신을 밀어낼 리가 없으니까.

그녀가 믿지 않는다는 것을 알아차린 걸까?

"젠장. 지금 난 참고 있어."

서연은 그를 빤히 쳐다보다가 물었다.

"왜요?"

정말로 궁금했다. 왜 참아야 하지?

그의 얼굴에 또다시 쓴 미소가 떠올랐다.

"지금은 때가 아니니까."

"때가 아니라고요?"

"그래. 그러니까······."

그가 한숨을 쉰다. 그러다가 툭, 말했다.

"너무 급하다는 거지."

"아."

의미 없는 탄성이다. '아'라니. 뭘 알고 내는 소리가 아니었다. 그건 그도 알고 그녀 자신도 알고 있었다.

이해하지 못한 그녀는 '거절'로 받아들일 수밖에 없었다.

그럼 어떻게 해야 하지? 당연히 여기서 나가야지. 난 지금 남자한테 거절당한 여자니까 남자 집에 머문다는 건 웃기는 거다.

서연은 몸을 바로 세웠다. 그가 인상을 쓴다. 하지만 그녀는 돌아서서 소파로 가 가방 속에서 모자를 꺼내 썼다. 외투를 들어 팔하나를 집어넣는데 그가 묻는다.

"뭐하는 거야?"

뭐하긴? 몰라서 묻나? 난 거절당한 여자니까 여기서 나가는거지.

"집에 가려고요."

서연은 건조하게 대답했다. 그가 신경질적으로 머리를 쓸어 넘기더니 빠르게 다가왔다.

"내 말을 이해 못한 것 같은데……."

"알아요. 나, 그 정도로 멍청하진 않아요."

"이해 못했어."

"이해했어요. 정확하게."

"뭘, 어떻게 이해했다는 거야?"

그의 목소리가 신경질적으로 변했다. 지금 자기가 화낼 일인가?

"내가 눈치 없이 들이댔고 당신이 거절한 거요."

서연은 지금 상황을 정확하게 말했다.

"빌어먹을."

그가 천장을 올려다본다. 뭐람? 거절은 자기가 해놓고 왜 거절당한 사람처럼 구는 거지?

서연은 이해할 수 없었다. 그래서 무시하고 외투를 마저 입었다. 그때였다. 그가 갑자기 그녀의 양팔을 잡고 품으로 와락 당겼다.

서연은 그의 품에 기대어 눈을 크게 떴다. 올려다보는 눈이 그의 눈과 마주쳤다. 이글이글, 타는 것 같았다. 거칠고 위험해보였다. 조금 전처럼 조심스럽고 경계하는 눈빛이 아니었다.

"거절?"

그의 입술이 내려와 그녀의 입술에 닿기 직전 속삭인다.

"지금 이게 거절하는 남자처럼 보여?"

그리고 입술이 부딪쳤다. 달랐다. 조금 전과는 완전히 달랐다. 아니, 같았다. 거칠고 사나웠지만 그래도 달콤했다. 정신이 아득해지고 심장이 다시 질주하기 시작한다. 그가 그녀의 외투를 벗겼다. 두 손으로 그녀의 얼굴을 잡고 들어 올리자 잘 맞춰진 톱니바퀴처럼 입술이 맞물렸다.

두 사람의 호흡이 뒤섞였다. 그의 손이 내려와 허리를 감싸 자신의 몸으로 바싹 당겼을 때 모든 것이 아득해졌다. 무릎에서 힘이 빠져나가는 것 같았다. 주저앉지 않으려고 그의 옷자락을 움켜쥐었지만 소용없었다. 주르륵, 쓰러지는 그녀를 따라 그의 몸이 기울어졌다. 소파로 털썩 주저앉은 그녀를 밀어 중심을 잃게 만들더니 이내 몸을 겹쳐온다.

서연은 그의 입술이 멀어져 턱을 거쳐 목으로 내려가자 가늘고 떨리는 숨을 내쉬었다. 가는 목선을 따라 흐르던 남자의 입술이 달큰한 숨과 거친 숨을 번갈아 뱉어내는 것을 느낄 때마다 그녀의 심장은 멈추었다가 갑자기 날뛰는 걸 반복했다.

그가 고개를 들었다. 흐릿한 시야에 그의 깊은 눈빛이 잡혔다. 지그시 바라보는 그 눈빛을 마주 볼 수가 없어 피했지만 이내 그가 얼굴을 잡고 자신에게로 돌렸다.

"나중에⋯⋯."

목이 잠겨 있었다.

"이거, 하난 기억해."

뭘? 뭘 말하는 걸까? 서연은 뜨거운 숨을 뱉어내며 그를 마주 보았다.

"지금 이 순간이 진심이라는 거. 단 한 톨의 거짓도 없다는 것. 안 된다는 걸 알면서도 내가 널 미치게 원해서 어쩔 수 없었다는 거."

그리고 입술이 부딪쳐온다. 사납고 격한 풍랑이 일었다. 사실은, 무슨 말인지 모르겠다. 궁금하기도 하다. 하지만 지금은 알고 싶지 않다. 그가 하는 말이 무슨 의미인지 모르지만 한 가지만 중요했다.

그가 나를 원한다. 내가 그런 것처럼 미치게 원한다.

그의 손길이 티셔츠 속으로 들어와 몸을 만졌다. 까무룩, 정신이 멍해지다가 이내 무거운 신음이 새어나왔다. 티셔츠가 머리 위로 벗겨져 나갔다. 그의 입술이 가슴과 배, 어깨를 마구 떠돌기 시작했다. 부드럽고 뜨거웠다. 새로운 경험은 환희와 쾌락이었다. 지금껏 이런 열정을 느껴본 적 없는 그녀는 희열을 느끼는 매순간이 경이로웠다. 그의 맨몸을 안고 맨살이 스치고 따스하게 안아서 입을 맞추는 이 모든 것들이 황홀했다.

그녀는 어깨에 닿는 그의 입술에 몸을 떨었다. 자신도 모르게 몸을 비틀며 한숨 같은 신음을 내뱉었다. 살짝 틀어진 그녀의 목

뒤쪽에 키스하던 그가 갑자기 낮은 웃음소리를 냈다. 서연은 흐릿한 눈으로 고개를 틀어 그를 보았다. 그가 속삭인다.

"장미군."

아. 서연은 희미하게 웃었다. 오른쪽 어깨 바로 아래쪽에 그려진 문신을 그가 발견한 것이다. 붉은색 장미에 그의 입술 온기가 느껴졌다. 그러더니 어깨와 목을 애무하며 속삭인다.

"예뻐."

엄마는 알았을까? 한창 멋을 부리고 이성에 눈뜰 나이의 어린 딸에게 이색적인 선물로 해준 장미 문신이 이렇게 한 남자의 숨결 아래에서 활짝 피게 될 줄 알았을까?

서연은 미소를 지었다. 그는 예쁘다고 말해준다. 오랫동안 장미 문신에 입술을 대고 그 주위를 부드럽게 애무한다. 그녀는 '하' 하는 탄식을 내뱉으며 그에게 몸을 기댔다. 빨려들 듯 입술이 삼켜 쥐고 등 뒤에 닿는 남자의 탄탄한 가슴에 기대어 몸이 전율하는 것을 느꼈다.

가슴에서 배로, 허벅지를 쓰다듬는 남자의 손길에 떨면서도 두렵거나 싫은 느낌은 전혀 없었다. 도리어 다음이 기대된다. 손길이 더 깊이 파고들기 시작하자 그녀는 참지 못하고 몸을 뒤틀었다. 그가 그녀를 눕혔다. 부딪쳐 오는 남자의 몸을 느끼며 그녀는 황홀한 신음을 내뱉었다.

그의 입술은 그녀의 몸을 샅샅이 파헤치며 떠돌기 시작했다. 어느 곳 하나 놓치지 않겠다는 듯 세심하고 부드럽고 은밀했다. 이 세상에 존재하지 않을 것 같은 뜨거움으로 몸이 불타오르는 것 같았다. 그의 어깨를 만지고 그의 손길에 떨면서 몸이 젖어가는 것을 느꼈다. 이 남자의 손길과 입술이 주는 향연에 서연은 미칠 것 같은 쾌락에 몸을 들썩거려야 했다.

그녀는 나비의 날갯짓처럼 파르르 떨며 그를 위해 몸을 열어주었다. 마침내, 그와 하나가 되었을 때 그녀는 애써 외면하고 살아왔던 지난날의 외로움을 보상받는 것 같은 기분을 느꼈다. 그리고 절대 가져서는 안 될 희망이라는 두 글자를 떠올렸다. 희망은 욕심이 되어 쾌락의 극치에서 탄성을 내지르는 그녀의 머리 위로 솟구쳤다.

행복해지고 싶다!

빌어먹을.

어두운 창밖을 바라보고 선 동준은 열한 번째로 욕설을 씹었다. 충동을 누르지 못하고 그녀를 안은 건 치명적인 실수다. 아무리 스스로를 합리화하려고 해도 결과론적으론 그녀를 이용한 것밖에 되지 않는다. 아무것도 모르는 그녀를 안았다. 너무 순수해서 의심조차 못하고 오직 원하는 대로 행동한 그녀를 안아선 안 되는 걸 알면서도 안았다.

그녀는 이제 나를 완전히 신뢰할 것이다.

그 생각을 하는 내게 욕지기가 치민다. 그녀의 확실한 신뢰가 필요했지만 이렇게까지 할 생각은 아니었다. 이건 스스로에게도 좋지 않다. 그런데도, 빌어먹을! 그걸 잘 알면서도 멈출 수가 없었다. 나를 원하는 그녀의 눈빛을 보는 순간 그만둘 수가 없었다.

거절하면 그녀가 상처받을까 봐? 웃기는 소리다. 내가 원했다. 그 순간에는 악마에게 영혼을 빼앗긴다고 해도 멈추지 못했을 것이다. 늪에 빠진 것처럼 벗어나려고 할수록 더 깊이 빠져들었다.

윤서연, 그 여자가 이렇게 만들었다. 내 발목을 잡더니 이젠 내 영혼까지 점령하려 한다.

창에 비친 동준의 입매가 굳어졌다. 복잡할수록 단순하게 풀어야 한다. 지금 자신에게 일어난 일을 냉정하게 분석해야 한다.

우선, 윤서연에 대한 내 감정은…… 호감을 넘어섰다. 너무 깊이 빠져들어서 처음 계획과는 완전히 어긋났다. 그렇다면 작전은? 윤주철은? 파일은? 풀어야 할 문제는 산재되어 있었다. 그래도 확실한 것은 있다.

작전을 멈출 수는 없다는 것이다. 처음엔 국정원의 의뢰로 시작했지만 이젠 아니다. 아버지의 죽음에 대한 의문을 푸는 것으로 변질되었다가 이젠 더 중요한 이유가 생겼다.

동준의 눈길이 닫힌 방문으로 향했다. 저 안쪽에서 윤서연이 잠들어 있다.

그녀를 위해서이기도 하다. 이젠 그녀를 포함한 모두를 위해서 작전을 진행시킬 것이다. 더 이상 도망 다닐 필요가 없도록, 평범한 여자의 삶을 살 수 있게 만들 것이다. 그녀에게 자유를 주고 행복할 권리를 되찾게 해줄 것이다. 그리고…… 어쩌면 그녀와의 관계를 길게 이어갈 수 있겠지. 작전이 끝난 후에 연인이 되어 그녀가 행복을 찾는 데 도움을 줄 수 있을 것이다.

훗, 갑자기 비틀린 웃음이 새어나왔다.

지금 난 핑계를 대고 있는 것이다. 진짜 원하는 건, 그녀의 행복 찾기가 아니라 내가 그녀를 옆에 두길 원하는 것이다.

후회……했다. 안 할 수가 없다. 그렇다고 완전히 후회만 하는 건 아니었다. 시간을 되돌려 없었던 일로 만들고 싶지는 않다. 또, 시간을 되돌린다고 해도 그 황홀한 경험을 포기했으리란 확신도 없다. 아니, 다시 돌아가도 같은 선택을 했을 것이다.

소파에 앉아 창밖을 응시하고 있던 서연은 고개를 돌렸다. 주방에서 커피를 내리고 있는 그가 보였다. 그녀의 눈빛이 어두워졌다.

그는 아닌가 보다. 그는 후회하고 있는 거야.

죄책감과 함께 서운함이 밀려왔다. 그에게 아무것도 말하지 않은 데서 오는 죄책감보다 그가 후회하고 있다는 사실에서 오는 서운함이 더 크다.

서연은 다시 고개를 돌려 창밖을 응시했다. 남녀가 사랑을 나누고 난 후의 시간들에 대해 그녀는 모른다. 그래서 뭘 어떻게 해야 할지도 모른다. 하지만 그가 후회하고 있다는 건 알 수 있었다. 방에서 나온 그녀를 맞이한 건 무표정한 그의 얼굴이었다. 뜨겁고 거칠었던 남자의 눈빛은 사라지고 그 자리에는 두꺼운 막을 내린 듯한 차가운 남자의 눈빛이 있었다.

뭘 잘못한 걸까?

서연은 잠시 그렇게 생각했다. 하지만 '잘못'이라는 단어는 적절하지 않다는 걸 깨달았다. 두 사람이 나눈 육체적 유희는 충분히 만족스러웠다. 아무리 경험이 없다고 해도 그걸 모를 수는 없다. 그러니까 '잘못'이라는 어휘는 적절하지 않다. 그렇다면?

부담……일까? 그는 부담을 느끼는 걸까? 내가 서툰 건 눈치챘을 것이다. 어쩌면 경험이 없다는 것도 알아차렸을지 모른다. 언젠가 책에서 읽은 적이 있다. 잘나가는 남자는 경험이 없는 여자를 부담스러워 한다고. 뭐랬더라? 아, 순진한 여자는 한 번의 잠자리만으로도 큰 의미를 부여하고 착각의 늪에 빠져서 질퍽거릴 확률이 높아서 그렇다고 했다.

그는 능수능란했다. 뭘 어떻게 해야 할지 모르는 그녀를 리드했고 어색해하고 부끄러워하는 그녀를 부드럽게 독려하며 그 황홀한 시간들을 이끌어나갔다.

경험이 많을 것이다. 차동준은 객관적으로 보나, 주관적으로 보나, 모든 면에서 아주 매력적인 남자다. 세상의 평범한 여자들은 저런 남자를 '킹카'라고 부르고 거부하지도 못한다. 내가 그랬던 것처럼. 그런 면에선 나도 평범한 여잔가?

씁쓸한 웃음이 비어져 나왔다. 그래, 저 남잔 지금 내가 한 번의 잠자리로 뭔가를 착각하고 질척거리며 달라붙을까 봐 걱정을 하는 거야. 이 일로 내가 우리 둘 사이를 마음대로 단정 짓고 착각할까 봐 염려가 되는 거야. 그런 일은 없을 텐데…… 단지, 난 짧은 시간이나마 함께 있어주기만을 바랄 뿐인데. 연재가 끝나고 출간을 할 때까지만이라도 한시적인 연인 관계를 유지해주고 그다음엔 정말로 쿨하게 헤어지기를 바라는 건데.

인기척이 난다. 서연은 고개를 돌려 그가 머그잔 두 개를 가지고 오는 모습을 보았다.

　그래, 그는 알 수가 없다. 내가 말을 안 했으니까. 이런 건 명확하게 해야 한다. 내가 그에게 부담을 줄 생각이 없고 이 관계를 지속할 의도가 없으며 깊은 감정적 교류는 더더욱 원하지 않는다는 것을 확실히 알려야 한다.

　"마셔."

　그가 머그잔을 내밀었다. 서연은 머그잔을 받아들고 한 모금 들이켰다. 복잡한 머릿속이 진한 커피향에 의해 맑아지는 것 같았다. 몇 모금을 들이켠 그녀가 시선을 들자 그의 시선과 마주쳤다. 얼굴은 미소를 짓고 있다. 하지만 눈은 웃고 있지 않았다.

　자, 지금이 말을 할 적기야.

　서연은 머그잔을 가만히 내려 다리 위에 올려놓고 그 검은색 액체를 들여다보며 입을 열었다.

　"난…… 아주 좋았어요."

　"음?"

　너무 작게 속삭였나보다. 서연은 목을 가다듬고 조금 더 큰 목소리로 말했다.

　"아까…… 좋았다고요."

　"아."

　웃음기가 느껴지는 음절이다. 여기까지 분위기는 좋은 것 같다.

　"그런데 난 더 이상의 관계는 원하지 않아요."

　침묵. 고개를 들어 그를 볼 용기가 나지 않는다. 그래서 한 발 더 나갔다.

"그러니까 당신이 수락한다면 가끔 만나서 그런 시간을 가지는 건 좋을 것 같아요. 더 이상의 감정적인 진전은 없이."

"본능에만 충실하자?"

역시 말이 통한다. 경험 많은 남자, 맞다니까.

"플라토닉을 제외한 에로스적 관계."

그녀도 지지 않고 또렷하게 말했다. 또다시 침묵. 서연은 그의 표정이 궁금했다. 천천히 고개를 들어 그를 보았다. 하지만 그의 얼굴을 본다고 해서 달라질 건 없었다. 그의 표정만으로는 아무것도 알 수가 없었다. 여전히 그녀는 그가 뭘 생각하는지 궁금했다. 하지만 알 길이 없다. 그러니 이왕 시작한 거, 그냥 가보고 싶다. 어차피 이거 아니면 저거니까.

"한쪽이 끝을 내고 싶다고 하면 쿨하게 끝내주는 조건으로요."

자, 이젠 다 했다. 이 제안을 받아들이냐, 마느냐는 순전히 그에게 달렸다.

피식, 그가 갑자기 웃었다. 서연은 눈살을 찌푸렸다.

내가 말한 어느 대목이 웃긴 거지? 내 제안 자체가 다 웃긴 건가? 하긴, 보통 여자들은 이런 제안을 할 리가 없다. 이 남자를 잡으려고 수백만 가지 수를 다 쓰려고 할 텐데 이런 멍청한 제안을 왜 하겠는가? 하지만 난 그런 평범한 여자들과는 다르다. 언젠간 사라져야 하고 남은 시간이 길지도 않다. 감정의 교류는 그와 나, 모두를 힘들게 할 뿐이다.

그럴 리 없겠지만, 혹시라도 그가 다른 걸 기대하지 못하도록 애초에 싹을 잘라버려야겠다.

"만약 싫다면 몇 시간 전에 있었던 우리 일은……."

"없었던 일로 하자?"

"……맞아요."

그를 가만히 응시했다. 아주 잠깐 눈빛이 흔들리는 것 같았지만 정확히 보진 못했다. 어쨌든 서연은 여기서 결론을 내야 했다. 제안이 받아들여지지 않으면 다시 출판사 사장과 작가로 돌아가는 것이다. 예전과는 다르겠지. 거리를 두고 되도록 만나는 일은 없게 될 것이다. 이사도 해야겠지. 이 남자가 집을 아니까. 이사는 진즉 했어야 했는데…….

"콜."

갑작스러운 목소리에 서연은 흠칫, 얼굴이 굳었다.

뭐?

"콜이라고. 그 제안, 받아들인다고."

그가 웃고 있다. 아, 이건 너무 쉽다. 이런 게, 그러니까 이런 제안이 참 이상하고 특이할 텐데 마치 이런 상황을 처음 겪어보는 것도 아니라는 얼굴이다.

"사랑은 안 돼요."

확인 사살을 했다.

"좋아하는 건 되지? 좋아하는 마음도 없이 서로를 안는 건 로봇 같잖아."

확인하고 싶어서 건드려봤는데 그도 아무렇지도 않게 맞장구를 친다.

"구속이나 참견은 절대 안 되요."

"당연하지 플라토닉이 빠진 관곈데. 현재, 우리 관계는 사생활을 완벽히 보장한다는 전제가 깔린 거지."

"언제든지 이 관계는 끝낼 수 있어야 해요."

"물론. 내가 원하는 바야."

뭐지? 이 서운한 감정은. 그가 쿨하게 나오면 나올수록 서운함이 더 커진다. 이 사람한텐 내가 그런 존재인가? 아무 때나, 아무렇지도 않게 작별을 고할 수 있는 그런 존재? 제안은 내가 먼저 했는데 더 적극적으로 호응하는 것 같은 이 남자의 태도에 가슴이 아파오는 이유는 대체 뭐지?

"자, 그럼."

갑자기 그가 자신의 컵을 내려놓더니 그녀의 컵도 빼앗아 테이블 위에 놓았다. 서연은 그가 뭘 하려는 건지 몰라서 멀뚱하게 있었다. 그러자 그가 쑤욱, 다가왔다. 서연은 깜짝 놀라 자신도 모르게 몸을 젖혔다.

"뭐하는 거예요?"

소파 등받이를 잡고 몸을 그녀에게 기울인 그가 웃으며 속삭였다.

"에로스적인 사랑을 하려고."

뭐?

그가 한 말을 채 해석하기도 전에 입술이 부딪쳐왔다. 그녀의 몸은 소파에 기대 눕다시피 하고 그 위로 그의 몸이 겹쳐왔다. 그가 폭풍처럼 그녀를 휘몰아치기 시작한다. 숨결이 뒤섞이고 뜨거운 신음이 새어나왔다. 머금었다가 놓아주고 또다시 강렬하게 빨아들이는 입맞춤은 부드러운 애무를 동반하고 불과 몇 시간 전에 끝낸 행위를 다시 시작하게 만들었다.

그에게 빌려 입었던 티셔츠가 머리 위로 쉽게 떨어져 나가고 맨 가슴에 닿는 그의 숨결이 뜨거웠다. 부드럽게 몸을 쓰다듬기 시작하는 손길에 심장이 미친 듯 들썩였다. 남자의 손길이 은밀하고 깊숙하게 움직인다. 거친 신음소리가 절로 나왔다. 들뜨고 불규칙한 호흡이 공기를 물들이고 황홀한 감각을 이기지 못해 그의 머리칼 속으로 손가락을 집어넣고 움켜쥐었다. 허리가 절로 비틀어진다. 달뜬 신음을 내뱉으며 그가 옷을 벗는 걸 도왔다. 다가오는 그의 얼굴을 감싸고 입술을 가져다 댔다.

뜨거웠다. 모든 것이 너무나 뜨거웠다. 어느새 그가 몸을 똑바로 하고 그녀의 몸을 활짝 열어젖힌다. 천천히, 부드럽게 하나가 되었다.

"하아."

그녀는 황홀감에 젖어 신음소리를 냈다. 그가 천천히 움직이는 것을 느끼며 몸을 비틀다가 참지 못하겠다는 듯 그의 어깨를 잡고 목에 입술을 가져다 댔다. 이를 세워 살짝, 살짝 깨물 때마다 푸른 힘줄이 싱싱한 물고기처럼 펄떡거린다.

그의 동작이 빨라지자 그녀는 단단한 어깨에 매달렸다. 아무것도 생각하지 않았다. 지나온 삶도, 앞으로의 이별도, 오직 이 순간에만 집중했다. 그녀의 인생에서 가장 황홀한 첫 번째 순간이 된 현재만을 생각했다.

그리고 그녀는 알고 있었다. 따스한 남자의 품에서 서연은 자신이 해야 할 일이 뭔지 정확히 인식하고 있었다.

조용한 방 안의 공기를 흔드는 건 컴퓨터 본체에서 '위잉' 하고 울리는 기계음과 안나가 빠른 속도로 자판을 두드리고 있는 소리가 전부였다. 그리고 동준은 커다란 모니터를 쳐다보며 안나가 검찰청 데이터베이스로 침입해 들어가는 과정을 지켜보고 있었다. 그러다가 슬쩍 눈을 틀어 화면 한쪽에 떠있는 얼굴을 보았다.

'건물 뒤쪽에서 침입했는데 솜씨가 썩 나쁜 건 아니지만 그렇다고 완전히 프로라고 할 수도 없습니다. 내가 이 정도 침입도 감지 못했다는 게 어이가 없을 정도로요. 좀 해이해졌었나 봅니다. 해리가 보스하고 같이 있어서 경계를 안 하고 있었던 거죠. 뭐, 대충 짐작하기엔 좀도둑질 꽤나 해본 놈인 것 같아요. 아마추어라고는 해도 영 초짜는 아닌 것 같거든요. 아마 전과도 있을 겁니다.'

건물의 뒤쪽에서 침입한 덕분에 놈의 침입 과정을 완벽하게 알 수는 없었다. 하지만 안나가 건물 주변의 CCTV를 전부 뒤져서 놈의 얼굴을 찾아냈다. 그리고 그들은 즉시 검찰청에 등록된 범죄자 리스트에 접근하기 시작했다. 전과가 있다면 그 리스트에 있을 것이다.

"자, 접속은 됐고."

안나가 자판에서 손을 떼더니 흥분된 얼굴로 손바닥을 비빈다.

"이제 안면 대조 프로그램 돌립니다."

화면 구석, 작게 떠있던 침입자의 얼굴이 왼쪽 화면에 확대되고 검찰청 데이터베이스 화면에 등록된 범죄자들의 얼굴이 오른쪽 화면에서 빠르게 돌아가기 시작했다. 프로그램이 왼쪽과 오른쪽의 얼굴을 대조하기 시작한 것이다.

"시간 좀 걸릴 겁니다. 그동안 검찰청에서 눈치 못 채게 좀 놀아줘야겠어요."

안나가 중얼거리듯 말하더니 다른 컴퓨터로 의자를 밀고 가서 자판을 치기 시작했다. 교란 작전이다. 침입자 얼굴을 데이터베이스에 등록된 리스트에서 찾는 동안 안나는 일부러 검찰청의 다른 데이터베이스로 티 나게 침입해 경고등을 울린다. 그러면 검찰청 관계자들은 혼비백산해서 해커를 막으려고 정신을 쏟을 것이다. 그동안 지금 돌고 있는 안면인식프로그램은 서연의 집에 침입한 놈의 얼굴을 찾아내겠지.

동준은 그 모든 과정을 빠짐없이 지켜보고 있었다.

서연은 외출 준비를 마치고 거울 앞에 섰다. 익숙하지 않다. 아직은 이런 차림이 어색하고 낯설기만 했다. 그래서 여전히 두렵다. 하지만 이젠 세상을 향해 맞서기로 했으니 이겨내야 한다. 좁은 챙의 야구모자를 쓴 그녀는 자신이 이렇게 하는 이유에 대해 다시 생각했다.

평범하게 살고 싶다.

그게 전부다. 지금껏 그런 욕심은 그냥 묻어두고 외면했었다. 하지만 이젠 너무 간절해져버렸다. 그건 내가 사랑에 빠졌기 때문이지. 그 사람, 차동준을 사랑하게 됐고 그 남자 옆에서 제대로 된 삶을 살지 못할 바에야 어떤 미래도 의미가 없어져버렸기 때문이다.

그래서 이젠 당당하게 세상으로 나가서 끝을 봐야 했다. 그러려면……

서연의 얼굴이 어두워졌다.

너무 오랜 시간이 흘러서 알아볼 수나 있을까? 아버지…… 눈앞에 있으면 그분이 내 아버지라는 걸 알 수나 있을까? 아니, 알수 있을 것이다. 그 얼굴을 어떻게 잊을 수 있을까? 한숨이 나왔다. 막막하고 두려운데 그래도 해야 할 일이었다. 아버지를 만나야만 해결될 문제.

서연은 다시 거울을 보며 눈을 빛냈다.

그래, 해야 돼. 이젠 더 이상 도망칠 수만은 없어!

모자챙을 잡아 밑으로 푹 누른 후 서연은 욕실을 나가 현관으로 향했다. 운동화를 신고 문을 열었다. 순간, 그녀는 흠칫 놀랐다. 문 앞에 진호가 서 있었다. 그가 묻는다.

"어? 나가려고요?"

서연은 놀란 얼굴로 고개를 살짝 끄덕이며 되물었다.

"네, 근데 여긴 어떻게……?"

"사장님이 가보라고 했어요. 볼일이 좀 늦어지시겠다고 하면서 해리가 걱정된다고요."

아, 그가 보냈구나. 갑자기 또 심장에 따스한 기운이 넘친다. 서연은 희미하게 미소를 지었다.

"괜찮아요."

진호의 시선이 그녀의 차림을 훑더니 묻는다.

"어디 가려고요?"

"잠시 가볼 데가 있어서요."

"어딘데요? 사장님이 혼자 보내지 말랬어요."

서연은 고개를 저었다.

"괜찮아요. 저 혼자 갈 수 있어요."

"에이, 안 된다니까요. 절대 혼자 두지 말랬어요. 정 그러면 전화해봐요. 사장님이 그러라고 하면 나도 비킬게요."

막무가내다. 서연은 난감했다. 어쩌지? 망설이는데 진호가 전화기를 꺼내어 어딘가로 전화를 건다. 그리고.

"사장님. 저, 진혼데요. 해리 작가님이 어딜 가야 된다는데요. 근데 혼자 간대요. 혼자 보내도 되나요?"

대답을 들은 듯한 껄렁이가 거 보란 듯이 서연을 향해 웃었다. 그리고 전화기에 대고 말했다.

"예, 알겠습니다. 해리 옆에 찰싹 붙어 있겠습니다."

"저 좀……."

전화를 바꿔 달라고 하려고 손을 뻗었는데 진호가 이미 전화를 끊고 쳐다본다.

"절대 안 된대요. 저랑 가기 싫으면 기다리래요. 사장님 올 때까지. 어쩔래요? 기다릴래요? 나랑 같이 갈래요?"

둘 다 내키지 않는다. 만약 다른 사람이었다면 이런 간섭, 치를 떨며 거절했을 것이다. 아니, 불과 얼마 전까지만 해도 일고의 가치도 없었을 것이다. 하지만 나는 이미 차동준에게 이렇게 할 권리를 주었다. 그를 사랑하는 마음, 그동안 함께 했던 시간들로 이미 그에게 이럴 수 있는 권한을 부여한 것이다.

서연은 어색하게 웃으며 말했다.

"기다릴 수는 없어요."

"그럼 됐네요. 갑시다."

진호가 앞장을 선다. 서연은 여전히 갈등했다. 블랙홀 사람들을 믿지만 그들을 위험에 끌어들이고 싶지는 않다. 그래서 너무 걱정이 된다.

"찾았네요."

안나가 말을 했지만 동준도 이미 보고 있었다. 생각보다 쉽게 찾았다. 서연의 집에 침입한 놈은 특수절도 5범에 강도 전과까지 있었다. 출소한 지는 석 달 되었고 사는 곳은 옥수동. 여기서 그리 멀지 않은 곳이다.

"큰일 날 뻔했네요. 강도라니…… 사람한테 해코지도 할 수 있다는 말인데……."

굳이 안나가 말해주지 않아도 동준의 심장은 이미 차가워져 있었다. 그 증거로 어금니 안쪽에 힘이 들어간다. 만약 그녀가 혼자 있을 때 놈이 침입했다면? 생각만으로도 피가 얼어붙는 것 같았다.

"저런 무뢰배 같은 놈을 고용한 놈이 궁금하네요. 자작극이라고 하기에는 너무 허술하고."

자작극은 아니다. 동준은 자신의 전 재산을 걸 수도 있었다. 그도 궁금했다. 놈을 고용한 배후가 누구인지. 그래서 이제 알아볼 것이다.

"놈에 대한 정보, 모조리 알아내요. 알아낼 수 있는 데까지 전부."

동준이 낮은 목소리로 지시하자 안나가 잠시 쳐다보는 듯하더니 대답했다.

"예, 바로 준비할게요."

그러더니 못 참겠다는 듯 다시 입을 연다.

"보스, 하나만 물어봅시다."

동준이 쳐다보자 안나가 물었다.

"해리는 이번 일이 끝난 후에 자유가 되는 겁니까?"

"……."

"국정원에서 쫓는 거, 윤주철 한 명이란 거 맞아요?"

동준은 눈을 가늘게 좁혔다. 그러자 안나가 다시 진지한 표정을 짓는다.

"이제 이 시점에서 한 가지는 분명하게 선을 그어야 할 것 같아서 묻는 거예요. 국정원에서 원하는 게 그 파일이라면 그것만 회수한 후엔 윤주철이나 해리가 무사할 수 있고 자유롭게 살 수 있느냐는 겁니다. 그거, 확실히 하고 다음 진도 빼야 하지 않을까요?"

동준도 안나의 걱정이 뭔지 정확히 알고 있었다.

"안나."

"네."

"나하고 일한 지 얼마나 됐습니까?"

"음…… 10년쯤?"

"그동안 내가 작전에 실패한 적이 있었습니까?"

"없었죠."

안나는 떨떠름한 미소를 머금으며 대답했다.

"이번에는 다를 거라고 생각합니까?"

"……."

안나가 대꾸하지 못하자 그가 돌아서서 걸어간다. 멀어지는 그의 발소리를 들으며 안나는 혼잣말을 중얼거렸다.

"작전은 성공하겠죠. 근데 내가 말하는 건 작전의 성공 여부가 아니라는 거지. 해리의 안전과……."

안나의 시선이 동준의 뒷모습으로 향했다.

"보스의 마음을 제대로 보라는 겁니다. 너무 늦기 전에."

[어디?]

"용인에 있는 수목장추모공원입니다."

진호는 50미터쯤 앞에서 걸어가고 있는 해리의 뒷모습을 보며 전화기에 대고 말했다.

[수목장?]

보스의 물음에 진호는 진지하게 대답했다.

"예, 아줌마한테 물어봤는데 김은혜 씨 쪽으로나 윤주철 씨 쪽을 뒤져봐도 여기에 연고가 있지는 않답니다. 해리의 엄마 유골은 태안에 있는 납골당에 모셔져 있잖아요. 그럼 여긴 대체 누가 있는 걸까요?"

[주변 잘 살펴.]

"예, 안 그래도 바싹 뒤쫓고 있고 애들, 몇 명 뒤에서 따라오라고 지시했습니다."

[알았어.]

"그럼, 나중에 다시 보고 드리겠습니다."

진호는 전화를 끊고 걸음을 좀 더 빨리해 해리와의 거리를 좁혔다. 오르막길을 한참 걷는다 싶더니 이내 나무가 울창한 언덕으로 접어든다. 그리고 얼마 후, 그녀가 멈췄다. 진호는 커다란 나무를 올려다보았다. 줄기가 시원스럽게 뻗어 있지만 겨울이라 앙상했다. 하지만 곧 봄이 오면 풍성한 잎을 가득 내놓을 듯 건강해 보였다.

진호는 20미터쯤 떨어진 곳에 서서 해리가 나무 앞에 쪼그려 앉는 걸 보았다. 잠시 그렇게 앉아 겨울답지 않게 내리쬐는 따스한 햇살을 느끼고 앉아 있던 그녀가 갑자기 가방에서 뭔가를 꺼냈다. 자세히 보니 작은 삽이었다. 뭐지? 몸을 슬쩍 틀어 자세히 살펴보는데 그녀가 땅을 파기 시작했다. 진호는 눈을 가늘게 좁히며 그녀가 있는 곳으로 조금 다가갔다.

해리가 가지고 있는 건 모종삽이었다. 자신이 뭘 하는지 정확히 알고 있는 듯 손놀림이 확고했다. 겨우내 얼어 있던 땅이지만 서연이 앉아 있는 곳은 햇볕이 잘 들어 그리 단단하진 않을 것 같았다. 예상대로 그녀는 삽을 푹푹, 잘도 꽂아 넣는다. 그리고 얼마 후 그녀의 손에 흙 묻은 비닐봉지가 들려 나오는 것이 보였다. 뭔지 궁금했다. 하지만 진호는 섣불리 다가가지 않았다.

'여기서 기다려줄래요? 얼마 안 걸려요.'

조금 전 해리가 한 부탁을 떠올리며 진호는 궁금증을 참았다. 그렇게 기다리고 있는데 서연이 삽으로 땅을 다시 꼼꼼하게 덮는다. 그리고 봉지를 들고 일어선다. 진호는 일부러 느긋하게 주변을 둘러보는 척했다. 해리가 다가왔다.

"가요."

"그건 뭐예요?"

진호는 무심한 척 해리의 손에 들린 봉지를 가리켰다. 그녀가 희미하게 웃는다.

"엄마 유품이요."

순간, 진호의 얼굴이 굳었다. 하지만 해리는 먼저 걸어가 버리는 바람에 진호의 얼굴이 굳는 걸 보지 못했다. 진호는 아래로 내려가는 해리의 뒷모습을 보다가 재빨리 조금 전 그녀가 앉아 있던 나무로 뛰었다. 그리고 나무 앞, 비석에 새겨진 글을 읽었다.

'사랑하는 나의 엄마, 여기서 편안히 잠들다.'

진호의 눈이 문구 아래에 새겨져 있는 숫자로 향했다. 눈빛이 번쩍였다. 김은혜 씨…… 해리의 어머니가 돌아가신 그해, 그 날짜였다. 진호는 아래로 내려가고 있는 해리의 뒷모습을 보며 진실을 깨달았다.

김은혜 씨의 진짜 유골은 태안이 아니라 여기에 있었던 거구나!

"뭐야? 이거 어떤 개새끼가 이랬어!"

험상궂게 생긴 남자 하나가 부하들로 보이는 남자 둘에게 버럭 소리를 질렀다. 부하들은 길게 찢어진 오토바이 타이어를 보며 쭈

뻣거리고 있었다.

"아이고, 이게 언제……."

"이 자식들이! 여기서 노닥거리기나 하라고 월급 주는 줄 알아!"

남자가 오토바이를 냅다 차버리며 고함을 질렀다. 부하들은 머리를 조아리며 '죄송합니다' 하고 중얼거린다. 그래도 남자는 분이 안 풀렸다.

"어떤 새낀지 알아봐!"

"예? 어떻게……?"

덩치는 어마어마하게 큰데 얼굴은 멍청하게 생긴 부하 한 놈이 묻자 남자가 버럭 소리를 질렀다.

"CCTV 돌려보면 될 거 아니야! 새끼야!"

"예, 알겠습니다."

덩치 큰 부하가 돌아서려는데 남자가 또다시 소리를 질렀다.

"됐어, 새꺄."

그리고는 전화기를 들더니 어딘가로 전화를 건다.

"어, 김 실장. 난데. 나, 조영철. 어, 그래. 여기 가게 뒷골목에 설치된 CCTV 있지? 그거 좀 돌려봐. 어떤 잡놈의 새끼가 내 오토바이 타이어를 찢었어. 그렇다니까. 내, 그 개새끼 잡아서 목을 따버릴 거니까. 어, 그래. 좀 부탁해."

전화를 끊은 남자가 또다시 눈을 치뜨더니 부하들에게 잔소리를 늘어놓기 시작했다.

"멍청한 새끼들. 밥값도 못하는 새끼들! 니들이 이 모양이니까 사장이 나한테만 지랄을 하잖아!"

동준은 야구모자의 챙을 슬쩍 들어 소리를 고래고래 지르고 있는 놈을 유심히 살폈다. 가로등과 술집에서 흘러나오는 불빛으로 놈의 얼굴이 비교적 명확하게 보인다. 확실했다. 서연의 집에 침입한 '그놈'의 얼굴이었다.

'그놈'이라고 확신한 동준은 빠른 걸음으로 놈에게 다가가기 시작했다.

"그러니까 똑바로 정신 차려서…… 뭐야? 저건."

조영철이 부하들에게 화풀이를 하다가 문득 빠르게 다가오는 동준을 쳐다보고 인상을 썼다. 부하들도 동준의 존재를 눈치채고 돌아서서 껄렁하게 묻는다.

"뭐야? 무슨 볼 일이야?"

동준은 조영철의 앞으로 나서는 덩치와 족제비 같은 놈을 향해 나직하게 말했다.

"다치고 싶지 않으면 비켜."

"뭐? 새끼야. 이 새끼가 근데……."

덩치가 위협적으로 다가왔다. 동준은 슬쩍 몸을 뒤로 빼는 척하다가 오른쪽 다리를 힘껏 차올렸다. 얼떨결에 급소를 맞은 덩치가 '억!' 소리를 내며 허리를 숙인다. 동준은 놈의 턱을 발끝으로 세게 차올림과 동시에 주먹으로 얼굴을 휘갈겼다.

"흐억!"

입술에서 피가 터져 나오며 덩치가 땅으로 쓰러진다.

"이 새끼!"

족제비가 달려들었다. 동준은 허리를 숙여 날아오는 놈의 주먹을 피했다. 그리고 놈의 배에 주먹을 한 차례, 꽂고 갈비뼈에 주먹을 날렸다.

"훅!"

날카로운 숨을 내뱉는가 싶더니 놈이 허리를 꺾는다. 허벅지를 세차게 올려 놈의 얼굴에 일격을 가하자 놈은 힘없이 쓰러졌다. 순간, 조영철의 발길질이 날아왔다. 동준은 몸을 젖혀 그 발길질을 피하고 동시에 벽을 차며 튀어 올랐다. 그 반동으로 놈의 얼굴을 발로 찼다. 놈이 휘청거리자 멱살을 잡고 벽에 처박은 다음 발로 가슴팍을 짓눌렀다.

"흐억, 흐억."

발에 힘을 주자 놈이 가쁜 숨을 내쉰다. 동준은 발을 내리고 대항하려고 주먹을 휘두르는 놈의 팔을 잡아 핵 꺾어 벽에 얼굴을 처발랐다.

"으윽."

"이름."

동준이 말하자 놈이 희번덕거린다.

"누, 누구야?"

"이름!"

좀 더 강하게 말했다.

"뭐? 뭐하는 놈이냐고…… 윽!"

팔을 좀 더 세게 꺾자 놈의 눈이 튀어나올 듯 커졌다.

"여기서 힘을 더 주면 네놈 팔은 부러져. 그 후엔 무릎이야. 알아들었어?"

고통스러운 얼굴로 놈이 희미하게 고개를 끄덕였다. 동준은 다시 물었다.

"이름."

"조······영철."

"네 이름 말고 이틀 전 아현동 주택에 침입하라고 사주한 사람 이름."

놈이 침묵한다. 동준은 놈의 팔을 홱 틀었다. 그러자 관절이 우둑, 끔찍하게 부러지는 소리를 낸다.

"으아아악!"

놈이 고통스럽게 비명을 질렀다. 동준이 물러서자 놈이 흐느적거리는 오른팔을 잡고 벽에 기댄다. 순간 동준은 놈의 무릎을 세차게 차 눌렀다.

"으헉!"

다리가 꺾어지고 놈이 바닥에 주저앉았다. 동준은 놈의 무릎에 발을 올렸다.

"이제 경고는 없다."

팔이 부러지고 무릎까지 부러질 위기에 처한 놈은 순한 양이 되었다.

"모, 모릅니다. 몰라요. 그냥 돈 주면서 하라기에 시키는 대로만······."

고통스럽게 숨을 헐떡이며 대답한다. 동준은 다시 물었다.

"어떻게 생겼어?"

"모, 몰라요. 하도 어두워서······ 으윽!"

동준이 발에 힘을 주자 놈이 신음소리를 내더니 재빠르게 토해 냈다.

"몰래 따라가서 봤어요!"

그럴 줄 알았다. 이런 놈들은 보통 뒷일을 생각해서 보험을 들고 싶어 하니까.

동준은 희미한 미소를 머금었다가 이내 험악하게 물었다.

"여기 이 사람들 중에 있나?"

놈이 허연 눈을 들어 동준이 내민 사진을 들여다보더니 고개를 젓는다.

"어, 없어요."

"제대로 봐."

"진짜예요, 으윽, 진짜라고요."

거짓말을 하는 것 같진 않았다. 동준은 국정원의 마태용 차장 사진과 윤주철 사진을 다시 주머니에 넣었다.

"집에 침입해서 뭘 가져오라고 했지?"

"몰라요."

"뭐?"

동준이 인상을 쓰자 놈이 재빨리 말을 이었다.

"그냥 침입자가 있었다는 것만 깨닫게 해주라고…… 훔쳐갈 것도 없었어요. 진짜예요. 그냥 들어갔다가 나오기만 하면 된다고 해서…… 그러면 백만 원을 준다고 해서……."

침입만 하라고 했다고? 동준은 미간을 찌푸렸다. 그리고 이내 턱에 힘을 주었다.

겁을 주려던 것이다. 어떤 놈인지 모르지만 그놈은 서연이 침입자가 있었다는 걸 깨닫고 겁을 먹기를 바랐던 것이다. 대체 왜? 뭣 때문에?

놈을 유심히 보았다. 고통에 몸부림치며 신음하는 놈이 거짓말을 하는 것 같지는 않았다. 동준은 놈의 무릎에 올렸던 발을 치웠다.

"으으으."

땅바닥에 뒹굴던 족제비 같던 놈이 휘적거리며 일어나 가게 쪽으로 도망치는 것이 보였다. 곧 사람들이 몰려올 것이다.

동준은 부러진 팔을 붙잡고 신음하고 있는 놈의 앞에 쪼그려 앉았다.

"똑바로 들어. 너한테 사주한 놈이 다시 나타나면 이 말을 전해. 그 여자를 건드리는 건 나를 건드리는 거라고."

놈이 희미하게 고개를 끄덕인다. 배후가 누구이든, 지금 이놈에게 확실한 경고는 되었을 것이다. 동준은 일어섰다. 가게 입구 쪽이 소란해진다. 곧이어 험악한 얼굴의 무리가 웅성거리며 튀어나오기 시작했다. 동준은 돌아서서 빠르게 걷기 시작했다. 곧이어 골목에 드리운 어둠이 그를 삼켰다.

"고마워요."

동준의 집으로 돌아온 서연은 진호에게 인사를 했다.

"에이, 뭘요. 우리 사이에 그런 인사치레는 하지 맙시다."

언제 들어도 '우리'라는 말은 좋다. 서연은 희미하게 웃으며 말했다.

"저한텐 다들 고마운 사람들이에요. 안나도 그렇고 진호 씨도 그렇고…… 사장님도……."

진호의 얼굴이 어색하게 굳는다. 아마, 대놓고 인사를 받으니 어색해서 일거라고 생각했다.

"고마워할 거 없어요. 진짜예요."

조금은 진지한 어투로 말하는 진호에게 서연은 순수한 미소를 지어 보였다.

"나한테 무슨 일을 해줬는지 몰라서 하는 말이죠. 나중에, 좀 더 시간이 흐른 후에 알게 되면 그땐 지금 제가 하는 인사가 어떤 의미인지 알게 될 거예요."

"……."

진호는 대꾸를 하지 않았다. 얼굴에 그림자가 드리워졌어도 서연은 의심하지 않았다.

"그럼, 전 갈게요. 쉬어요."

서둘러 시선을 피하고 돌아서는 진호를 보며 조금은 이상하다고 생각했지만 서연은 무시했다. 지금껏 늘 누군가를 의심하며 살아왔었다. '내'가 아니면 모두가 적이었다. 그런데 이젠 '내 편'이라고 생각되는 사람들이 생겼고 반드시 '내 편'이어야만 하는 남자가 생겼다.

서연은 진호가 현관을 나서는 것을 보며 동준을 떠올렸다.

사랑…… 정말, 꿈에서조차 생각해본 적이 없던 단어다. 내가 누군가를 사랑하고 욕심을 낼 수 있다니…… 그리고 그 사랑으로 인해 세상과 맞설 용기를 내다니…… 만약 엄마가 살아계셨다면 반대했을지도 모른다. 하지만 난 해야 했다. 이대로 또다시 어둠 속으로 숨어들면 그 사람과 영원히 이별해야 하니까.

서연은 소파에 내려두었던 가방을 쳐다보았다. 천천히 그쪽으로 다가간 그녀는 가방을 열어 수목장추모공원에서 가져온 검은 봉지를 꺼냈다. 가방에 넣기 전에 흙을 대충 털어냈지만 봉지는 꽤 더러웠다. 신문지를 가져다 아래에 깔고 봉지를 그 위에 올려놓은 다음 가만히 풀어서 내용물을 하나씩 꺼내기 시작했다.

내용물이라고 할 것도 없었다. 엄마의 일기장 하나, 이건 몇 번이나 읽어서 내용을 줄줄 욀 정도다. 도망치면서 느껴야 했던 심정과 과정, 그리고 딸에 대한 당부로 채워진 일기장은 엄마가 돌아가신 후 한동안 그녀를 견디게 해준 유일한 버팀목이었다. 낡은 일기장을 잠시 쓸어본 서연은 봉투 안으로 손을 밀어 넣어 안을 더듬었다. 그리고 이내 미소를 지으며 손을 빼냈다. 그 손에는 작은 펜던트가 쥐어져 있었다.

서연의 입가에 그리운 미소가 번졌다. 목걸이 끝 부분에 걸려 있는 동그란 장식품을 살짝 엇갈리게 만들자 사진이 나타났다. 미소가 더 깊게 그려졌다. 아주 어릴 때 찍은 사진이었다. 열 살 땐가? 엄마가 자신의 손을 끌고 충동적으로 사진관에 들어가 사진을 찍었을 때가 떠오른다. 사진 같은 거, 안 찍는 분이 웬일인지 그날따라 달랐다. 덕분에 엄마가 없는 지금, 그녀는 사진 한 장을 가지게 된 것이다.

앳된 소녀의 얼굴을 가진 나, 그리고 젊은 시절 엄마의 얼굴. 비록 사진 속이지만 두 사람은 지쳐보였다. 겨우 열 살의 어린 나지만 이때에도 삶이 고달프다는 것을 알았던 것 같다.

서연의 미소가 흐려졌다. 이젠 정말 끝내고 싶다. 어차피 평범하게 살 수 없는 나머지 삶이 의미가 없어졌다면 여기서 끝을 내는 한이 있더라도 부딪쳐 보고 싶었다. 이젠 더 이상 도망만 다니고 싶진 않다.

목걸이를 손에 꽉 쥔 그녀는 갑자기 생각난 듯 봉투를 홱 뒤집어 털었다. 그러자 '달그락' 소리를 내며 네모 모양의 작은 물체가 하나 나왔다. 지금은 보기 힘든 삐삐였다. 서연은 삐삐를 들어 올렸다. 한동안 이 기계가 여러모로 쓸모가 많았었는데…… 서연은 가방에서 휴대폰을 꺼냈다. 이것도 요즘같이 스마트폰이 판치는 세상에선 고물이 된 낡은 휴대폰이다. 하지만 그녀에게는 엄청난 모험이었었다.

왠지 감상에 젖어 삐삐와 휴대폰을 쳐다보고 있던 서연은 갑자기 생각이 난 듯 집전화기를 집어 올렸다. 그리고 기억을 더듬어 자신이 사용하던 삐삐 번호를 눌렀다. 신호가 간다. 혹시 몰라서, 또는 어떤 미련 때문에 해지를 하지 못하고 유지시켜왔다. 이건 아마 오랫동안 유지할 것 같았다. 가능한 한, 오래.

서연은 안내멘트에 따라 메시지 청취를 눌렀다. 잠시 후, 익숙한 목소리가 흘러나왔다.

[안녕, 서연아. 나야. 잘 지내니?]

울컥, 눈에 물기가 차올랐다. 인주 언니…… 엄마와 자신을 마음으로 위해 주고 잠시나마 편안한 일상을 제공해주었던 목사님의 딸. 언니 때문에 삐삐를 유지시키고 있는 것이다. 목사님과 언니를 이어주는 마지막 끈 같아서.

서연은 짧은 메시지가 끝나자 다음 메시지로 넘어갔다.

[나야, 서연아. 잊지 않았지? 난 가끔 네 생각해. 얼마 전부터 새벽기도를 시작했어. 네가 행복하기를 빌어주려고.]

웃음이 난다. 아버지가 목사인데도 인주 언니는 신앙에 별로 관심이 없었다. 어린 시절 내내 교회에서 살았지만 그냥 '집'이었다고 말하던 사람이었다. 그런 사람이 새벽기도를 시작했단다. 나를 위해.

서연은 다음 메시지를 들었다. 모두 안부 인사였다. 하나의 녹음에서 다음 녹음까지의 시간은 점점 늘어났다. 한 달이 석 달이 되고 1년이 되고…… 이제 한 개의 메시지만 남았다. 안내 멘트는 마지막 메시지가 녹음된 날짜를 말했다. 서연은 놀랐다. 얼마 전이었다. 약 3개월쯤 전.

서연은 천천히 청취 버튼을 눌렀다. 그러자 인주 언니의 긴장된 목소리가 흘러나왔다.

[나야.]

잠시간의 침묵 후 다시 인주의 잠긴 듯한 목소리가 들려왔다.

[아빠가 돌아가셨어.]

서연의 몸에서 힘이 툭, 빠져나갔다. 그 후의 말은 귀에 들어오지가 않았다. 목사님이…… 아저씨가 돌아가셨다고? 언제? 어떻게? 그녀는 다시 마지막 메시지를 반복해서 듣기 시작했다.

[아빠가 돌아가셨어. 2주일 전에. 너한테 연락하려다가 그만뒀

어. 이 녹음을 네가 들을지 안 들을지는 모르겠지만 네가 혹시 아빠 장례식장에 나타날까 봐 걱정이 됐거든.]

잠시의 침묵 후에 서연이 몸을 굳히며 긴장할 다음 말이 이어졌다.

[서연아. 아빠가 돌아가시던 날, 집에 어떤 남자가 찾아왔었대. 이웃집 할아버지 말론 남자가 도시적으로 생겼고 낯설어서 기억에 남으셨대. 그리고 얼마 후에 나한테도 어떤 남자가 찾아왔어.]

서연의 눈빛이 얼어붙었다. 인주의 목소리가 빠르게 이어진다.

[어떻게 알았는지 너에 대해 물었어. 모른다고 했고 네가 떠난 후엔 단 한 번도 연락한 적 없다고 했어. 그게 사실이니까.]

전화기를 쥔 손이 떨렸다. 떨리는 걸 멈추게 하려고 손에 힘을 주었다.

[이제 이렇게 녹음하는 것도 안 할게. 네가 위험해질지도 모르니까. 잘 지내. 제발 무사하게 잘 살길 바랄게. 매일매일 기도할게. 널 위해 내가 할 수 있는 건 이것뿐이니까. 안녕, 서연아.]

마지막 말을 할 때, 인주의 목소리는 떨렸다. 아마도 우는 것 같았다. 서연의 눈에도 눈물이 차올라 넘쳤다. 뺨을 타고 주르륵, 흘러내리는 물기를 닦아낼 생각도 못한 채 그녀는 멍하니 허공을 쳐다보았다.

아저씨가 돌아가셨구나. 그분이 돌아가셨다…….

서연은 전화기를 내려놓고 손바닥에 얼굴을 묻고 흐느끼기 시작했다. 상실감이, 엄마를 잃었던 그때처럼 처연한 서러움이 밀려와 눈물을 멈출 수가 없었다.

11. 용기 내어 한 걸음 나아가다

주차장에 차를 세운 동준은 곧바로 엘리베이터가 있는 곳으로
향했다.

'아무래도 해리의 어머니 유골이 태안 납골당이 아니라 용인
추모공원에 모셔져 있는 것 같아요. 태안 납골당에 있는 건 가짜
일 확률이 높고……'

그의 생각도 안나와 같았다. 서연이 무슨 수를 썼는지는 모른
다. 아마도 납골당 직원을 매수해 유골을 빼돌렸을 가능성도 있
다. 죽은 안형준 목사가 도와줬겠지.

동준은 홀로 어머니의 유골함을 들고 장례를 치렀을 서연의 외
로움을 떠올렸다. 지금껏 그녀가 살아왔던 시간들에 대해서 되도
록 생각하지 않으려고 애써왔다. 그런데 이제는 더 이상 피할 수
가 없다. 그녀가 견뎠을 지독한 시간들, 두려움들, 외로움까
지…… 그는 심장이 아프도록 느낄 수밖에 없었다. 게다가…….

누군가 그녀를 해치려고 한다. 처음엔 그녀를 세상 밖으로 끌어내고 싶었는데 이젠 도리어 숨기고 싶어졌다. 품에 가두고 완벽하게 보호하고 싶어졌다. 국정원이든, 누구든, 그 어떤 어둠의 손길도 감히 뻗어올 수 없도록 만들어주고 싶다. 그러기 위해선 해야 할 일이 많았다.

우선은 부딪쳐서 해결해야 한다. 놈들이 원하는 그 망할 파일, 아버지를 죽음으로 몰아넣은 그 파일을 손에 쥐어야 했다. 그래야 서연을 보호할 수 있다.

엘리베이터가 멈췄다. 열린 문 안으로 들어가는 동준의 표정은 그 어느 때보다 결연했다. 땡, 엘리베이터가 멈추자 밖으로 나가자 위쪽 계단의 어둠 속에서 진호가 내려왔다.

"대장."

"이제 가서 쉬어. 수고했어."

동준이 말하자 진호가 고개를 끄덕였다.

"예, 그럼."

진호가 엘리베이터에 올라타자 동준은 아파트 현관문을 열고 들어갔다. 신을 벗고 거실로 들어가는데 소파에 앉아 있던 그녀가 돌아본다. 동준은 걸음을 멈췄다. 충혈된 그녀의 눈을 보는 순간, 심장에 날카로운 칼날이 스치고 지나가는 것 같은 고통을 느꼈다.

얼마나 울었는지 눈가가 붉은데 또 눈물이 차오른다. 동준은 빠르게 다가갔다.

"왜……?"

그녀가 고개를 흔든다. 동준은 옆에 앉아 그녀의 양 어깨를 붙잡았다.

"뭐야?"

물기가 그렁한 눈으로 고개를 든 그녀가 희미하게 미소를 지었다.

"어떤 분이…… 돌아가셨어요. 나한테는 은인이었는데…… 돌아가신 엄마와 날 보살펴주시고……."

말하는 중간마다 간헐적인 흐느낌이 새어나온다. 울먹거리는 그 말만으로도 동준은 그녀가 누구를 말하는지 알아차렸다.

안형준 목사. 이제 안 건가? 그분이 돌아가셨다는 걸. 어떻게 알았을까가 중요한 건 아니다. 지금 그녀가 슬퍼한다는 것, 동준은 지금 그게 가장 중요했다.

그는 그녀를 품에 껴안았다. 다시 슬픔이 밀려오는지, 그녀의 흐느낌 소리가 더 커졌다.

"찾아뵙지도 못하고…… 제대로 인사도 못 드리고…… 내가 떠나던 날, 오랫동안 뒤따라오시면서 걱정을 지우시지 못했는데…… 언젠간 반드시 찾아뵙겠다고 했는데, 그랬는데……."

서연의 울음소리가 커질수록 동준은 자신의 심장을 누군가 칼로 도려내는 듯 아팠다. 그녀를 안은 팔에 힘이 들어가고 품속으로 더 세게 당겨 안았다. 시간이 갈수록, 그녀가 지나온 과거가 드러나면 드러날수록 서연을 향한 감정이 깊어진다. 이건 단순한 보호본능이라고 할 수도 없고 연민이라고도 할 수 없다. 더 깊은 감정이었다. 흘러가면 그뿐인 감정도 아니고 충동적인 감정도 아니다.

동준은 자신조차 알 수 없었다. 그녀를 향한 이 감정의 실체를, 이것의 깊이를, 또 앞으로 얼마나 더 깊어질지도…….

찰칵, 서연은 휴대폰의 작은 화면에 담긴 꽃잎을 보며 미소를 지었다.

'자, 받아.'

아침에 나갔다가 돌아온 그가 갑자기 주먹을 내밀며 말했었다. 그녀는 그때 어리둥절한 얼굴로 손바닥을 내밀었던 기억을 떠올렸다. 그의 손안에서 나온 건 작은 꽃잎이었다. 노란 개나리 꽃잎이 손바닥 위로 떨어졌을 때까지만 해도 그녀는 그것이 의미하는 바를 몰랐다. 그가 말해주기 전에는.

'봄이야.'

그 말은 심장이 물결치고 훈훈하고 따스한 바람이 부는 것 같은 착각을 일으켰다. 봄을 선물하는 남자, 그녀는 그 어떤 선물보다 귀한 선물을 받았다. 아직 겨울의 스산함과 서늘함이 남아 추위가 느껴지는데 대체 어디서 개나리 꽃잎을 구했는지는 모른다. 하지만 아직 오지 않은 봄을 일찌감치 구해와 그녀의 손안에 넣어주는 그의 마음이 따뜻해서 눈물을 흘렸다.

"바보처럼……."

서연은 혼잣말을 중얼거렸다. 약해졌다. 자신이 예전보다 아주 많이 약해졌다는 것을 깨닫고 있었다. 누군가를 의지한다는 건 이런 것이다. 무엇이든 혼자 할 수 있고 혼자도 상관없다고 여겼던 마음이 변해버리는 것, 기대고 싶고 보호받고 싶고 늘 함께 하고 싶은 것이다.

서연은 꽃잎을 다른 각도에서 찍었다. 그리고 주변도 찍기 시작했다. 휴대폰을 이리 대고 저리 대면서 찰칵거렸다. 때늦은 사진 찍기에 여념이 없던 그녀는 돌아섰다. 짧은 반팔 티셔츠를 입고 라면을 끓이고 있는 차동준이 보였다. 그녀는 휴대폰 카메라를 그가 있는 쪽으로 향했다.

찰칵. 그가 돌아본다. 자길 찍는 걸 알았나보다. 가끔 보면 참 예민하다니까.

"뭐야? 날 찍는 거야?"

"응."

그가 피식, 웃더니 몸을 정면으로 향했다.

"찍으려면 제대로 찍어야지. 난 옆모습보다 정면이 멋지다고."

서연은 품, 웃었다. 하지만 그의 말을 인정하지 않을 순 없었다. 그래서 서연은 다시 사진을 찍었다.

찰칵. 찰칵, 찰칵.

몇 번이고 찍었다. 휴대폰을 올려서도 찍고 내려서도 찍고.

"모델비 받아야겠는데? 설마, 그 사진 파는 건 아니겠지?"

"누가 사요?"

"나 정도 인물이면 살 사람이 있을 수도 있지."

"와."

잘난 체의 최고봉인 그를 향해 감탄을 했다. 그녀는 어이가 없어서 감탄한 건데 그는 뻔뻔하다.

"고마워. 인정해줘서. 와서 라면 먹어."

그저 웃을 수밖에 없었다. 서연은 식탁 앞으로 가서 그가 끓인 라면을 보았다. 계란도 들었고 만두도 들었다.

"영양 만점이네요."

"이 정돈 돼야지."

먹는 걸 잘 먹어야 된다는 주의인 그는 뭐든 이렇게 풍성하게 먹는다. 그녀와는 달랐다. 아니, 그럴 수밖에 없었기에 늘 최소한의 음식만 섭취했던 그녀였다. 이렇게 마주 앉아 밥을 먹고 음식에 대해 논하고 허물없이 농담을 하고…… 이 시간이 영원하기를 간절히 바라는 마음이 깊어진다.

"먹고 산책 갈래요?"

서연이 문득 말하자 그가 쳐다본다. 희미하게 웃더니 농담처럼 물었다.

"봉지 가지고?"

맨얼굴로 사람들의 시선을 받으면 숨을 잘 못 쉬는 그녀의 상황을 일깨워주려는 의도였다.

"비상용으로 가져가야죠. 근데 괜찮을 것 같아요."

"어째서?"

"내가 용기를 낼 거니까."

"……."

"나도 이젠 평범하게 살고 싶어졌거든. 두꺼운 화장 안 하고 변장도 안 하고 사람들의 시선에 무감각해지는 연습을 하고 싶어요."

잠시 그녀를 물끄러미 쳐다보던 그가 말했다.

"너무 급하게 무리하진 마. 천천히 시간을 갖고……."

"시간이란 거, 어쩌면 많지 않을지도 모르잖아요. 내 앞에 남은 시간이 얼마일지는 아무도 모르는 거잖아요. 그러니까 할 수 있을 때 해보고 싶어요. 마지막 순간에 후회하지 않도록."

그가 인상을 썼다. 서연은 활짝 웃으며 말했다.

"그냥 그렇다고요. 앞일은 아무도 모른다는 말을 하는 거예요. 그러니까 오늘 일을 다음으로 미루지 말라, 뭐 이런 뜻이죠."

그래도 그의 굳은 얼굴은 풀리지 않았다. 서연은 부드러운 미소를 머금은 채 말했다.

"산책 가요. 당신 팔짱 끼고 길을 걷고 싶어요. 평범한 여자처럼."

그리고 사랑에 빠진 여자처럼.

둘이라서 그런지 그리 어렵지 않았다. 서연은 그의 팔짱을 끼고 어두운 밤거리를 거닐었다. 조그만 공원을 끼고 몇 바퀴 돌다가 용기를 내서 도로 쪽으로 걸어 내려갔다. 상점들이 켜놓은 조명과 지나다니는 차들의 불빛, 용기를 냈지만 그래도 몰라서 해가 진 다음에 나온 산책이었는데 결과는 아주 만족스러웠다.

서연은 자신이 대견스러워서 웃음이 끊이질 않았다. 그래서 호기를 부렸다.

"우리, 저기 들어가 볼까요?"

조명이 환하게 켜진 커피숍이었다. 커다란 유리창 너머로 사람들이 꽤 많이 보였다. 이건 용기 수준이 아니었다. 그녀에게는 목숨을 건 모험이었다.

"무리하지 말지?"

그가 걱정스럽게 대꾸한다. 하지만 서연을 고집을 부렸다.

"이판사판이니까 해봐요."

사실은 시간이 없으니까. 앞으로 그녀가 할 일은 정말로 목숨을 걸고 해야 하는 일이니까. 그래서 해보고 싶었다. 다소 무모한 짓이라도 해봐야 할 것 같았다.

"가요."

서연은 그의 팔을 잡고 끌었다. 그가 뭐라고 투덜거리더니 이내 다가와 그녀의 어깨를 감싸 자신의 품으로 당겨 안았다.

"조금이라도 이상 증세를 느끼면 무조건 말해."

"네."

서연은 웃으며 대답했다. 성공할 것 같았다. 사람들 틈에서, 환한 조명 아래에서 변장도 하지 않은 채 앉아 있는 건 꿈에도 상상한 적이 없는데 왠지 할 수 있을 것 같았다. 그가 있으니까. 이 남자가 있으니까 가능할 것 같았다.

두 사람은 카페 문을 열고 안으로 들어갔다. 막상 들어오니 서연은 심장이 미친 듯이 뛰는 걸 느꼈다. 괜찮다고 스스로 생각했지만 사실은 완전히 괜찮지는 않았던 모양이다. 자꾸만 주변을 둘러보게 되고 왠지 누군가 자신을 알아볼 것 같아서 고개를 숙이게 된다.

"아무도 보는 사람 없어. 만약 있다면 그건 날 보는 거지."

서연이 슬쩍 시선을 들어 무슨 소리냐는 듯한 얼굴로 쳐다보자
그가 씨익, 웃었다.

"내가 워낙 잘생겨서."

픗, 웃었다. 그가 그녀를 데리고 안쪽 구석진 테이블로 갔다. 그
녀를 벽 쪽에 앉히고 그도 옆에 앉았다. 맞은편이 아니라 옆에 앉
아준 것이 서연은 고마웠다. 그래도 처음엔 고개를 제대로 들 수
가 없었다. 하지만 시간이 지나고 조금씩 이 상황과 환경에 적응
하게 되자 주변을 살펴보게 되었다. 조금 멀리 있는 테이블을 보
다가 이젠 바로 옆 테이블에 앉아 있는 사람도 보게 된다. 두 테이
블 정도 건너편에 있는 남녀는 꽤 심각해 보였다. 눈도 안 마주치
고 서로 다른 곳을 본다. 아마도 싸운 거겠지? 그리고 그 옆 테이
블에 앉아 있는 남자 둘은 비즈니스적인 관계일 듯싶었다. 풋풋한
대학생들도 보이고 사랑하는 연인들도 보이고…… 그녀가 몰랐던
세상은 활기차게 돌아가고 있었다.

"부럽네요."

그녀의 중얼거림에 그가 쳐다본다. 서연은 희미한 미소를 지으
며 말했다.

"누구의 눈도 의식하지 않고 자신들의 삶을 살아가는 저들이
부러워요."

잠시 그녀를 물끄러미 쳐다보던 그가 천천히 입을 열었다.

"틀렸어."

서연이 쳐다보자 그가 다시 말했다.

"저들도 사람들 눈을 의식해. 아닌 척하고 사는 것뿐이지. 그

경중이 다를 뿐이야. 결국엔 모두들 주변의 시선을 의식하고 신경 쓰면서 사는 건 똑같다는 거지."

듣고 보니 이해가 간다. 이 사회는 더불어 사는 세상이니까. 서연은 그가 왜 이런 말을 하는지 알 것 같았다. 경중…… 그 정도의 차이가 보통 사람은 절대 상상할 수 없을 만큼이지만 그녀처럼 저 사람들도 주변의 시선을 의식한다는 걸 말해주고 싶은 거다.

왠지 힘이 난다. 저 사람들도 나와 다르지 않다는 걸 실감하니까 두려움도 사라진다. 나 또한 저 많은 사람들 중 한 사람일 뿐이라는 사실이 큰 위안이 되었다. 그러자 여유가 느껴지고 카페 안에 흐르는 음악이 귀에 들어온다. 사람들의 말소리도 들려오고 옆에 앉아 있는 남자에게 웃어주기까지 했다. 주문했던 레몬차가 나오자 한 모금 마시며 창밖의 지나가는 사람들을 쳐다보고 그 다양함이 신기하면서도 평온해 보여 미소가 절로 그려졌다.

그가 나가자고 했다. 카페를 나오기 전에 옷깃을 여며주며 속삭인다.

"아직은 밤공기가 추워."

세심하고 따뜻한 배려에 심장이 두근거렸다. 그의 손을 잡고 길거리를 거닐며 사람들 속으로 섞여 들어가는 동안 그녀는 지금의 현실이 믿기지가 않았다.

이럴 수 있는 날이 오다니, 내게도 이런 날이 오다니…….

그리고 또다시 욕심을 품게 된다. 이런 날이 계속 되었으면 좋겠다고.

어느 순간부터 사람들이 점점 줄어들었다. 공원 안쪽으로 걸어

들어가니 아예 인적이 끊어졌다. 두 사람은 풀벌레 소리를 듣고 달그림자를 밟으며 걸었다. 다소 쌀쌀하긴 했지만 마음만은 따뜻했다.

문득 그가 걸음을 멈췄다. 보폭이 커서 두 걸음쯤 앞서 걷던 그가 멈추자 그녀도 덩달아 멈췄다. 그가 돌아본다. 서연은 그를 마주보았다. 한 걸음, 성큼 다가오자 그녀와의 거리는 한 뼘도 되지 않는다.

서연은 눈을 감았다. 잠시 후, 그의 입술이 느껴졌다. 따뜻하고 촉촉하고 부드러운 입술이 살며시 그녀를 보듬어 꿈같은 세상으로 이끌었다. 가만히 머금었다가 안아주듯 쓸어주고 부드럽게 스며들어 왔다. 그의 강한 팔이 그녀의 허리를 안아 당겼을 때 서연은 기꺼이 남자의 품속으로 안겨 들어갔다.

지금 느낄 수 있는 것을 마음껏 느낀 후에는 나중에 감당해야 할 것들을 이겨낼 힘이 생길 것 같았다. 키스가 깊어지자 서연은 팔을 들어 그의 목을 끌어안았다. 혀끝을 휘감아 호흡을 앗아가는 남자의 힘 있는 동작에 호흡이 거칠어진다. 허리를 안고 있는 팔에 힘이 들어가는가 싶더니 그녀는 더 깊숙이 남자의 품 안으로 빨려 들어갔다.

문득, 그가 준 개나리 꽃잎이 떠올랐다.

'봄이야.'

그가 어떤 의도로 그런 말을 했는지 모르지만 그녀에게 '봄'은 새로운 삶을 의미했다. 그가 준 '봄'을 가지고 싶었다. 새롭게 시작되는 인생을 갖고 싶었다. 너무나 원한다. 지금까지와는 전혀 다른 따뜻한 봄날을 만끽하기를!

서연은 외출하려고 나서는 그를 따라 현관으로 나갔다. 신을 신고 그가 쳐다본다. 왠지 어색해졌다. 같이 밥 먹고 자고, 주말 동안 내내 함께 있었는데 월요일 아침이 되니 이상한 기분이 든다. 뭐랄까? 주인도 없는 집을 점거하고 있는 것 같은 기분. 그는 전혀 내색하지 않았지만 서연은 지금의 상황이 정상이 아니라는 건 알고 있었다.

"이사할까, 해요."

서연이 말하자 그가 눈살을 찌푸렸다. 그녀는 희미하게 웃으며 말을 이었다.

"그 집엔 더 이상 못 있을 것 같고…… 다른 집을 알아보려고요."

"불편해?"

"당연하죠. 아무것도 없어진 건 없다지만 그래도 침입자가 있었다는 사실만으로……."

"여기서 지내는 게 불편하냐고 묻는 거야."

서연은 잠시 말을 멈추고 그를 물끄러미 쳐다보았다. 그러다가 고개를 끄덕였다.

"조금요."

"어떤 점이?"

"구체적으로 어떻게 나열해요? 혼자 살다가 둘이 되니까, 불편한 점이 느껴지는 정도죠. 게다가 여긴 내 지분이 전혀 없는 집이잖아요."

그가 웃었다.

"지분이 필요한지는 몰랐네. 그럼 이 집에 투자해. 약 10프로 정도."

"난 투자 전망이 확실한 데가 아니면 투자 안 해요."

"투자한 곳은 있고?"

"당연히…… 없죠."

그리고 서연은 배시시 웃었다. 그도 따라 웃는다. 그녀는 웃음을 살며시 지우며 진지하게 말했다.

"곧 투자해볼 생각이에요. 내 이름을 걸고."

그녀의 진지한 말에 그도 웃음을 지운다. 서연은 다시 입을 열었다.

"그러려면 먼저 할 일이 있어요. 그 일이 끝나면…… 내 집을 가져보고 싶어요. 그리고…… 그거 있잖아요. 처음에 나한테 제안 했던 거. 팬 사인회 같은 것도 해보려고요. 찾아올 팬이 있을지도 모르겠지만 해보고 싶어요. 또 놀이공원도 다시 가보고 싶고 영화도 보러 나가고 싶어요. 대낮에 나가서 쇼핑도 마음껏 하고 싶고 공부를 다시 해서 학교도 다니고 싶어요. 해보고 싶은 일이 너무 많아요."

서연은 눈을 반짝이며 열정적으로 말했다. 그가 갑자기 그녀의 어깨를 잡더니 품으로 당겨 안는다. 서연은 어색하게 웃으며 물었다.

"뭐예요? 왜 이러는데?"

"하게 될 거야. 네가 원하는 그 모든 것들. 조금만 더 기다려."

서연은 그냥 웃었다.

이 남자, 뭘 알고서 하는 소릴까? 내가 뭘 감당해야 하고 뭘 대면해야 하는지 알고서 하는 소릴까? 지금 이 순간이 얼마나 내게 소중한 시간인지, 되도록 더 오래 끌면서 지체하고 싶은 건지 이 사람은 모르겠지. 하루만, 이틀만 더, 그렇게 시간을 끌면서 미적거리고 있다는 걸 이 사람은 절대 알 수 없을 것이다.

서연은 그의 가슴팍을 밀며 품에서 빠져나왔다.

"출근이나 하세요. 내 일은 내가 알아서 할 테니."

내가 아니면 할 수 없는 일이니까. 이 사람을 위험에 끌어들여선 절대 안 되는 일이니까. 결국 우린 한 번은 헤어져야 한다. 어쩌면 그게 영원히 못 보게 될 수 있는 일이라고 하더라도 해야 할 일이다.

"이사는 좀 더 생각해보자."

"그래요."

당연히 그럴 생각은 없었다. 아버지를 만나기 전에 지낼만한 아지트가 필요하니까. 침입자에게 노출된 집도 안 되고 여긴 더더욱 안 되니까 빠른 시간 안에 지낼 곳을 구해야 한다. 하지만 그녀는 그를 안심시키기 위해 이사를 천천히 생각해보겠다고 거짓말을 했다.

"일찍 올 테니까 얌전히 기다려."

"걱정 말아요. 하루 종일 글만 쓸 거니까."

"저쪽 방에서 써. 컴퓨터도 있고 책도 제법 있으니까."

"안 그래도 그럴 생각이에요. 노트북이 있지만 가끔은 컴퓨터도 쓰거든요. 책도 분야별로 많더라고요."

"내가 지식인이라 책을 좀 많이 읽는 편이지."

또 잘난 척이지만 서연은 그가 밉지 않았다. 곱게 눈을 흘겼지만 그건 미움보다는 사랑스러움이 더 강했다.

그가 몸을 돌려 현관문을 열고 나갔다. 그가 사라지자 서연은 왠지 집 안이 텅 빈 것 같았다. 오랜 시간 혼자라는 것에 익숙해져 살아왔는데 이젠 혼자라는 게 싫다.

나는 이제 변해가고 있는 것이다. 은둔자에서 사회의 일원으로.

그가 나간 후에 그녀는 서재로 향했다. 꽤 큰 방 안에는 창을 등지고 커다란 책상이 있고 그 위에 모니터가 놓여 있었다. 그리고 사방이 책이었다. 서연은 그 점이 너무나 마음에 들었다. 세상에서 뚝 떨어져 혼자만의 삶을 살면서 유일한 친구였고 벗이었고 가족이었던 존재가 '책'이었다. 그녀가 세상을 아는 방법은 '책'이었고 세상과 소통하는 방법도 결국 '책'이었다. 수많은 책을 읽으면서 사람들이 어떻게 사는지, 어떤 생각을 하며 사는지, 어렴풋이나마 느끼고 상상하면서 살았다. 먹고 사는 걸 해결하게 해준 것도 책이었다. 책으로 인한 간접 경험이 없었다면 어떻게 글을 쓸 수 있었을까? 그래서 '책'은 그녀에게 고맙고 소중함, 그 자체였다.

서연은 미리 책상 위에 가져다놓았던 노트북을 열고 전원을 켰다. 그리고 책들을 천천히 둘러보기 시작했다. 손이 닿지 않는 천장까지 책이 빼곡히 꽂혀 있었다. 읽은 책도 있고 못 읽은 책도 있다.

그 사람은 다 읽은 걸까? 왠지 그럴 것 같았다. 이야기를 하다 보면 가끔 느낀다. 이 사람, 참 아는 게 많구나. 시사나 상식에도 밝은 그 사람과 있으면 시간이 어떻게 가는지 몰랐다. 그래서 즐거웠다. 대화가 통하고 취미가 같은 사람을 만나서 좋아하게 되고…….

서연은 희미하게 웃었다.

난 행운아인 걸까? 그동안 불행이니, 행복이니, 그딴 거 생각 안 하면서 살았었는데 이젠 궁금해졌다. 난 행운의 여신이 버린 사람일까? 아니면 여전히 신경을 쓰고 있는 사람일까? 후자였으면 좋겠다. 나를 불쌍히 여겨서, 내가 살아온 삶이 얼마나 큰 고통이었는지 알아줘서 앞으로의 삶은 좀 더 편안하고 행복하게 해줬으면 좋겠다.

책들을 대충 훑어보고 책상으로 돌아서려던 그녀는 문득 다시 뒤돌아보았다. 정말 우연이었다. 벽 쪽 구석에 꽂혀 있는 자신의 책을 발견한 것은. 서연은 반가운 마음에 냉큼 달려가 보았다. 초기 작품부터 최근의 작품까지, 그녀의 이름이 새겨진 책들이 가지런히 꽂혀 있었다.

서연은 왠지 뿌듯해지는 것 같았다. 좋아하는 남자의 서고에 자신이 쓴 책이 꽂혀 있다는 거, 은근히 행복하다. 출판사 사장으로서 계약이 되어 있는 작가의 작품을 소장하고 있는 건 너무나 당연한 일인데도 의미가 부여되고 기쁨이 물결친다. 그 사람은 작가로서의 나를 인정해주는 사람이니까, 그래서 좋은 거다.

처음에 출간했던 책을 뽑아 펼쳤다. 감회가 새롭다. 이 책을 낼 때

얼마나 긴장했고, 얼마나 행복했고, 얼마나 두려웠었는지, 기억이
난다. 두 번째도 두려움은 컸지만 그래도 괜찮았었다. 책을 원래 자
리에 꽂아놓고 손가락으로 제목들을 쓰윽, 훑었다. 그러다가 가장
마지막에 출간했던 책에서 손가락이 멈추었다.

책을 뽑아드는 서연의 입가에는 희미한 미소가 어려 있었다. 책
표지를 가만히 쓸었다. 지금은 마지막으로 출간한 책이지만 곧 마
지막에서 두 번째 책이 되겠지. 그렇게 생각하며 그녀는 책표지를
넘겼다. 순간, 그녀의 동공이 얼어붙었다. 책을 든 손이 떨렸다.
무심히 흐르던 눈길이 머문 자리는 너무나 의외의 것이 새겨져 있
었다.

처음엔 혼란스러웠다. 무언가 잘못되었다고 생각했다. 하지만
눈앞에 있는 책은 바로 '그 책'이다. 서연은 책을 뒤집어 아래쪽
모서리를 보았다. 손이 떨려서 책을 떨어트릴 뻔했다.

"그럴 리 없어. 그럴 리가 없잖아."

정신 나간 사람처럼 중얼거리면서 모서리 안쪽을 보았다. 여기
도 있다. 우연이 아니다!

서연은 비틀거렸다. 어지러웠다. 책을 가슴에 품고 비틀거리며
의자에 가서 앉았다. 심호흡을 했다. 그리고 다시 책표지를 펼쳐
첫 장을 보았다. 거기에는 책이 출판된 날짜와 지은이, 출판사 등
의 정보가 작게 표시되어 있었다. 그건 평범하다. 어느 책이든 있
는 거니까. 하지만…… 이 책은 특별했다.

서연의 손가락이 움직여 출판사 주소가 적혀 있는 글씨를 더듬
었다. 거기에는 아주 작은 글씨가 새겨져 있었다. 그냥 봐선 모른

다. 하지만 그 암호 같은 단어를 써넣은 당사자, 서연과 그 암호를 해석하고 알아볼 수 있는 한 사람…… 지금은 돌아가신 목사님만이 알 수 있는 거였다.

주소의 일부를 화이트로 지우고 컴퓨터 글씨처럼 또박또박하게 썼었다. 그냥 주욱 나열된 글이지만 두 음절씩 끊어 읽으면 '서연'이 된다. 그리고 책을 뒤집어 아래쪽 모서리를 보면 눈에 띄지 않도록 소심하게 찍어놓은 점의 나열도 있다. 이것도 그냥 봐선 모른다. 책을 밀어서 조금 펼치듯 겹쳐놓으면 보이는 표식이었다.

이것도 목사님과 나만 아는 표식이야. 인주 언니도 모르는 거야. 그런데 어째서 이 책이 여기에 있는 거지? 아저씨한테 보냈던 책이 어떻게 그 사람의 서재에 있는 거지?

서연은 혼란스러웠다. 하지만 가슴 속 깊은 곳에서는 의심의 물결이 힘차게 일어서고 있었다. 인정하고 싶지는 않지만, 절대로 의심 따윈 하고 싶지 않지만, 이 책이 여기에 있는 이유를 설명할 수가 없다. 이해할 수도 없다. 대체 이게 뭐냐 말이다!

멍하게 시간이 흘렀다. 충격으로 굳어진 머리가 조금씩 돌아가기 시작했다. 배신의 충격은 심장을 차갑게 얼리고 의심의 악마가 이성을 빼앗으려고 기를 쓴다.

"아직은 아니야."

서연의 마른 입술 사이로 희미한 속삭임이 비집고 나왔다. 확인을 하기 전에는 아니다. 의도적인 접근이 아니었을지도 모른다. 그래, 아닐 거야. 그 사람이 왜? 그럴 이유가 없어……!

문득 그녀는 눈을 크게 떴다. 블랙홀 출판사에서 처음 자신에게 접근했던 때가 떠올랐다. 팬 사인회를 빌미로 자신을 불러내고 연재를 하라고 억지를 부렸다. 그러고 보니, 출판사 사정이 어렵다고 했던 것도 이해하기 힘들다. 그는 전혀 경제적으로 어려워 보이지 않았고 진호나 안나도 압박을 받는 것 같지 않았었다.

의심이 꼬리를 물고 이어졌다. 모든 것이 의심스럽기 시작했다. 너무나 틀에 짜여진 듯 느껴진다. 왜 몰랐을까? 왜 의심하지 못했을까? 조금만 생각해도 충분히 의심할 수 있었을 텐데.

그녀는 이유를 알고 있었다. 외로움…… 그게 화근이었다. 스스로도 인정하지 못하고 있는 사이에 외로움이라는 태풍이 덮쳐와 다른 사람의 작은 손길과 온정에도 그냥 무너져버린 것이다. 친근하게 다가오는 그들과 같이 웃고 싶어서, 따뜻한 그들의 사이에 끼고 싶어서…… 그 사람의 손길과 품이 진심이라고 믿어버렸던 거야!

서연은 의자에서 벌떡 일어났다.

여기서 의심만 해서 될 일이 아니다. 확인을 해야 했다. 그가 정말로 나에 대해 알고 의도적으로 접근을 한 건지 알아봐야 했다! 그래야, 그 후에 자신의 바보스러움과 멍청함에 돌을 던져도 늦지 않는다!

"이러면 좀 나아?"

남편이 불퉁한 목소리로 묻는다. 짜증이 잔뜩 묻어 있는 목소리다. 인주는 미안함을 가득 담아서 말했다.

"가게가 넓어졌잖아."

"10년 동안 지켜온 자리 헐값에 넘기고 상권 떨어지는 여기에 가게를 다시 얻었는데 넓고, 좁은 게 문제야?"

"고객들한테 안내 다 했고 기존 가게 옆에 이전 안내 문구까지 크게 써 붙였잖아. 단골들은 다 찾아올 거야. 그리고 교통편으로 치자면 거기보다 여기가 훨씬 낫지, 뭐. 또 새로운 단골들이 생길 여지도 있고. 10년이나 한곳에서 붙박이로 장사했으면 이제 옮겨도 돼. 우리 떡 만드는 실력, 단골들이 다 알아주고 입소문도 다 나서 매상에 지장 없을 거야. 장담해."

"나도 모르겠다. 도대체 네가 무슨 변덕을 부린 건지. 왜 거긴 싫다고 그 난리를 친 건지. 장인어른 돌아가신 거랑 그 가게랑 무슨 상관이 있다고……."

남편이 투덜거리며 밖으로 나간다. 인주는 한숨을 푹, 내쉬었다. 남편 말은 틀린 게 없었다. 그 가게나 이 가게나 똑같다. 분명히 괜한 짓을 한 거다. 그런데 거기에서 더 이상 장사를 하고 싶지 않았다.

'가게가 그리 밝지가 않아. 침침해. 애초에 시작을 밝게 해야 되는데…… 너무 외진 곳에서 살지 마라. 가게는 여기서 하더라도 집은 좀 더 밝은 곳으로 옮겨.'

돌아가신 아빠가 처음 그 가게와 집을 보고 하신 말씀이었다. 애들이 어려서 가게 이층에서 기거했었다. 골목 안쪽이었고 사방에 아파트가 많아서 볕이 잘 들지 않는 건물이었다. 골목, 골목이 너무 많아서 으슥한 공간도 많았다. 하지만 주변에 대단지 아파트가 있어서 거기로 정했었다. 오로지 장사에서 성공하겠다는 일념으로.

10년을 살았다. 장사도 꽤 잘돼서 먹고 사는 데는 지장이 없었다. 단골도 꽤 많이 생겨 명절이면 사람을 여럿 두고 써야 할 만큼 큰 대목도 치른다. 그런데 아버지가 돌아가시고 난 후에 그녀는 그 가게가 너무 싫어졌다. 아버지가 했던 말씀처럼 어두침침한 것도 싫고 이제 중학생이 된 딸아이가 골목을 휘돌아다니는 것도 싫고…… 그래서 남편을 졸랐다. 반대하는 남편 앞에서 시름시름 앓기까지 하면서 결국 이곳으로 옮겨왔다.

가게도 넓었고 골목을 휘돌지 않아도 조금만 나가면 큰길이다. 집도 아파트를 따로 얻었다. 12층 현관문을 열고 들어서자마자 아이들이 환호하는 소리가 지금도 들리는 것 같다. 문제는 하나뿐이었다. 아니, 어쩌면 문젯거리가 아니다.

서연…… 그 아이가 아는 곳은 기존 가겐데 혹시 날 찾아왔다가 이사 간 걸 알면…….

이전 안내는 한두 달만 붙여놓고 떼어질 것이다. 그 후에 서연이 찾아올까 봐 걱정이 된다. 물론 그 아이가 자신을 찾아올 확률은 낮았다. 그래도 혹시, 모르는 일 아닌가. 그래서 인주는 이틀 전, 삐삐에 메시지를 남겼다. 이제 절대 연락을 하지 않으려고 했었는데 어쩔 수가 없었다. 정말로 마지막이 될 거라는 메시지도 남겼다.

"듣기나 했을라나 모르겠네."

인주는 혼잣말을 중얼거렸다. 그때 떠난 후로 한 번도 소식을 취해오지 않았던 아이다.

'걱정 마라. 잘 살겠지.'

몇 년 전에 소식이라도 좀 알았으면 좋겠다고 말했을 때 아버지가 그랬었다. 왠지 뭔가를 아시는 것 같았다. 그렇게 말씀하시는 얼굴도 조금은 편안해 보였었다. 그래서 짐작했었다. 서연이 아버지께는 소식을 전하고 있구나, 하고. 서운하지 않았다. 그 아이의 형편이 그러니까. 모진 인생, 서글픈 그 아이의 삶이 그렇게 고달프니까.

인주는 한숨을 푹 내쉬었다. 서연이만 생각하면 가슴이 아린다. 이놈의 세상, 아무리 변하면 뭐 하나. 착하고 죄 없는 여자 인생 하나 구제해줄 길이 없는데.

남편이 돌아왔다. 인주는 일부러 애교스러운 미소를 지으며 말했다.

"나, 지금 포장박스 찾으러 갈 건데 족발 사올까?"

화해하자는 아내의 제스처를 눈치챈 남편이 약간 풀어진 어투로 말했다.

"그러든지."

"다녀올게."

인주는 웃어 보이고 가게를 나섰다. 포장박스 만드는 곳은 기존 가게 근처였다. 가까워서 박스를 찾으러 가곤 했는데 이젠 거리도 있으니까 배달을 시켜야겠다. 가는 김에 안내 문구가 제대로 붙어 있는지도 보고…… 오늘, 참 볕이 좋다. 이제 정말 봄이 가까워진 것 같았다.

"아이고, 뭐 하러 여기까지 와? 배달, 다 해주는데."

10년 동안 포장박스를 거래해온 업체 여사장이 인주를 보고 웃으며 물었다.

"안내문 제대로 붙어 있나 확인도 하고 산책도 할 겸 나온 거죠. 가게에만 붙어 있으면 운동 부족이잖아요."

"하긴 그렇지. 우리 같은 장사치들 고질병 하나씩은 다 가지고 있잖아. 그게 다 운동 부족에서 오는 거여. 안 사장은 젊을 때 관리 잘해. 헬스 같은 것도 좀 하고."

"에이, 그럴 시간이 어딨어요? 새벽에 일어나서 떡 만들고 밤늦게나 돼야 퇴근인데. 애들 볼 시간도 잘 없어요."

"맞아, 그렇지. 애들이 아직 어리지. 그래도 좋을 때여. 더 나이 들어서 애들도 다 출가하고 나면 허전해진다니까."

"그런가요?"

"그럼. 그렇다니까."

"아, 맞다. 전에 제가 선물용으로 주문한 포장박스는 어딨어요?"

"아, 그거? 오늘 찾아가게?"

"짐이 너무 많죠? 그럼 여기 있는 것들은 배달 부탁드리고 선물용만 제가 가져갈까요?"

"그러든지. 저, 뒤쪽 창고에 있는데 내가 가져올게."

"아뇨, 됐어요. 가게 비잖아요. 제가 갈게요."

"그럴래? 그럼 여기, 키 가져가. 위치, 알지?"

"네, 전에도 몇 번 가봐서 알아요."

"그래. 다녀올 동안 내가 맛있는 커피 타 놓을게."

"네."

인주는 창고키를 가지고 가게 뒷문으로 향했다. 오랜 단골이라 창고키도 선뜻 내어주고, 한동네에서 오랫동안 터를 잡고 사는 데는 이런 이유도 있는 것이다. 다른 곳으로 가서 이만큼 사람을 사귀고 환경에 익숙해지려면 또 얼마나 힘이 들겠는가. 그렇게 생각하면 또 가슴 한쪽이 아프다.

서연인 얼마나 외로울까? 우리 외엔 평생, 한곳에서 안주해본 적이 없는 아이니까 아예 기대조차 안 하고 아쉽지도 않는 걸까? 아니다. 우리와 함께 있는 동안 사람의 정을 알게 됐고 이웃과의 정도 나누게 됐으니까 알긴 알 것이다. 그런데도 묻으며 외면하고 살겠지. 어차피 현실에선 이루지 못할 꿈일 테니까.

한 번쯤 봤으면 좋겠다. 아버지가 돌아가셨다는 메시지를 듣긴 했을까? 아니다. 안 보는 게 낫지. 괜히 소식을 알았다가 어떤 놈한테 실수로라도 흘리게 되면 서연이가 위험해지니까.

인주는 자꾸만 속상해지는 마음을 털어내려 고개를 흔들었다. 뒷문을 열고 나가면 안채였다. 애들이 다 커서 대학을 가고 취직을 해서 나가는 바람에 안채는 거의 비어 있었다. 작은 마당을 가로질러 왼쪽으로 가면 화장실이 있다. 오래된 집이라 화장실이 밖에 있는데 너무 불편해서 몇 년 전에 집 안에 따로 화장실을 만들었다고 들었다. 그래서 밖에 있는 화장실은 가게에 찾아오는 손님들만 가끔 쓴다고 했다.

인주는 화장실 옆 사잇길로 들어갔다. 본채와 화장실 사이로 난 좁은 길의 끝이 바로 창고였다. 창고 문 앞에서 키를 밀어 넣고 돌리던 그때였다.

"언니."

인주는 얼어붙었다. 처음엔 환청인 줄 알았다. 너무 작은 목소리여서 잘못 들은 줄 알았다. 하지만 귀보다 더 예민한 건 느낌이었다. 뒤꼭지가 서늘해지는 것이, 등줄기를 타고 흐르는 오싹한 감정은 거짓이 아니었다.

인주는 뒤를 돌아보려고 했다.

"돌아보지 말고 자연스럽게 들어가."

흠칫, 동작을 멈췄다. 어디에도, 아무도 보이지 않는데 목소리가 이어진다. 이 목소리를 인주는 정확히 기억하고 있었다. 마지막으로 들은 후로 너무나 오랜만에 듣는 목소리지만 기억하고 있었다. 어린 나이였는데도 언제나 차분하고 부드러웠던 목소리…….

서연이니? 정말, 서연이니?

묻고 싶었지만 인주는 참았다. 목소리가 시키는 대로 키를 돌려 창고 문을 열고 들어갔다. 목소리의 주인이 뒤따라 들어올 수 있도록 살짝 문을 열어놓고 기다렸다. 불도 켜지 않았다. 혹시라도 누군가 엿보고 있을지도 모르니까. 잠시 후, 발소리도 들리지 않았는데 문이 살짝 열렸다가 닫혔다. 어둠이 덮쳤다. 인주는 덜컥 겁이 났다.

혹시 아니면 어쩌지? 서연이가 아니고 다른 누구라면? 아니야. 그 목소리가 맞아. 그 아이야.

"언니."

어둠 속에서 다정하게 부르는 목소리. 인주는 목이 메었다.

"너니? 너야?"

차마, 겁이 나서 이름조차 부를 수가 없었다.

"응, 나야."

물기를 머금은 목소리가 대답한다. 인주는 손을 내밀었다. 어둠 속에서 서연이 이 손을 볼 수 있는 것도 아닌데 저도 모르게 손을 뻗었다. 그러자 거짓말처럼 다른 손이 느껴진다. 차가웠다. 인주는 그 차가운 손을 와락, 움켜잡았다.

"왜…… 왜 이렇게 차가워?"

눈물이 앞을 가려 목소리가 흐트러진다. 천천히 다가갔다. 잡고 있는 손을 의지해 그쪽으로 걸었다. 그리고 느껴졌다. 바로 앞에 있는 실체를. 인주는 차가운 상대를 끌어안았다. 그러자 서연도 인주를 마주 안는다.

두 여자는 흐느꼈다. 볼 수는 없지만 서로를 느끼면서 그동안의 그리움을 토해냈다. 인주는 서연을 포옹에서 풀어주며 물었다.

"불 켜도 돼?"

"내가 켤게."

인주는 그 자리에 있었다. 서연은 이미 창고의 구조를 알고 있는 것처럼 느껴졌다. 말이 끝나기 무섭게 불이 켜진 게 그 증거였다. 갑자기 환해지자 인주는 눈살을 찌푸렸다. 그리고 빛에 익숙해지자마자 서연을 보았다.

야구모자를 쓰고 점퍼를 입고 서 있는 여자는 낯설었다. 아니,

예전 모습과 비슷했다. 하지만 그때의 어린아이가 아니었다. 훨씬 성숙해졌고 훨씬 아름다워져 있었다.

"예뻐졌구나."

인주는 아가씨가 된 서연을 보며 또 울먹였다.

"아빠가 보셨어야 했는데…… 보셨어?"

서연이 고개를 젓는다. 슬픔이 깊게 깃든 얼굴은 아버지의 죽음을 얼마 전에야 알았다는 것을 보여주는 듯했다.

"내 메시지 들었어?"

"응."

"언제?"

"며칠 전에."

그래, 그랬구나. 인주는 성큼 다가가 서연의 손을 잡았다.

"어떻게 지냈어? 많이 힘들었어?"

서연의 눈에서 눈물이 흘러내린다. 대답을 듣지 않아도 알 수 있었다. 인주는 서연을 다시 끌어안았다.

"미안. 그런 거 물어보는 내가 멍청이지. 알면서, 아니 짐작도 못하겠지만 그래도 알 것 같아서…… 그래도 이렇게 살아 있으니까 보는구나."

사실이었다. 차마 말은 못하지만 가끔 뉴스에서 변사체가 어쩌고 할 때마다 가슴이 철렁 내려앉았다. 혹시 서연이는 아니겠지? 아닐 거야. 서연인 잘 도망 다니고 있을 거야. 그러면서도 가슴이 아팠다. 평생 쫓기는 그 인생이 얼마나 고달플지, 감히 상상도 할 수가 없어서 가슴이 쓰렸다.

갑자기 인주는 서연을 품에서 홱 떼어내며 얼굴을 유심히 들여
다보았다.

"너, 이래도 돼? 여기에 와도 되는 거야? 위험한 거, 아냐?"

"안 되는데…… 그래도 와야 했어."

"아버지 때문에? 바보야. 아빠도 이해하실 거야. 장례식 못 온
것 때문이면……."

"편안히 돌아가셨어?"

슬픈 눈빛으로 묻는 서연에게 인주는 고개를 끄덕여주었다.

"아무 고통 없이 가셨어. 뇌경색으로 쓰러지셨거든. 병원에서
그러더라. 고통 없었을 거라고. 나도 너무 늦게 도착해서 임종은
못 지켰지만 고통 없이 가셨다고 하니까 위안이 됐어."

"……."

"아빠가 너, 걱정 많이 하셨어. 말씀은 안 하셨는데 내가 네 이
야기 꺼낼 때마다 화내셨어. 입에 담지도 말라고, 너 위험해진다
고. 그거 알아? 아빠하고 나하고 금기어는 네 이름이었어."

서연이 희미하게 웃었다. 그러다가 갑자기 웃음을 지우고 진지
한 표정을 지었다.

"여기 온 건 목사님 때문만은 아니야."

"그럼?"

"날 찾아온 사람이 있었다고 했지? 목사님 돌아가실 때 찾아왔
던 남자도 있었다고 했고."

"어. 있었어. 그것 때문에 이렇게 위험을 무릅쓰고 왔구나. 바
보야, 그럼 전화로 하지. 삐삐를 하든지. 이렇게 찾아오면……."

갑자기 서연이 주머니에 손을 넣더니 뭔가를 꺼냈다. 인주는 깜짝 놀랐다.

"휴대폰 샀어?"

휴대폰은 위치추적을 할 수 있는 가장 좋은 기계라며 절대로 사용하지 않겠다고 하던 서연이었다. 그런데 이렇게 버젓이 들고 다닌다니 인주는 이게 좋아할 일인지 걱정해야 할 일인지 갈피를 잡을 수가 없었다.

"곧 없앨 거야."

"근데 왜 샀어?"

"그냥…… 생겼어."

명쾌한 대답은 아니다. 인주는 더 캐묻고 싶었지만 서연이 갑자기 내미는 남자 사진을 보고 신경이 분산되었다.

"혹시 이 사람 알아?"

서연이 묻는다.

"누군데?"

잘생긴 남자였다. 부드럽게 미소 짓는 얼굴과 눈빛…… 이 남자, 사랑에 빠졌구나. 인주는 느낌으로 알 수 있었다. 카메라를 응시하는 눈빛이 너무나 부드러워서 그렇게 생각할 수밖에 없었다.

인주는 놀란 눈으로 서연을 보았다.

"설마…… 너, 남자 생겼어?"

"모르는 사람이야? 처음 봐?"

묻는 말에는 대답을 안 하고 서연이 도로 묻는다. 그것도 아주 진지하고 심각한 표정으로.

인주는 다시 사진을 보았다.

"전혀 모르는 사람이야. 처음 봐. 근데 왜? 내가 알아야 할 이유라도 있어?"

서연의 얼굴이 눈에 띄게 밝아진다. 인주는 그런 서연이 신기했다. 그리고 왠지 확신이 생겼다.

"너한테 소중한 사람이지? 이 남자, 지금 널 보고 웃는 거지?"

"……."

대답하지 않는 서연을 보며 인주는 왠지 기뻤다. 그리고 걱정도 된다. 상황이 그럴 상황이 아닌데도 서연이 사랑에 빠진 걸까? 이 사진 속 남자는 누굴까? 서연의 상황을 알기는 할까? 알고 나서 감당할 수 있는 사람일까?

오만가지 의문들이 머릿속을 맴돌았다. 하지만 인주는 물을 수가 없었다. 그녀가 할 질문들은 모두 서연에게 상처가 될 질문들이니까. 대신 인주는 서연의 휴대폰을 빼앗아 사진을 좀 더 자세히 들여다보며 말했다.

"잘생겼네. 표정도 너무 좋고. 어떻게 만난 거야?"

그러면서 저도 모르게 손가락으로 터치를 했다. 슬쩍 미끄러졌는지 사진이 다음 장으로 넘어간다.

"어? 여기, 놀이공원이네?"

인주는 깜짝 놀랐다. 사진을 보고도 믿을 수가 없었다.

"설마, 이 여자가 너야?"

변장을 하긴 했지만 얼굴 윤곽이나 몸집이 서연과 비슷했다. 그리고 이런 변장을 한 서연의 모습을 본 적이 있었기에 인주는 바로 집어냈다.

"응."

조심스럽게 대답하는 서연을 보며 인주는 희미하게 웃었다.

"세상에. 너, 놀이공원도 갔었어? 정말 상상도 못했는데……
어?"

웃음기 실린 목소리로 말하던 인주는 갑자기 말을 멈추었다. 서
연이 심각해진 인주를 보며 물었다.

"왜?"

"이 사람……."

인주의 손가락이 사진 속의 누군가를 짚는다. 서연은 손가락 아
래에 있는 남자를 보았다.

껄렁이, 진호. 오늘도 진호가 아파트 앞에 있는 걸 보았었다. 진
호의 눈을 피해 나오느라 많이 힘들었었다.

서연의 얼굴이 다시 어두워졌다.

"아는…… 사람이야?"

인주가 충격 받은 얼굴로 서연을 쳐다보았다.

"어떻게 이 사람하고 같이 있어? 혹시 네가 보낸 사람이었어?"

서연은 침묵했다. 그러자 인주가 말한다.

"이 사람이야. 아버지 돌아가시고 이 사람이 나한테 찾아왔었
어. 너에 대해 물었던 사람이 바로 이 사람이라고!"

차동준의 사진을 보여줬을 때 인주가 모른다고 하자 서연은 기
뻤었다. 그래, 그럼 그렇지. 그 사람은 아니었어. 하지만 그의 서

재에 있던 책을 설명할 길이 없었다. 그래도 믿고 싶었다. 아니라고, 그럴 리 없다고. 하지만…… 진호의 존재를 인주가 안다고 하는 순간 모든 것이 명확해졌다.

블랙홀, 그들은 모두 거짓이었다. 차동준부터 안나와 진호까지, 전부!

인주와 헤어진 서연은 위험을 무릅쓰고 목사님의 집이 있는 동네로 갔다.

'옆집 할아버지, 있지? 기억나? 우리를 딸기 따 먹는 도둑이라고 오해하시다가 나중엔 아닌 거 아시고 매일 딸기 먹으러 오라고 하시던 할아버지. 그 할아버지가 보셨대. 아빠 돌아가시던 날, 마당에 서 있던 남자를.'

서연은 딸기 할아버지를 만났다. 처음엔 못 알아보시던 분이 조금 후에는 '아이고, 그 목사님네 둘째 딸.'이라고 기억을 해주셨다. 그녀는 그렇게 통했었다. '목사님네 둘째 딸'로. 오랜만에 찾아온 낯익은 동네에서 그녀는 옛 추억의 향수를 느낄 새도 없이 할아버지께 차동준의 사진을 내밀었었다.

'어? 이 사람 맞네. 맞아, 이 사람이야. 키가 크고 훤칠하더라고. 못 보던 사람이라 내가 돋보기 끼고 자세히 봤지.'

마을에서 오래 사신 분이라 낯선 사람에 대한 경계가 많으셨다. 그래서 잠깐 마을을 다녀가는 사람들도 늘 자세히 관찰하고 감시하는 분이셨다. 덕분에 할아버지는 한 번밖에 본 적이 없는 차동준을 정확히 기억하고 있었다.

서연은 버스 차창 너머로 산을 보았다. 속은 문드러지고 터지고 피를 흘리고 있지만 그녀는 의연했다. 울고 싶지 않았다. 너무 큰 충격을 받아 머릿속은 멍했지만 아닌 척, 스스로를 속이고 있었다.

버스에서 내린 곳은 목사님의 유골이 모셔져 있다는 납골당이었다. 예전 같았으면 절대 상상도 못할 일인데 그녀는 그곳으로 당당히 들어갔다. 무슨 생각 따윈 없었다. 처음으로 잡았던 손이 사실은 거짓이었고 처음으로 깊이 주었던 마음이 실상은 철저하게 유린당하고 있었다는 걸 안 이후부터 서연은 이성이 흐려졌다.

노출될지도 모른다는 위험 따윈 이젠 아무렇지도 않았다. 아니, 어쩌면 이미 자신의 존재가 다 드러났을 거라는 걸 알기에 상관없었다.

서연은 목사님의 유골 앞에서 섰다. 부드럽게 웃고 있는 사진을 보는 순간 눈앞이 흐려졌다.

이 사진을 기억한다. 엄마와 함께 찍었던 사진이었다. 내가 사진기를 들고 찍었었다. 엄마도 참 예쁘게 나왔었는데…… 하지만 사진을 찍어서 현상을 하자마자 엄마가 있는 부분은 잘라냈었다. 혹시라도 증거가 남을까 봐 목사님의 배려였다.

"아저씨…… 저, 왔어요."

서연은 사진 속 목사님을 손가락으로 더듬으며 중얼거렸다.

"너무 늦었죠? 죄송해요. 정말로 죄송…….."

목이 메어 더 이상 말을 이을 수가 없었다. 떠돌이 생활에 지쳐 몸도 마음도 피폐해져 있을 때 구세주처럼 나타나 불쌍한 우리 모녀를 품어주었던 분이다. 경계심 많은 엄마도 목사님의 따뜻한 마음에 허물어지고 돌아가실 때까지 의지했던 분이다. 아마도 엄마도 목사님을 사랑하셨을 것이다. 비록, 당신 상황이 여의치 않아서 마음껏 사랑할 수는 없었겠지만 그래도 마음을 주었을 것이다.

서연은 어렴풋이 짐작하고 있었다. 만약 목사님을 만나지 못했더라면 엄마는 죽음을 무릅쓰고 밀항선에 올랐을 것이다. 딸의 손을 붙잡고 밀항선을 구하려다 우연히 만나게 된 목사님이 아니었다면 우리는 지금쯤 어느 낯선 나라를 방황하며 살고 있을지도 모른다.

"그거 아세요? 엄마가 많이 행복해했다는 거. 아저씨 덕분에 엄마가 얼마나 많이 웃고 얼마나 행복해했는지 아시죠? 저도, 처음으로 가족의 품을 느끼고 처음으로 사람을 믿고 의지하게 됐어요. 그래서 그리웠었나 봐요. 아저씨 같은 분이 또 계실 거라고 착각했었나 봐요. 아저씨가 엄마를 품어주었던 것처럼 나한테도 그런 사람이 생길 수 있다고 착각했었어요. 나도 엄마처럼 잠깐이라도 행복할 수 있을 거라고……."

그런데 아니었다. 너무나 믿고 의지했던 사람, 목숨을 걸고서라도 쫓기는 내 인생에 종지부를 찍고 싶게 만들었던 그 남자는…… 거짓이었다. 내 사랑이 유린당하고 내 믿음을 철저하게 배신한 그 사람.

서연은 눈물을 닦았다. 다시 고개를 들었을 때 그녀의 눈빛은 처연하고 결연했다.

"아저씨, 저 이제 가요. 또 오랫동안 못 뵐 거예요. 편히…… 거기서 편안히 잠드세요."

사진 속에서 환하게 웃고 있는 목사님을 다시 한 번 애틋하게 바라보고 서연은 돌아섰다. 납골당을 나서는 그녀의 걸음은 점점 빨라져 눈부신 햇살 속으로 흔적도 없이 사라졌다.

차를 주차시킨 마태용은 가방을 가지고 내렸다. 늦은 퇴근이라 그런지 지하주차장 안은 차들로 빼곡하게 들어차 있었다. 주차할 공간도 간신히 하나 찾아낸 게 운이 좋았던 셈이다. 세대수 많은 아파트의 주차장이라 넓고 크지만 그래도 차들로 넘쳐나 늦게 들어오는 마태용의 경우에는 자리가 없어 몇 바퀴나 도는 것이 일상이었다.

좁은 땅덩어리에서 너무 많은 걸 기대하지 말아야 되는 건 맞지만 그래도 여유롭게 사는 놈들은 다들 불편하지 않게 사는 것이 대한민국의 현실이 아니겠는가. 억울하면 권력과 재산을 많이 가지면 되는 것이다. 못 하겠으면 입 닥치고 주어진 대로 살던지.

마태용은 겉으로 보기엔 입 닥치고 주어진 대로 사는 것처럼 보였다. 그런데 그 속에는 욕심이 꿈틀거리고 있었다. 사람이라면 누구나 그렇겠지만 조금만 더 가면 권력이 있고 재산이 있다는 걸 아는 마태용은 그 치명적인 유혹을 뿌리치기가 힘들었다. 약간의 수를 쓰고 힘없는 놈, 밟고서라도 한 계단 더 올라가는 것은 나쁠 것 없다는 주의, 그것도 능력이라고 생각하는 많은 사람들 중의 한 사람이었다.

그래서 여기까지 올라왔다. 제법 젊은 나이에 국정원 차장까지 올랐을 때는 능력이 다가 아니라는 건 알만한 사람은 다 아는 일이다. 뭐, 부끄러운 것도 크게 없고 세상 눈치 볼 것도 없지만 아직도 계단을 더 오르고 싶은 야망은 있다.

마태용은 얼마 전 자신이 봐둔 외제 승용차를 떠올렸다. 장인 이름으로 사서 휴일마다 몰고 다니는 걸 심각히 고려 중이었다. 그 차를 보고 난 후로 매일 밤 눈앞에 아른거려 조만간 사지 싶다.

그의 눈이 낡은 자동차로 향했다.

20년이면 오래 탔지. 바꿀 때가 됐어.

자동차를 바꿀 생각에 기분이 좋아진 마태용은 활기찬 걸음으로 엘리베이터를 향해 걸었다. 버튼을 누르고 엘리베이터를 기다리는 그때 누군가 옆으로 와서 섰다. 마태용의 몸이 흠칫, 굳었다. 누군가 다가오는 인기척도 느끼지 못했다.

이놈은 프로다!

가방을 쥔 손에 힘을 주며 온몸을 긴장시키고 있던 마태용의 귀에 나지막한 목소리가 흘러 들어온 건 그때였다.

"퇴근이 늦으시군요."

마태용은 홱 고개를 돌렸다.

"프리랜서?"

야구모자를 푹 눌러쓴 남자가 슬쩍 고개를 들어 마태용을 보며 진지하게 말한다.

"잠깐 얘기 좀 하실까요?"

마태용은 몹시 언짢았다. 다른 곳도 아니고 자신의 아파트 주차장에서 프리랜서를 대면할 줄은 꿈에도 몰랐다. 어머니가 계신 요양원은 그렇다 치더라도 처자식이 있는 집은 또 다른 의미다. 겉으로 보기엔 전혀 알 수 없지만 프리랜서는 지극히 위험한 인물이었다. 현재는 같은 편이기에 괜찮을지 몰라도 적으로 돌아서는 순간 가장 두려워할 대상이 될 걸 알기에 마태용은 두 사람이 마주보고 있는 이 공간이 아주 마음에 들지 않았다.

이건 명백한 협박이다.

뭐가 이 친구를 화나게 한 건지는 모르겠지만 분명 뭔가 못마땅한 것이 있는 것이다. 아니면 초를 다투는 급한 일이 생겼거나. 그러니 이렇게 대뜸 집 앞까지 찾아온 거겠지.

"자네가 여기까지 찾아올 줄은 몰랐는데…… 그 정도로 급한 일이라도 생긴 건가?"

마태용은 불쾌함을 숨기지 않고 굳은 얼굴로 물었다.

"안 하던 짓을 하셨더군요."

"뭐?"

순간 마태용의 눈이 커졌다. 다음 순간, 그는 몸이 홱 젖혀지는 것을 느꼈다.

콰당! 마태용은 '헉!' 하는 거친 숨소리를 내며 벽에 부딪쳤다. 순간적으로 덮쳐온 프리랜서의 팔이 자신의 목을 조이자 '컥, 컥' 소리를 내며 발버둥을 쳤다. 한때는 특수훈련도 받은 마태용이지만 그건 오래전 일이고 게다가 온몸이 살인병기나 다름없는 프리랜서의 공격에는 손을 쓸 수가 없었다.

"나한테 사람을 붙인 거까진 이해를 하는데……."

잇새로 내뱉듯 으르렁거리며 말하는 프리랜서가 점점 희미하게 보였다. 숨이 막혀서 머리가 어질했다. 이대로 몇 초만 더 가면 질식사할 것이다.

젠장, 내 아파트 지하주차장에서 생을 마감하게 되다니…….

스르륵, 눈이 감기려던 찰나 숨통이 트였다. 아주 작게 열린 숨통이지만 마태용은 뜨거운 사막의 오아시스를 만난 듯 무섭게 공기를 벌컥거리며 마셨다. 이제 겨우 이성이 돌아오기 시작했다. 하지만 여전히 마태용은 무방비상태로 프리랜서에게 압도당하고 있었다.

"그 여자 집에 사람을 보낸 이유, 뭘 찾으려고 했던 거지?"

"무, 무슨 소리야? 여자라니…… 혹시 윤주철의 딸을 말하는 거야?"

프리랜서가 잔인한 미소를 지었다. 팔에 힘이 들어가자 목울대가 다시 압박을 당했다. 마태용은 컥컥, 거리며 겨우 속삭였다.

"난…… 모르는…… 일이야. 결단코……."

다시 숨이 막혀온다. 마태용은 자신의 목을 누르고 있는 팔을 치우려고 안간힘을 쓰며 말했다.

"아니라고!"

젖 먹던 힘까지 쏟았다. 죽음을 눈앞에 둔 인간이 살기 위해서 마지막으로 쏟아내는 힘은 어마어마하다. 하지만 목을 짓누르던 팔이 치워진 건 순전히 마태용의 힘 때문만은 아니었다. 두 걸음 가량 떨어진 프리랜서의 눈빛이 차가웠다. 마태용은 숨을 몰아쉬며 콜록, 콜록, 기침을 뱉어냈다. 겨우 정신이 돌아오고 안정이 되는 듯하자 놈을 노려보며 말했다.

"뭔가를 물어볼 게 있으면 제대로 물어봐야지. 무턱대고 기술을 써?"

"아니라고?"

"아니야!"

흥분해서 지른 소리가 비상계단의 공기를 가른다. 빈 공간에 울리는 커다란 목소리에 흠칫 놀란 마태용은 소리를 죽였다.

"아니라고 몇 번을 말해. 자네한테 사람을 붙여? 내가? 자네가 괜히 고스트야? 우리나라 최고 정보원들도 자네에 대해선 몰라. 자네가 국정원을 나가서 프리로 일하게 됐을 때 우리가 요원을 안 붙여 봤는지 알아? 최정예 요원들을 요리조리 잘도 따돌리면서 우리를 엿 먹였던 자네가 대체 무슨 근거로 나한테 이러는 거야? 게다가 전에 만났을 때 나한테 경고를 했었지. 내 어머니를 운운하면서."

"곧바로 요양원을 옮기셨더군요."

마태용은 어이없는 웃음을 지었다.

"자넨 내 일거수일투족을 다 알고 있군. 근데 나는 몰라. 자네가 어디서 뭘 하는지, 이번 임무를 어떤 식으로 수행하고 있는지도. 내가 아는 건 자네가 보내주는 보고서가 전부야. 윤주철의 딸을 찾았고 접근 중이라는 것. 무슨 단서를 준 것도 아닌데 내가 그 딸이 어디에 사는지 어떻게 알아? 자네한테 사람은 또 어떻게 붙이고? 좋아, 이제 이러는 이유나 좀 알지. 내 집 앞까지 쳐들어와서 내 목숨과 내 가족의 안위까지 위협하는 진짜 이유."

침묵이 흘렀다. 마태용은 확신할 수 없었다. 프리랜서가 자신의 말을 믿는지, 안 믿는지. 물론 100프로 믿지는 않을 것이다. 그렇게 교육받은 놈이니까. 하지만 마태용은 놈이 자신의 말을 믿게 할 다른 수가 없었다.

"이번 작전, 최고 결정권자가 누굽니까?"

"난 내 윗선만 알아. 비밀임무에서 굴비 엮듯 줄줄이 윗선들 다 알고 있으면 내가 여태껏 국정원에서 살아남았겠나?"

"차장님은 누구에게 보고합니까?"

마태용은 놈을 노려보았다. 프리랜서가 다시 말한다.

"말하지 않으면 차장님을 의심할 것이고 이후 그 어떤 정보 공유도 없을 겁니다. 물론 이번 작전에서 손을 떼는 건 당연하고."

물러설 수밖에 없었다. 마태용은 수많은 임무와 작전에서 프리랜서의 도움을 때로는 작게, 때로는 제법 크게 받았다. 도무지 알아낼 수 없는 정보들에 대해선 프리랜서만큼 정확한 인물도 없었다. 프리랜서가 없다면 당장 손해를 입을 사람은 바로 마태용, 자신이었다.

"황종국 원장."

"……."

"만약 황 원장이 자네한테 사람을 붙였다고 해도 그건 이상한 일도 아니야. 자네 같은 친구를 손에 넣고 싶어 하는 건 권력자로서 당연한 거니까. 게다가 이번 작전에 대해 황 원장은 꽤 신경을 쓰고 있고 보고가 더딘 것에 대해서도 조급한 태도를 보여 왔어. 그러니 자네의 행적에 대해서도 알고 싶었겠지. 물론 자네에 대해 어떻게 알고 사람까지 붙였는지는 모르지만 말이야. 그리고 뭐라고 했지? 아, 윤주철의 딸. 그 여자 집에 누가 찾아갔다고? 뭘 찾기 위해서? 그렇다면 답은 뻔하잖아. 혹시 그 사라진 파일이 그 여자에게 있을지도 모른다고 생각해서 한 짓이겠지. 그런데 아마추어 짓 같군. 자네를 고용한 우리 쪽은 아니야. 그 여자에게 그 물건이 있었다면 당연히 벌써 회수해서 우리 손에 들어왔겠지. 안 그래?"

"그 파일을 찾는 사람이 또 있을 거라고 봅니까?"

"있을 수 있지. 내 느낌으론 꽤 여러 명이 걸려 있는 것 같았으니까. 황 원장뿐 아니라 그 윗선의 누군가가 있을 것이고. 혹시 또 모르지. 그 파일의 존재를 아는 누군가는 황 원장과 그 윗선을 휘어잡을 목적으로 탐을 내고 있는지도. 이 바닥에서 그런 일이야 비일비재하니까."

"그렇다면 그 파일의 존재를 아는 사람들을 알아내야겠군요."

마태용은 자신에게 알아봐달라는 뉘앙스에 콧방귀를 꼈다.

"내가 왜 그래야 하지? 난 황 원장의……."

"차장님도 보험을 하나 들어놓아야 한다는 걸 아실 텐데요? 만약 황 원장이 직접 움직였다면 그건 차장님을 빼고 했다는 건데……
그쪽 바닥 생리대로라면 일이 잘못되었을 경우, 덮어쓰고 책임져줄
방패 하나쯤 필요할 테고 차장님이 가장 유력하고 쉬운 방패 후보
겠죠. 방패가 될 생각이 아니라면 차장님도 결정적인 패를 쥐어야
겠죠."

마태용은 인상을 썼다. 그도 그렇다. 틀린 말이 아니다. 돌아가
는 상황이 조금 의심스럽기도 하다. 이 시점에서 강력한 패 하나
는 쥐고 있어야 마음이 편한 것도 맞고.

"나한테 그 패를 쥐어주겠다?"

프리랜서가 희미하게 웃었다.

"전 정보만 공유합니다. 그 정보를 패로 만드느냐 못 만드느냐
는 차장님 능력이시고."

아무런 대꾸도 못하는 마태용에게 프리랜서가 말했다.

"작전명, 악어새에 대해 아십니까?"

마태용은 미간을 찌푸렸다.

"악어새?"

"20년 전 그 작전에 대해 조사해보십시오."

"왜? 무슨 연관이라도 있나?"

"그 작전과 거기서 살아 돌아온 국정원 요원을 조사하다 보면
황 원장이 찾고 있는 파일에 대해 알고 있는 사람들도 드러날 겁
니다."

마태용은 프리랜서를 뚫어지게 응시했다.

"그 파일 안에 들어 있는 내용도 알고 있는 거야?"

"아니, 모릅니다. 이제부터 그걸 알아내려는 겁니다."

잠시 침묵하던 마태용이 입을 열었다.

"연락하겠네."

프리랜서는 돌아섰다. 계단을 내려가 비상구 문을 여는 그때였다. 뒤통수로 날아드는 한 마디가 그의 걸음을 멈추게 했다.

"자네도 약점을 보였군."

흠칫, 멈춰 선 동준의 귀에 마태용의 웃음기 섞인 목소리가 스며들었다.

"이번 행동은 자네답지 않았어. 냉철한 사람이 너무 쉽게 자신을 드러냈으니까. 뭔가? 여자 문젠가? 혹시 윤주철의 딸이야?"

동준은 고개를 돌리지 않은 채 대꾸했다.

"제 적이 될지 동지가 될지는 차장님의 선택입니다."

그가 문을 열고 나가버렸다. 마태용은 그 뒷모습을 보며 혼잣말을 중얼거렸다.

"자네와 적이 되는 미친 짓을 할 수는 없지."

그런데 말이다. 승리의 깃발이 이쪽으로 기울면 자네라고 별수 있겠나? 아무리 특별한 능력자라 한들 우리 모두를 상대할 수는 없을 테니까.

그러던 마태용은 황 원장을 떠올렸다.

과연 황 원장이 나를 빼고 뒤에서 따로 움직이고 있는 걸까? 그렇다면 프리랜서의 말처럼 나도 어서 패를 확보해야 한다. 여차해서 일이 잘못되기라도 하면 덤터기를 쓰는 건 내가 될 테니까!

[없어?]

"예."

진호는 아파트 안을 둘러보며 심각한 얼굴로 말했다.

[뭐야? 나가는 거, 못 봤어?]

전화기로 통해 흘러나오는 안나의 목소리도 어두웠다. 진호는 인상을 쓰며 현관으로 향했다.

"전혀 몰랐어요. 정문은 제가 지키고 있었고 후문 쪽은 다른 놈이 지키고 있었는데…… 어쨌든 놓친 것 같아요. 어쩌죠? 사장님께 보고해요?"

현관을 나와 엘리베이터 앞에 선 진호는 안나의 지시를 기다렸다.

[멀리는 안 갔을 것 같은데…… 가방이 그대로 있다며?]

"예. 가방은 그대로더라고요."

엘리베이터가 멈췄다.

"그래도 혹시 모르니까 사장……!"

진호는 엘리베이터 문이 열리는 순간, 입을 다물었다. 전화기 너머에서 안나가 물었다.

[뭐야? 왜 그래?]

진호는 전화기에 대답하는 대신 엘리베이터에서 내리는 서연을 보고 활짝 미소를 지었다.

"어? 해리. 어디 다녀와요?"

[왔어?]

진호는 해리에게 웃어 보이며 전화기에 대고 말했다.

"해리, 지금 왔네요. 반찬 주고 갈게요. 끊어요."

전화기를 내리며 해리를 향해 말했다.

"아줌마예요. 늦게 출근을 하더니 해리 준다고 반찬을 해왔더라고요. 갖다 주라고 해서 왔는데 아무리 벨을 눌러도 대답이 없기에 경비실에 맡겨놓고 가려고 그랬어요."

진호는 반찬통이 든 가방을 들어 보였다. 그러자 해리가 손을 내민다.

"주세요."

"아, 예."

어쩐지 목소리가 몹시 가라앉아 있는 것 같았다.

"무슨 일 있어요?"

진호는 해리의 안색을 살피며 조심스럽게 물었다.

"아뇨."

"그런데 얼굴이 영…… 뭐, 안 좋은 일 있는 사람 같아요."

"그런 일 없어요. 좀 쉬고 싶어요."

"예? 아, 예. 그럼 들어가요."

그녀가 고개를 살짝 숙이더니 비밀번호를 누른다. 진호는 눈살을 찌푸리며 그 모습을 지켜보았다. 현관문이 열리고 안으로 들어가려던 해리가 문득 뒤돌아보았다. 진호는 얼른 찌푸렸던 미간을 풀었다.

"나, 집으로 갈 거예요."

"예? 어느 집이요?"

그녀가 희미하게 웃었다.

"내 집이요."

"아."

멍청하게 대꾸하던 진호는 재빨리 정신을 차리고 다시 물었다.

"언제요?"

"지금 짐 챙겨서요."

"사장님도 허락했어요?"

해리가 미소 지었다. 그런데 그 미소가 영 꺼림칙하게 느껴진다.

"내가 집에 돌아가겠다는데 허락이 있어야 돼요?"

"아니, 난 그냥……."

"내가 알아서 말할게요. 걱정 말아요."

"아, 예."

"그럼."

그녀가 들어가고 문이 닫혔다. 진호는 돌아서서 엘리베이터에 올라타자마자 1층을 눌렀다. 그리고 곧바로 전화기를 들었다. 잠시 후 안나의 목소리가 흘러나왔다.

[어디 갔다 왔대?]

"물어볼 엄두도 못 냈어요. 근데 그게 문제가 아니에요. 집에 돌아가겠대요."

[집? 무슨 집?]

"무슨 집이겠어요? 해리가 살던 그 집이죠."

[보스가 허락했대?]

자신과 똑같이 말하는 안나에게 진호는 쓴웃음이 나왔다. 엘리베이터가 1층에 멈추자 진호는 밖으로 나왔다.

"자기 집에 가는 건데 허락이 필요하냐고 되묻던데요?"

[어?]

"이상해요."

[뭐가?]

주차장에 세워두었던 차에 올라탄 진호는 심각한 얼굴로 대답했다.

"뭔지 딱 집어서 말은 못하겠는데 감이 안 좋아요. 분명히 뭐가 있긴 있는 것 같은데……."

[그러니까 그게 뭐냐고?]

"뭐랄까? 평소의 해리가 아닌 것 같은……."

[잠깐.]

"왜요?"

갑자기 안나의 목소리가 경직되어 나오자 진호는 긴장했다. 곧이어 안나가 말했다.

[해리가 메일을 보냈어.]

"메일이요? 누구한테요?"

[발신인은 윤서연…… 수신인이…… 프로파일러.]

순간, 진호의 얼굴이 굳었다.

[보스한테 보고해야겠어. 끊어.]

전화가 끊어지자 진호는 자동차 앞 유리창을 통해 위를 올려다보았다. 아파트 건물이 가파르게 보인다.

프로파일러라고? 해리가 드디어 윤주철에게 연락을 취하는 건가?

"네."

주차장에 차를 세우고 내리던 동준은 안나에게서 온 전화를 받았다.

[보스, 보고할 사항이 몇 가지 있는데…….]

"해요."

[첫째, 오늘 해리가 잠깐 사라졌다가 나타났습니다.]

엘리베이터 앞에서 멈춘 동준은 미간을 찌푸렸다.

"얼마나?"

[확실하지 않습니다. 뒤늦게 알고 진호가 아파트 벨을 눌렀는데 계속 응답이 없어서 비밀번호를 누르고 안으로 들어갔습니다. 해리의 가방이 그대로 있어서 멀리 가진 않았을 거라 예상하고 철수하려고 밖으로 나갔는데 마침 엘리베이터에서 내리던 해리와 마주쳤습니다. 의심 갈 상황이 아니라 대충 얼버무렸고요. 어딜 다녀왔는지는 아직 파악 못했습니다.]

"두 번째는?"

엘리베이터에 올라탄 동준이 말했다.

[해리가 집으로 돌아갔습니다.]

순간 동준의 눈빛이 사납게 흔들렸다.

"언제?"

[한 시간쯤 전에.]

왜 곧바로 보고를 안 했는지 물으려던 동준의 귀에 안나의 다음 보고가 이어졌다.

[집으로 가기 전에 보스의 아파트에서 메일을 한 통 썼더군요.

발신인은 윤서연.]

윤서연? 본인의 이름으로?

엘리베이터가 멈췄다. 하지만 동준은 내리지 않았다. 다시 지하주차장 버튼을 누르자 엘리베이터가 하강하기 시작했다.

[수신인은 프로파일러.]

동준의 눈동자가 얼어붙었다. 잠시, 이 상황이 이해가 되지 않았다. 하지만 이내 머리가 돌아가기 시작했다.

"수신인이 메일을 확인했습니까?"

[예, 조금 전에 확인했어요. 확인한 사람이 윤주철인지는 모르겠지만 IP주소를 확인한 결과, 반포에 있는 PC방으로 확인됐고요. 메일 내용은 만나자는 건데 이건 직접 와서 보는 게 좋을 것 같군요.]

드디어 계획했던 일이 일어나기 시작했다. 처음부터 이런 상황을 예측하고 의도적으로 서연에게 접근했었다. 그녀를 미끼로 윤주철을 끌어내어 잡아서 파일을 회수하는 것. 그런데 동준은 기쁘지가 않았다. 이 일에 대한 어떤 흥미도 느낄 수 없었다.

"해리는 지금 집에 있습니까?"

[네. 진호와 애들 몇 명이 집을 지키고 있습니다. 오늘 같은 실수는 다시 하지 말라고 엄포를 놔뒀습니다.]

이젠 정말로 긴장해야 할 때다. 두 사람이 연락이 된 게 확실하다면 한순간도 놓쳐선 안 된다.

"해리를 만나본 후에 그쪽으로 가죠."

[예.]

동준은 전화를 끊고 아까 주차했던 차로 다가갔다. 운전석에 올라타 시동을 걸고 곧바로 차를 출발시켰다. 조바심이 인다. 무언지 모르게 몹시 불안했다. 그녀가 위험해질 수도 있는 상황에서 그는 어느 때보다 긴장이 되었다.

　지금은 서연이 왜 갑자기 집으로 갔는지 알아봐야 했다. 아니, 실은 눈앞에 두고 보고 싶은 거다. 데려와야겠다. 내 손이 미치는 사정권 안에서 보호해줘야겠다!

　도로로 나간 차가 속도를 올리며 달리기 시작했다.

　서연은 천장을 올려다보고 있었다. 집 안 구석구석을 모두 살펴보았다. 딱히 확신을 가지고 있는 것도 아니지만 의심이 의심을 꼬리를 물고 이어지니 안 살필 수가 없었다.

　그들이 이곳에도 드나들었겠지? 며칠 전의 침입자는 저들의 계획 중 하난가? 그렇다면 왜 그런 쇼를 한 걸까? 내 신뢰를 확고히 다지기 위해서? 내가 위험하면 저들에게 더 기댈 테니까? 그렇다면 성공한 셈이다. 난 차동준에게 의지했고 더 이상 도망자 생활을 할 수 없다고까지 결심했었으니까.

　서연은 쓴웃음을 지었다. 누구의 사주를 받고 움직이는 사람들인지는 모르겠다. 사실은 저들에 대해 아는 것이 없었다. 그런데 궁금하지도 않다. 중요하지도 않다. 그냥 한 가지만 확실할 뿐이다.

　저들은 의도적으로 내게 접근했고 내 믿음을 가져갔으며 나를 농락했다는 것. 모든 것이 거짓이었다. 그들의 웃음도 모두 날조

된 것이었다. 그리고…… 차동준. 그 남자는 최악이었다. 악마
다.

원망과 분노, 다스릴 수 없는 배신감에 몸이 떨렸다. 서연은 의
자 위에 걸쳐두었던 카디건을 집어 몸에 걸쳤다. 춥다. 몸이 떨려
온다. 보일러를 틀었는데도 몸이 사시나무 떨리듯 떨린다.

서연은 비척거리며 걸어서 침대로 가서 누웠다. 몸을 웅크리고
이불을 뒤집어썼다. 식은땀이 흐른다. 이마에 송골송골 맺히더니
눈꼬리를 타고 흘러 뺨을 적셨다. 아무리 몸을 말아도 추위가 가
시지 않았다. 이불을 더 꺼내고 싶은데 몸이 말을 듣지 않았다. 그
러다가 까무룩, 잠이 들었다. 꿈속도 엉망이었다. 누군가에게 쫓
겼다. 아무리 달려도 빛은 보이지 않는다. 탈출구가 없는 터널을
계속해서 달리기만 했다. 뒤에서 쫓아오는 검은 그림자와 발소리
가 두려움을 배가시켰다. 뒤를 돌아보았다. 그림자가 갑자기 커졌
다. 거인처럼 커져서 그녀를 덮치듯 다가온다. 이어서 큰소리가
울리기 시작했다. 터널 안에서 소리는 굉음을 냈다. 그녀는 귀를
틀어막았다. 하지만 소리는 더 커지고 있었다.

쾅앙! 쾅앙!

그리고 그림자가 자신을 덮치기 시작했다. 밀어내려고 기를 썼
지만 힘에 부쳤다. 어마어마한 무게감이 느껴졌다. 숨을 쉴 수가
없었다. 으으, 으윽!

"허억!"

서연은 가위에 눌려 숨을 토해냈다. 이불 속이었다. 가쁜 숨을
몰아쉬었다. 꿈에서조차 쫓기고 있었다니…… 빌어먹을.

쾅! 쾅, 쾅!

"해리! 해리!"

누군가 문을 두드리고 있었다. 꿈의 연장인가 했는데 아니었다. 현실이다. 서연은 이불 밖으로 고개를 내밀었다. 어두웠다. 밤인가?

"해리! 당장 이 문 열어! 해리!"

차동준?

서연은 현관 밖에서 나는 소리가 그의 목소리라는 걸 깨달았다.

저러다 문이 다 부서지겠다. 훗, 이제 부서져봐야 상관도 없지만. 내일이면 난 여기에 없을 테니까.

다시 문을 두드리는 소리가 나고 남자의 험악한 욕설이 들려왔다. 서연은 침대에서 일어났다. 기운이 없었다. 자는 동안 흘린 땀이 식자 더 추워졌다. 카디건을 꼭 여민 채 현관 쪽으로 걸었다.

"지금 들어갈 테니까……."

문이라도 부술 기세다. 서연은 재빨리 자물쇠를 풀었다. 문이 열리자 굳은 얼굴로 서 있는 차동준이 보였다.

"안에 있으면서 대체 왜……!"

화가 난 얼굴로 말하던 그가 갑자기 그녀의 상태를 깨달았는지 흠칫, 입을 다물었다.

"어디 아픈 거야?"

한 발 다가오는 그를 저도 모르게 피해서 뒤로 물러섰다. 그리고 서둘러 말했다.

"독감일지 몰라요. 옮을 수도 있으니까 만지지 말아요."

급조한 변명치고는 그럴싸했다. 요즘 독감이 유행이라고 하니까. 게다가 지금 내 상태는 독감이라고 해도 전혀 이상할 것이 없다. 그래도 너무 과하게 정색을 했던 모양이다. 그가 찡그린 채 쳐다본다. 서연은 시선을 피하며 중얼거렸다.

"약 먹고 자던 중이었어요."

들어오라는 말 한 마디 하지 않았다. 지금 자신이 환영받지 못한다는 걸 눈치챘을 것이다.

"혼자서 괜찮겠어?"

"괜찮아요. 늘…… 혼자였어요."

그래, 언제나 혼자였다. 새삼스럽게 다시 혼자가 된다고 두려워할 것도 없다. 원상태로 복귀하는 것일 뿐이니까.

"이젠 아니지. 내가 있으니까."

실소가 새어나올 뻔했다. 잔인한 사람이다. 지금껏 이런 뻔뻔한 말에 내가 속았다고 생각하니 속이 뒤집힌다. 욕지기가 튀어나올 것 같았다.

"좀 누워야겠어요."

부드러운 목소리였지만 차가웠다. 그녀는 그와 시선을 마주치지 않았다. 볼 수가 없었다. 악다구니가 튀어나올까 봐 두려웠다. 어떻게 이럴 수 있느냐고, 어떻게 이렇게까지 하냐고.

'도망쳐. 있는 힘껏 도망쳐, 서연아. 누구도 믿지 마라. 아무도 믿어선 안 돼.'

엄마의 말을 지키지 않은 대가를 치르는 것이다. 단 한 번이었는데…… 사람을, 남자를 믿었던 대가는 너무나 잔인하다.

"내 아파트는 불편해?"

"네."

"……."

"미안해요. 혼자서 쉬고 싶어요. 아플 때 누가 옆에 있는 거, 어색해서 그래요."

그래, 어색한 거다. 누군가에게 기대는 거, 의지하는 거, 그거 전부 내 것이 아닌 거였다.

"좋아. 오늘 하루만 네 뜻대로. 대신, 조금이라도 힘들면 즉시 나한테 연락하기. 동의하지?"

"그래요. 동의……해요."

이제 그를 보내면 된다. 어쩌면 오늘이 마지막이 될지도 모르지. 아니, 그렇게 될 것이다. 문득 서러움이 밀려왔다. 이 사람이 마지막이겠지. 다시는, 두 번 다시는 누군가를 사랑하지 못할 테니까.

서연은 충동적으로 고개를 돌려 그를 보았다. 그녀를 뚫어지게 응시하던 그가 갑자기 와락 당겨 안는다. 서연은 그의 품에 갇혔다. 힘 있는 남자의 품이 따뜻했지만 이건 거짓이라는 걸 알기에 더 슬펐다.

"아무 생각 말고 푹 쉬어. 이제 넌 혼자가 아니라는 것만 명심해."

정수리 위에서 들려오는 나지막한 목소리. 이게 진실이라면 얼마나 좋을까? 그가 했던 모든 말들이 전부 진짜였다면 얼마나…… 아니, 또다시 멍청이가 되지는 말자!

서연은 억지로 그의 품에서 빠져나왔다.

"진짜 누워야겠어요. 약기운이 퍼지는 것 같아요. 졸려요."

희미하게 웃어 보였다. 그가 내키지 않는 듯 한 발 물러선다. 서연은 천천히 문을 닫았다. 조그마한 틈을 남겨두었을 때 그녀는 그를 보았다. 그리고 또다시 믿을 뻔했다. 깊고 그윽하게 바라보는 남자의 눈빛에 또다시 빠져서 모든 걸 던져버리고 싶은 욕망에 사로잡혔다. 그 부질없는 욕망을 잘라버리듯 서연은 문을 꼭 닫고 기대섰다.

심장이 구멍이 생긴 것 같았다. 어두운 공간에 홀로 남게 되자 두려움과 서러움, 외로움이 사무치게 몰려든다. 예전엔 몰랐다. 외롭다는 게 이토록 시린 것일 줄은, 이렇게 죽을 것처럼 아픈 건 줄은 정말 몰랐다!

"이제 17시간 남았네요."

모니터를 뚫어지게 쳐다보고 있는 동준을 보며 안나가 조용히 말했다. 맞은편에 앉아 있던 진호도 얼굴이 심각했다. 모두들 긴장한 얼굴이었다. 언제나, 어떤 진지하고 심각한 일 앞에서도 장난기를 잃지 않았던 안나조차 이번에는 굳은 얼굴이었다.

안나의 눈길이 동준이 응시하고 있는 모니터 화면으로 향했다. 몇 시간 전, 처음으로 발견한 이후로 몇 번이고 반복해서 보고 있었다. 수신인과 발신인은 평범해 보이는 메일이었지만 그 내용은 평범하지가 않았다. 이상한 숫자들의 조합과 간간이 보이는 상형

문자들. 얼핏 보면 바이러스에 감염된 파일이 깨진 것처럼 보였다. 하지만 한때, 암호전문가로 불렸던 안나의 눈에는 보였다. 게다가 이건 보통 암호가 아니었다. 웬만한 암호는 다 풀어본 적이 있는 안나는 해리가 보낸 암호형식이 국정원에서 주로 썼던 형식이라는 것을 단박에 눈치챘다.

아마도 프로파일러, 윤주철의 영향일 것이다. 국정원의 고문관으로 활동했던 윤 박사였으니 암호를 익혔겠지. 그리고 딸에게도 암호의 사용법을 알려줬을 테고.

안나의 눈이 암호가 해독된 문장으로 향했다.

'내일 광화문광장 이순신 동상 앞에서, 오후 두 시.'

암호의 내용은 생각보다 간단했다. 부녀간의 다정한 안부는 물론 애틋함도 없었다. 왠지 사무적으로까지 느껴졌다. 딸이 아버지에게 만나자고 하는 내용이라기보다는 필요에 의해 미팅을 제안한다고나 할까, 그 비슷한 느낌이었다. 물론 암호화해야 하는데다가 이 메일이 누군가, 다른 사람에게 오픈될 수도 있다는 전제가 있었을 테니 충분히 이해할 수 있는 것이었다.

17시간…… 몇 달간 기다려왔던 순간이 다가오고 있었다. 그런데 안나의 마음은 무거웠다. 작전 중 이렇게 가시적인 성과를 보일 때는 늘 흥분해서 아드레날린이 치솟았었는데 이번에는 달랐다. 그 이유도 정확히 알고 있었다. 순진한 윤서연을 이용했다는 죄책감과 혹시라도 그녀가 위험해질 수 있다는 이유 때문에 이번 작전은 어려웠다. 이미 윤서연이라는 여자에게 감정적으로 흔들렸기에 이번 작전은 그냥 작전이 아니게 된 것이다. 그건 안나만의 문제가 아니었다.

안나는 굳은 얼굴의 보스를 보았다. 차동준…… 아마도 그의 진짜 이름일 거라는 느낌이 강하게 든다. 왜인지는 모르겠다. 윤서연이 그를 '차동준 사장님'이라고 부를 때가 있었는데 그때 보스의 표정이 묘했었다. 어떤 시에서 그랬지. '내가 그의 이름을 불러주었을 때 그는 나에게로 와서 꽃이 되었다'라고. 이름이란 그런 것이다. 아무런 의미 없이 불릴 때는 무심하게 지나치지만 의미 있는 누군가에게 자신의 이름이 불릴 때는 그 느낌이 사뭇 달라지는 것이다. 어쩌면 그때부터였을지도 모른다. 보스가 윤서연이 단지 미끼가 아니라고 느끼기 시작한 것은. 물론 본인은 아니라고 부정할지도 모르지만.

"차분하고 침착한 녀석들로 뽑아서 약속시간 세 시간 전부터 배치시키고 안나는 광화문광장 주변 CCTV 모두 확보하세요."

"네."

보스가 드디어 작전 지시를 내리기 시작했다. 본부로 돌아와 메일을 확인한 지 정확히 30분 만이다. 그는 그 30분 동안 어떤 생각을 했을까?

"해리 집은?"

보스가 묻자 진호가 재빨리 대답했다.

"애들 대여섯 명이 집 주변을 확보하고 있습니다. 해리가 움직이면 번갈아가면서 따라붙을 겁니다."

"실수, 이젠 용납 못해."

"예, 압니다. 지시 끝나시면 저도 바로 그들에게 합류할 겁니다."

전에 놓친 적이 있기에 진호는 자신이 직접 해리에게 따라붙을 작정이었다. 더 이상의 명령은 없었다. 모두들 프로들이니 자잘한 지시 따위는 더 이상 필요도 없었다. 17시간 후, 윤주철과 윤서연이 접선하는 그때에 그들은 늘 해왔던 그대로 움직일 것이다.

　보스가 돌아서더니 방으로 들어갔다. 침묵이 흘렀다. 잠시 후, 진호가 안나를 향해 묻는다.

　"작전…… 그대로 진행하네요."

　"무슨 말이 그래? 안 할 줄 알았어?"

　"그럴 수도 있다고 생각했어요. 사장님도 우리처럼 해리한테……"

　"같은 감정이라고 해도 이번 작전은 필요해. 해리를 위해서."

　"알아요. 해리를 도망자로 계속 둘 수는 없으니까. 그런데…… 왜 이렇게 찜찜한지 모르겠어요. 그냥 말하면 안 되나, 하는 생각도 들고."

　"무슨 말?"

　"해리한테 우리가 접근한 이유, 말하고 우린 해리 편이라고 말해주고 같이……"

　"쉬운 일이 아니야."

　"왜요? 진실은 통하는 거예요."

　"해리가 믿어줘야 진실이 통하지. 우리만 백날 진실하다고 말하면 뭐해? 보스는 그런 생각 안 해봤을 것 같아? 그런데 해리가 배신감 느끼고 사라지면 다 끝이잖아. 이번엔 진짜 숨어버릴 텐데, 어디 가서 찾을 수도 없을 텐데…… 보스는 그런 위험 감수는 안 하고 싶겠지."

안나의 말이 옳았다. 도망치는 데는 이골이 난 해리가 작정하고 숨어버리면 다 끝인 것이다. 다시는 찾을 수 없을 것이다. 윤주철은 물론이고 우리 모두 해리를 영원히 볼 수 없을지도 모르는 것이다.

"이상해요."

"뭐가?"

"해리요."

"그러니까 뭐가?"

"아까 없어졌다가 다시 나타났을 때 말이에요. 뭔지는 모르겠는데 이상한 기분이 들었어요. 혹시…… 눈치챈 건 아닐까요?"

"눈치챈 거면 지금 해리가 저기 있겠니? 벌써 사라져도 사라졌겠지."

"그렇죠? 근데 내 기분이 왜 이러죠?"

"너만 그런 거 아니야. 나도 그래."

"아줌마도요?"

"보스가 제일 심할 거다. 우리 모두 해리를 속이고 있잖아. 우린 그렇다고 치더라도 보스는……."

안나의 눈길이 닫힌 방문으로 향했다. 블라인드가 내려져 있어 안에서 그가 뭘 하고 있는지는 알 수 없었다. 하지만 짐작할 수는 있었다. 지금 그가 얼마나 심적 갈등을 겪고 있을지.

"이대로 밀고 나가는 수밖에 없어."

안나는 혼잣말처럼 말했다. 진호는 대꾸하지 않았다.

"내일이면 끝나. 그 후엔…… 보스가 해결하겠지. 해리의 이해
와 용서가 가장 절박한 사람은 바로 보스, 자신일 테니까."

동준은 광화문광장이 한눈에 내려다보이는 건물 옥상에 서 있
었다. 칼바람이 불었다. 그래도 추위를 느낄 수가 없었다.

그는 긴장하고 있었다. 사람이라면 누구나 중요한 일을 앞두고
긴장하기 마련이다. 그것은 실패에 대한 두려움 때문일 것이다.
그런데 동준은 그냥 두려움의 수준이 아니었다. 일이 잘못되면 그
녀를 잃을 수 있다는 사실은 그의 신경을 자꾸만 분산시켰다. 몸
이 안 좋다는 서연이 몇 시간 후, 광화문에 나올 일과 거기서 일어
날 일에 대한 충격, 그리고…….

자신을 속인 우리에 대한 배신감. 특히 내게 느낄 그녀의 배신
감은 이루 말할 수가 없을 것이다. 최선을 다해 그녀의 이해와 용
서를 구할 작정이었다. 그러나 그녀가 어디까지 이해하고 용인해
줄지 알 수 없다.

가장 중요한 건 윤서연을 놓치지 않는 것이다. 윤주철 또한 놓
칠 수 없다. 두 사람을 모두 확보해서 오랜 시간 끌어온 일을 해결
해야 한다.

이순신 동상 주변을 훑는 그의 눈은 아직 바람이 차가운데도 불
구하고 나들이를 나온 사람들과 곳곳에 배치되어 있는 똘마니들
및 용역직원들을 살피고 있었다. 오랫동안 함께 해온 사람들이라
실력이나 신뢰성 면에서 믿을 수 있는 친구들이었다.

동준은 송수신기를 귀에 꽂고 진호에게 연락을 시도했다. 곧바

로 응답이 왔다.

[지금 출발했습니다.]

"이상한 점은?"

[아직 없습니다. 근접해서 따라붙고 있으니까 별문제 없을 겁니다. 아, 그리고 오늘 해리는 변장 안 했습니다.]

의외다. 사람이 특히 많은 곳이라 변장을 할 거라 예상했는데…….

'이젠 극복해보려고요. 사람들이 많은 곳에도 가보고 어울려 보기도 하고…… 사람처럼 살아보려고요.'

며칠 전, 커피숍을 가고 거리를 산책하던 그때에 그녀가 한 말이었다. 그녀는 변했고 더 변하고자 하는 의지를 보였다. 그래도 이렇게 빨리 홀로 서기를 할 줄은 몰랐는데…… 너무 빠른 발전에 당황스럽기는 했지만 좋은 현상이었다. 일이 무사히 해결만 된다면 그녀는 정말로 평범한 여자로 살 수 있을 테니까.

"광장 안으로 들어가면 넌 뒤로 빠져서 정해진 위치로 간다."

[예, 알겠습니다.]

"끝까지 긴장 늦추지 말고."

[예. 긴장, 제대로 하고 있습니다.]

진호의 목소리도 결연했다. 이번 일은 안나나 진호, 우리 모두에게 기억에 오래 남을 작전이 될 것이다. 이번 일처럼 반드시 해결하고픈 의지를 다진 적도 없었다. 일을 즐겼고 성취감을 느꼈지만 이토록 사명감을 가지고 임한 적은 없었다. 이 모두가 윤서연, 그녀를 아끼기 때문이었다.

동준은 진호와의 접선을 끊었다. 다시 날카로운 바람이 불었다. 시간이 흐르고 있었다. 더디고 힘든 시간이 째깍, 째깍, 무심하게 흐르고 있었다.

안나는 벽에 걸려 있는 여러 개의 모니터를 한 번씩 다 훑어보았다. 어떤 모니터는 여러 개의 화면으로 분할되어 광화문광장의 곳곳을 보여주고 있었고 대부분의 화면은 이순신 동상 주변과 그 일대 건물들의 주변까지 모조리 나타내주고 있었다.

아, 물론 이 모든 화면을 안나 혼자서 감시하고 있는 것은 아니다. 그건 불가능에 가깝다. 곧 작전이 시작될 텐데 일이라도 발생하게 되면 혼자선 역부족이니까. 그래서 안나는 자신이 직접 만든 프로그램을 심었다. 첫째, 해리가 나타나면 반응하고 둘째, 젊은 시절 윤주철의 사진으로 20년 후의 얼굴을 재현해 만든 후 그가 나타나면 반응하게 만들었다. 그리고 마지막으로 이번 일을 보스에게 의뢰한 국정원 사람들의 얼굴도 입력시켰다.

'이들이 전부는 아닙니다.'

국정원 말도 또 누군가가 있다는 말이다. 생각보다 더 복잡한 일이라는 것이다.

이번 작전에 임하는 보스의 태도는 확실히 평소와 달랐다. 단 1 퍼센트의 실수도 용납할 수 없다는 듯 온 신경을 집중시키고 있었다. 물론 그전의 일에 신경을 쓰지 않았다는 건 아니다. 아마도 긴장의 정도가 아닐까 싶다. 해리와 만나기 전까지는 자신의 능력을 발휘해 비교적 쉽게 일을 처리했지만 이번에는 긴장의 강도가 심한 듯했다. 그것 또한 해리 때문이겠지.

안나는 희미하게 미소를 머금었다. 보스는 아직 정확히는 모르는 것 같았다. 어쩌면 자신이 일종의 죄책감 같은 걸 느끼고 있다고 생각할지도 모른다. 아니, 감정적으로 흔들리고 있다는 것 정도는 스스로도 인정하고 있겠지. 그런데 안나가 보기에는 그보다 더 강했다. 서연을 바라보는 보스의 눈빛은 생각보다 더 깊어 보였고 더 애틋해 보였다. 그건 당사자들은 모를지 몰라도 지켜보는 사람들은 확신할 수 있는 눈빛이었다.

보스는 사랑에 빠졌다.

안나의 미소가 깊어졌다가 이내 흐려졌다. 해리가 너무 큰 오해는 하지 말아야 할 텐데…… 곧 겪게 될 배신감을 빠르게 털어내고 계속 우리를, 보스를 믿어야 할 텐데…… 안나가 생각하기엔 그게 관건이지 싶었다.

띠, 띠.

문득 신호음이 울렸다. 흠칫, 놀란 안나는 모니터를 쳐다보았다. 아니다. 광화문광장 쪽이 아니다. 안나의 시선이 한쪽 구석에 있는 노트북 모니터로 향했다. 메일이 한 통 들어와 있었다. 발신인은 똘마니였다. 주로 현장조사를 위해 일을 시키는 부하였다. 안나는 지금 똘마니가 보내온 메일을 열어볼 시간이 없었다. 이제 15분밖에 남지 않았는데 다른 데 신경 쓸 겨를이 없었다. 무시하고 다시 광화문광장 화면으로 시선을 돌렸다. 그런데 이상하다. 뒤꼭지가 당긴다. 한쪽 어깨도 시큰하고…… 뭐야? 이거. 뭔가 찜찜할 때 나오는 몸의 변화잖아.

안나는 인상을 썼다. 고개를 돌려 다시 심부름꾼, 똘마니가 보
내온 메일이 깜박이고 있는 것을 보았다. 이상하게 신경이 쓰인
다. 안나는 마우스를 잡고 어서 열어보라고 깜박이는 메일을 향해
움직이기 시작했다.

[지금 광화문광장 쪽으로 움직이고 있습니다.]

이어폰을 통해 들려오는 진호의 보고에 동준은 긴장했다. 서연이 마침내 여기로 나타난 것이다. 동준은 신경을 빠짝 조이고 어느 누구 하나도 놓치지 않을 매의 눈빛으로 사방을 살펴보고 있었다.

약속시간, 18분 전이다. 윤주철은 이미 와 있을지도 모른다. 국정원 요원들로 보이는 사람들은 아직 눈에 띄지 않는다. 아직까지는. 그리고 서연의 집에 침입을 사주했던 제3의 조직원들로 의심되는 사람들도 없는 듯했다. 그렇다면 이번 무대는 오로지 윤주철과 윤서연, 그리고 나의 독무대가 될 확률이 높다. 바라는 바였다. 조용히 윤주철을 만나 파일을 회수한다면 그보다 좋은 성과는 없을 것이다. 국정원 사람들이 끼어들어 일을 복잡하게 만들면 최악의 경우, 그들과 적을 둬야 하는 것도 각오하고 있었다.

이제 16분 전. 이순신 동상 주변에는 데이트하는 커플 몇몇과 아이의 손을 잡고 걷고 있는 가족들, 바쁘게 어딘가로 향하고 있는 사람들이 전부였다. 사람이 너무 적어도 안 되고 많아서도 좋지 않다. 적당한 사람들…… 적당히 가려주고 적당히 관찰할 수 있을 만큼의 사람들이면 충분한 것이다. 지금 현재 상황은 좋은 편이다.

　광장을 내려다보던 동준은 1분이 더 지나자 아래로 내려가기 위해 몸을 돌렸다. 그때였다.

　[보스.]

　문득 들려오는 안나의 목소리에 동준은 걸음을 멈췄다. 하지만 이내 다시 움직이며 입을 열었다.

　"말해요."

　비상계단을 내려가며 곧 이어질 안나의 보고에 신경을 곤두세웠다.

　[전에 윤주철에 대해 조사를 지시하셨죠. 그 보고가 지금 들어왔습니다.]

　동준은 인상을 썼다. 지금같이 중요한 순간에…….

　"중요한 내용이 아니면 나중에 듣도록 하죠."

　1층에 도착한 그는 건물 밖을 향해 걸었다.

　[중요한 내용인 것 같습니다.]

　순간, 동준은 걸음을 멈췄다.

　"뭡니까?"

　[지금 메일 내용을 캡처해서 보스한테 보내겠습니다. 직접 읽어

보시죠.]

전화를 끊자마자 문자 수신음이 울렸다. 수신인은 안나였고 발신인은 심부름꾼으로 되어 있는 메일이 캡처되어 문자로 도착해 있었다. 동준은 건물 외곽 벽 쪽에 서서 휴대폰에 도착한 문자를 열었다. 작은 글자들이 그의 눈으로 빠르게 스며들기 시작했다.

'프로파일러, 윤주철. 화려한 경력과 학력은 이미 알고 있을 테니 제외함. 친구와 친지, 동료를 찾아 조사를 진행했지만 윤주철에 대해 잘 알고 있는 사람이 거의 없었음. 어쩔 수 없이 부인, 김은혜의 주변인들을 조사하기 시작. 이미 알고 있는 대로 홀어머니는 김은혜가 딸을 낳은 직후 돌아가셨고 이혼한 아버지는 미국에서 2년 전 돌아가심. 딸에 대한 소식 전혀 모름. 심지어 죽었다는 것도 모르고 있었음. 조사를 하면 할수록 이상한 점투성이. 외부와의 소통이 전혀 없는 부부였음. 그러다 우연치 않게 김은혜의 결혼하기 전 절친을 찾아내어 수소문 끝에 만남. 그 친구는 윤주철을 악마라고 부름.'

동준의 눈이 얼어붙었다. 그 뒤로 이어지는 글들로 눈길이 가지 않고 '악마'라는 단어 하나에 못 박혔다. 뭔가 등골이 오싹해진다. 기분 나쁜 예감에 신경세포가 일제히 반응하며 곤두서기 시작했다. 아래로 내려가는 눈길이 바빠졌다.

'양의 탈을 쓴 악마, 윤주철은 이중인격자이며 망상증환자라는 극단적인 표현을 서슴지 않음. 사회적으로 성공한 권력을 이용해 아내를 구속하고 인형처럼 가뒀다고 격분. 부인, 김은혜가 남편을 벗어나려고 아이를 낳기 전에 도주를 세 번 시도, 아이를 낳은 후에도 한 번 더 시도. 네 번 모두 윤주철에 의해 끌려들어 감. 경찰에 신고도 했으나 사회적으로 성공한 윤주철의 신분 때문에 김은혜만 망상증환자로 몰렸다고 함. 확인을 위해 경찰 출동 조회를 해보니 사실로 드러남. 또, 경찰 출동 조사 중 119출동 내역도 드러남. 출동 이유는 김은혜의 정신질환이라고 기록되어 있었으나 병원 치료는 타박상이었음. 폭행 의심됨. 두 사람은 아이를 낳기 전에 두 번의 이사를 했고 아이를 낳은 후에도 한 번의 이사를 했음. 마지막 이사는 단독주택. 그곳을 찾아가본 결과, 철벽성이 예상될 정도로 담장이 높았음. 현재 그 집은 오랜 시간 빈집으로 남아 있음. 동네의 흉물로 방치되어 이웃들의 원성이 대단함. 그 동네에 오래 산 사람들을 탐문했지만 윤주철 부부를 기억하는 사람은 없었음. 그 집, 그 동네에 살 때도 전혀 두각을 드러내지 않았던 것으로 사료됨. 이상, 윤주철에 대한 일차적인 조사 보고를 마침.'

내용을 끝까지 읽은 동준은 잠시 멍한 상태로 서 있었다. 하지만 그건 잠깐이었다. 불길함이 의심이 되고 의심이 확신과 두려움으로 번지는 데는 몇 초가 걸렸을 뿐이었다.

동준의 시선은 시계로 향했다. 두 시 1분 전. 그는 안나에게 신호를 보내며 달리기 시작했다.

[네, 보스.]

"해리는?"

다급한 동준의 질문에 안나가 재빨리 말했다.

[이순신 동상 쪽으로 움직이고 있다고 합니다.]

동준을 다급하게 명령했다.

"진호에게 당장 해리를 막으라고 해요! 지금 당장 윤서연의 신변을 확보해서 안전한 곳으로 대피시키라고 해!"

그는 이를 악물고 달리기 시작했다. 안나의 대답은 필요 없었다. 안나도 지금 상황이 크게 잘못되었다는 것을 알고 있을 것이다. 그러니 메일을 전달한 것이다.

바람을 가르고 달리는 동준의 머릿속에는 두 가지 생각뿐이었다.

오판! 내가 틀렸다! 그녀가 피하고 도망친 대상은 국정원과 다른 그 누가 아니라 아버지, 윤주철이었다!

윤서연이 위험하다. 그녀가 윤주철과 만나는 걸 막아야 한다!

진호는 이순신 동상이 가장 잘 보이는 곳에 위치를 잡고 있었다. 지금 당장은 해리가 보이지 않았다. 해리를 놓치지 말라고 지시를 해놓은 똘마니는 방금 그녀가 광장 안으로 들어왔다고 보고를 했다. 이제 1분 전이다. 진호는 이 근처에 분명 윤주철이 있을 거라고 확신했다. 왠지 기분이 그랬다. 그리고…… 몹시 긴장이 된다. 대부분의 작전에서 이렇게 긴장한 적은 없었는데 이상하다. 오늘은 긴장이 된다. 아마도 감정적으로 흔들려버린 해리 때문일 것이다. 그녀가 다칠 일은 없겠지만 절대 그런 일이 있어선 안 되기에 더 긴장을 하는 것이다.

[껄렁이.]

갑자기 안나의 목소리가 들려왔다. 목소리가 왠지 다급하게 느껴진다. 윤주철이 나타난 건가?

"예."

[해리, 보여?]

진호의 눈은 정확히 이순신 동상 쪽에 있었다. 문득, 해리를 따르라고 했던 똘마니의 얼굴이 보였다.

"예, 곧 보일 것 같은데요. 민상이가……."

[해리는?]

"민상이가 있으니까……."

뭔가 불길하다. 똘마니의 얼굴은 보이는데 해리가 안 보인다. 게다가…….

[해리는!]

안나의 목소리가 터져 나오자 진호는 뭔가 잘못되었음을 직감했다.

[당장 해리 찾아! 해리의 안전을 확보해! 오늘 작전은 실패야!]

안나의 말이 끝나기도 전에 진호는 달리기 시작했다. 사람들을 헤치고 동상 앞으로 달려가는데 똘마니의 연락이 왔다.

[형님!]

이상하게 놈의 다음 말이 예상된다.

[여자가 없어졌어요! 눈 깜짝할 사이에 사라졌어요!]

제길!

동준은 그녀가 사람들 속에 있는 것을 보았다. 그녀의 시선은

정확히 그를 향해 있었다. 멀리서도 그녀가 느끼는 배신감과 상실
감이 느껴졌다. 무표정한 얼굴로 이쪽을 보고 있는 그녀의 눈을
보는 순간 동준은 주변의 모든 사람들이 사라지는 것을 느꼈다.
소리도, 사물도, 아무것도 없는 회색 공간에 그와 그녀만 있는 듯
한 착각을 일으켰다.

　얼어붙어버린 그의 몸은 그녀가 서서히 멀어지고 있다는 것을
깨닫는 순간 녹아버렸다. 그녀를 향한 한 걸음이 두 걸음이 되고
급기야 미친 듯이 달리기 시작했다. 그의 심장은 이성적인 머리보
다 더 빨리 움직여 지금 잡지 못하면 그녀를 영원히 잃을 것이라
는 두려움으로 날뛰기 시작했다.

　분명, 그녀가 서 있던 곳이었다. 하지만 없었다. 미친 듯이 주변
을 훑어보았다. 동준은 소리쳤다.

　"안나!"

　그러자 곧바로 응답이 온다.

　[세종문화회관 방향!]

　동준은 곧바로 돌아섰다. 그러자 사람들이 우르르 몰려가는 것
이 보였다. 귓가에서 안나의 목소리가 울린다.

　[빌어먹을. 그쪽에서 곧 집회가 있어요.]

　다급한 목소리다. 이미 알고 있었다. 집회…… 수많은 사람들
이 모일 것이다. 그 점을 이용해 약속을 오늘 이 시간으로 정했을
거라고도 짐작했었다. 만일의 사태에 숨기 좋을 테니까. 똑똑한
서연은 자신을 쫓는 누군가를 피할 수 있다고 생각했을 거라고
짐작했다. 그런데 그녀가 피하고 싶은 상대는…… 그녀가 도망

치려는 상대는…… 다른 누구도 아닌 나였다!

동준은 이순신 동상 위로 뛰어올라 사람들을 미친 듯이 훑었다. 그때였다. 수많은 사람들 사이로 누군가 뒤를 돌아보는 것이 보였다. 순간, 그녀와 다시 눈이 마주쳤다. 그를 발견한 그녀의 얼굴에 흐린 미소가 떠올랐다고 느낀 건 착각일지 모른다. 그것까지 확인하기엔 너무 거리가 멀었으니까.

동준은 동상에서 뛰어내려 달리기 시작했다. 사람들을 헤치고 달렸다. 그녀를 찾아야 한다는 일념으로 미친 듯이 사람들의 얼굴을 확인하기 시작했다. 집회에 참가하는 인원이 점점 많아지고 있었다.

두려움은 절망으로 이어지고 급속한 상실감을 동반하며 그의 심장을 파괴하고 있었다. 돌아버릴 것 같았다. 그의 이성은 급격히 분열되어 흐린 공기 속으로 산화되고 있었다.

- 2권 계속 -